晴耕雨医の村から

小暮太郎

目次

本書に収録したエッセイは『埼玉県医師会誌』および『深谷寄居医師会報』（旧『深谷市・大里郡医師会報』）に掲載された作品から自選し、加筆修正したものである。

カーゴ・カルト

高校三年間を男子校でおとなしく平々凡々と過ごした身として青春時代のバレンタインデーには冴えない思い出しかない。

いつもなら一緒に帰る友人たちに適当な理由を告げて先に行かせ、どこかで他校の女子学生に声をかけられることを期待して勝手にドキドキしながら一人で家路についたものだ。運命的な出会いを果たしていながらちょっとしたことでなかなか再会できずにいる、当時ＮＨＫで放映していた『君の名は』の氏家真知子のような女性がいるのではないだろうか――男子校で良く見られる、根拠のまったくない幻想を抱いていたのである。

当然何事もなく、家に帰るとニヤニヤ顔の母や姉と妹が差し出すチョコレートを無愛想に受け取り、後ほど自室でありがたくいただくのであった。

――今年も三個か……

そして夢破れた翌二月十五日。昼休みに友人達とお弁当を食べながらバレンタインデーについてお互いの知見と持論を展開するのである。

「そもそも海外ではチョコレートを贈る風習なぞないではないか」

「チョコレート会社の販売戦略に振り回されるなんてオロカシイ」

「七組のS君は去年も他校の生徒にチョコレートを貰ったそうだが、大体あいつの実家は坊さんじゃないか。ケシカラン」

——まぁ、いわゆる遠吠えだ。


ところ変わって日本から遠く離れた南太平洋に約八十の島々から構成されるバヌアツ共和国がある。そこにあるタンナ島では毎年この二月十五日に奇妙なお祭りを行うことが知られている。

ジョン・フラム・デー（John Frum Day）と呼ばれるこの日、村の広場には星条旗が掲げられ、ラジカセからアメリカ国歌の「Star Spangled Banner」が大音量で繰り返し流される。広場に集う島の若い男衆は太平洋戦争時代のアメリカ兵の格好をしている者もいればば、胸板に直接ペンキでUSAと描いている者もいる。そして時間になると彼等は隊列を組み、竹製の銃を肩に掛けて村中を誇らしげに跋扈《ばっこ》するのだ。

島の高台にはこの日のために草木を刈って土をむき出しにした滑走路が作られ、その上には木製の骨組みにヤシの葉を覆って作った大きなハリボテの飛行機が準備される。はたから見れば、いい大人がその少年時代を懐古して壮大な秘密基地ごっこをしているような光景だ。だが島民は至って真剣にこの祭事に取り組んでいるのである。

アメリカ国歌、星条旗、米兵、USA。要素がこれだけ揃っているにも関わらず、タンナ島の住民は決してアメリカを崇拝しているわけではない。この祭事で一番大切なシンボルは高台に飾った、物資の輸送を象徴するハリボテの飛行機なのだ。

このお祭りは太平洋戦争以降、メラネシアで流行したカーゴ・カルト（cargo cult）と呼ばれる積荷信仰の儀式のひとつである。時期や規模は異なるが同様の祭事はパプアニューギニアを含め、他の島でも行われている。どうやら太平洋戦争の頃、戦略的拠点を築くため島に上陸したアメリカ兵が後方部隊から空輸で大量の物資を投下してもらったことがこの信仰が生まれるきっかけとなったそうだ。

「ジョン・フラム」というのは「John from America」（アメリカからやって来たジョン）と、アメリカ人が島民に自己紹介する時に話したのが誤って伝わったのではないかと考えられている。

近代文明を知らない当時の島民からすれば衝撃的だったのに違いない。ある日突然、肌色の異なる人たちがどこからか海を渡ってやって来たのである。そしてその一人、ジョン・フラムと名乗る預言者が村に設置した祭壇（無線機）の前で呪文を唱えると、数日後に大きな鳥がやって来て様々な物資を大量に落として行くのだ。それを目撃した島民たちは海の向こうにいる偉大なる神様の存在を感じたことであろう。

だが神様からの贈り物は長くは続かなかった。終戦を迎えると拠点を維持する必要がなくなり、物資が島に運ばれなくなってしまった。そして預言者ジョン・フラムと仲間たちもいなくなり、神様と連絡が取れなくなってしまうのである。

困った島民たちは、神様に気付いてもらえるようにジョン・フラムとその仲間の真似をすることを思いつく。滑走路を整備し、米兵の格好をして広場で隊列を組み、踊りながら空を見上げ、物資を積んだ鳥が海の彼方からやって来るのを毎年待ち望むようになったのである。カーゴ・カルト、すなわち積荷信仰の誕生だ。

このようにして新しい信仰が出来上がる過程は民俗学者の折口信夫が提唱したマレビト信仰[1]や琉球諸島のニライカナイ信仰[2]にも関わりがありそうで大変興味深い。

昔はバレンタインデーの翌日、どこそこの男性アイドルがファンからトラック数台分のチョコレートを貰ったことがニュースになったこともある。積み荷を気にする風習は日本にもあったようだ。

二月十五日。それは、期待していた積み荷《カーゴ》が届かず、不憫な男どもが来年こそはと切なる思いを天に向ける日なのである。

（1） 稀人、客人とも。定期的に他界からやって来て人々を祝福してくれる来訪神。
（2） ニライカナイとは海の彼方にある神の国。

（『埼玉県医師会誌』七六七号　二〇一四年二月）

小さな図書館

かつて電車は小さな図書館だった。

携帯電話や電子書籍が普及する以前の話である。

通勤時間帯の車輛を見渡せばほとんどの人が何かしらの活字を目で追っていたものだ。雑誌や本を読んでいる者。教科書や参考書を開いている学生。新聞を縦長に細く折り畳んで体の正面に構えている会社員――まるで笏《しゃく》を持った聖徳太子だ。さらにその肩越しに首を伸ばして記事を覗き見している者。中吊り広告をまるで宇宙の真理がそこに記載されているかのように隅から隅まで熟読している者。どこかからウォークマンの音がシャカシャカ聞こえてくることもあるが、ガタンゴトン揺らされながらみんな静かに過ごしていた。

この空間が小さな図書館であることに気付いたのは高校生の頃だ。

僕は当時、自宅があった練馬の石神井公園から西武池袋線、山手線、小田急線と電車を乗り継ぎながら横浜の緑区にある高校まで約二時間かけて通っていた。往復四時間。高校三年間、そこでたくさんの本を読んだ。電車は快適な読書スペースであり、自習スペースだった。そして車内では網棚を介して図書の貸出しと返却が行われていたのである。新聞、マンガ、週刊誌、また時には文庫本。電車の網棚には様々な書籍が読み捨てられていた。利用者は図書館と同じようにこれらを自由に手に取って閲覧することができたのである。そして通常の図書館と異なるのは手にした書籍を返却するのもしないのも利用者の自由だという点だ。読みたいものだけ読んで網棚に戻すのもよし。そのまま持ち帰りたければそれでも良い。文句を言う人はいない。返却場所も決まっておらず、乗り継いだ別の路線の車輛に返却しても構わないのだ。

すべては「もったいない」——捨てるぐらいなら利用できる方へどうぞ——という感覚と日本古来の「恩送り」の心情が根底にあるのではないかと思われる。「恩送り」とは人から受けた親切を第三者に送る考え方で「情けは人の為ならず」と表現される、巡り巡る親切の連鎖の根源にあたるものである。英語圏では近年「pay it forward」という表現で同様の考え方の素晴らしさが再認識されている(1)。

「もったいない」と「恩送り」。そのような気持ちがあると消耗品であっても大切に扱うものである。実際、網棚に放置された書籍の大半は綺麗な状態だった。

ある朝、印象深い場面に出くわした。

新宿発の小田急線で吊革を握って出発を待っていると、その日に発売された週刊誌とマンガを脇にかかえた中年会社員が乗車した。僕の隣に少し間を空けて立った彼は正面の網棚に週刊誌を置いてマンガを読み始めた。

列車は間もなく発車し、しばらくして次の駅に到着した。扉が開くと若い男性が乗り込んで、僕と会社員の間の吊革をつかんだ。そして電車が再び動き出すと男は網棚の週刊誌に手を伸ばした。

「あ、それは私の……」――会社員が気付いて声を掛けた。

「おっ、失礼」

男は手を引いた。ところが会社員はこう続けたのである。

「私は×××で降りるので、そこまでならどうぞ」

「……すみません。では、お言葉に甘えて」

男は戸惑いつつ、軽く頭を下げて週刊誌を手に取った。

僕は会社員が何の躊躇もなく利他的に振る舞ったことに衝撃を受けた。なんと徳の高いオジン、もとい御仁だろう。ルネサンス時代の著名な愛書家ジャン・グロリエ(2)は自ら蒐集した貴重な蔵書に「GROLIELLI ET AMICORUM」（グロリエと友人達の所蔵）と印を押し友人らに惜しみなく貸し出したという逸話があるが、それにもとらぬ寛大な対応だ。

それに比べ高校の同級生Ａは違った。彼とは帰る方向が一緒だったので時々同じ電車で家路につくことがあった。ある時、彼がマンガを読みながらページの一部を破り取っているのを目撃した。おそらく気に入った絵をスクラップしているのだろう——そう思い、その時は深く考えなかった。だが一緒に帰るたびにそれをやるので注意して見ていたら、Ａは一話ごとにその最終ページを毀損しているのだと気付いた。そうやって読み終えたマンガを素知らぬ顔をして網棚に置き捨てていたのである。

何でそんなことをするのか訊ねてみた。すると彼は、購入したマンガを知らない人がただで読むのが気に入らないのだといった。ならば駅のゴミ箱に捨てればよいじゃないかと呆れて言うと、Ａは「へへへっ」と笑った。

「駅には拾い子(3)がいるからね」

——あまりにも器が小さくて閉口した。

最近の電車はすっかり変わってしまった。車輌を見渡せば携帯電話や電子機器を覗き込んでいる乗客がほとんどで、本を読んでいる人は少ない。そして網棚に放置された書籍もなくなった。電車は図書館の機能を失ってしまったのである。

きっかけは一九九五年の地下鉄サリン事件だ。鉄道各社はそれ以後、テロ対策として網棚に物を放置しないように呼びかけ、駅にあるゴミ箱を撤収した。これが数年続き、鉄道利用者が見知らぬ人々と書籍を共有するシステムが崩壊してしまったのである。(4) たまに電車に乗って空虚な網棚を目にすると寂しさを覚える。

最近リトル・フリー・ライブラリー（Little Free Library）が海外で注目されている。これは巣箱ほどの大きさの本棚を庭先に設置してお勧めの本を数冊並べておくだけの、誰でも始められる小さな私設図書館である。「free」とある通り、置かれた本はいずれも「自由」に「無料」で借りることができるのだ。

合い言葉は「take a book, return a book」だ——返却期限はないが本を借りる代わりにお勧めの本を置いて行くことが推奨されている。しかも、返却する本は借りた本でなくとも良い。

二〇〇九年に米国ウィスコンシン州ハドソン町に住むトッド・ボル（Todd H. Bol）が自宅の庭に設置したのが始まりで、現在は全米五十州、世界七十カ国以上で約四万箇所の小さな図書館が登録されている。日本ではまだまだ浸透していないが鳥取県のように自治体レベルで取り組んでいるところもあるようだ。

二〇一五年にはリトル・フリー・ライブラリー運動を写真入りで紹介する書籍も上梓されている。興味のある方はウェブサイト(5)と併せて参考にして頂きたい。

Margaret Aldrich (2015)
“The Little Free Library Book
take a book - return a book”
Coffee House Press

僕にはグロリエのように自分の蔵書を全て開放する器量はないが、リトル・フリー・ライブラリーはやってみたい。家族やスタッフと相談して、医院の敷地に小さな図書館をそのうち設置しようかと思っている。

（1）ケビン・スペーシーとハーレイ・オスメントが出演した二〇〇〇年に公開された映画、『Pay it forward』（『ペイ・フォワード　可能の王国』）がきっかけだったようである。
（2）美しい装丁を施した書籍を造らせ、蒐集したことで著名なフランスの愛書家。
（3）ゴミ箱から雑誌を拾ってガード下や公園で安売りする人のこと。
（4）ゴミ箱の常設が再会したのは二〇〇五年以降である。一部が透明で中身が見えるゴミ箱を東京メトロが採用し、それが鉄道各社に普及するようになってからである。
（5）https://littlefreelibrary.org

（『埼玉県医師会誌』七九七号　二〇一六年八月）

嫌われもの

定期的に未破裂脳動脈瘤の精査をされている七十代半ばの女性が半年ぶりに肩こりの相談で来院された。

診察前の雑談で、ここ最近カラスがしょっちゅう家の周りで啼いて気になる――なんだか亡き夫が迎えに来たのではないかと思うと不吉でしょうがないとこぼしていた。

草葉の陰に引っ込んで数年経ってもなお、煙たがれるご主人が不憫だった。しかしここは亡くなった方の機嫌よりも生きている方の健康。肩こりが何かの前触れではないかと心配される夫人の診察を行った。

血圧は安定しており、身体所見も全て正常。脳のＭＲＩを撮影して脳動脈瘤の大きさや形状を確認したが、前回撮影時の画像と比較しても不変である。

画像を見せながら肩こりの原因が脳動脈瘤と関係ないと説明すると安心されたようだ。

「カラスはともかく、家の周りをコンドルが飛ぶようになったらいよいよ覚悟を決めた方がいいですね」

そう忠告すると彼女は笑いながら帰っていった。


そんなことがあってか、その晩、カラスにまつわる奇妙な体験を思い出した。

十数年ほど前、遅目の夏休みを取ってオートバイで北海道を単独ツーリングした時のことである。寄り道をしたら予定が大幅に狂ってしまい、暗くなってから峠を越えてキャンプ場を探さなければいけない事態になった。


道路を照らす街灯もなく、暗闇の中をヘッドライト頼りにくねくねした峠道をゆっくり進むのである。場所によっては霧が立ちこめて道路も標識もはっきりしなくなるので、誤って道を外れて私道や獣道に迷い込まないよう、余計に神経を遣わねばならない。ジーパンもジャケットも次第に湿気を吸い取り、体が冷えてくる。すると心細くなっていろんなことを考え始める。

――この道でいいのだろうか。

――キャンプ場が閉鎖されていたらどうしよう。

——それよりも、今夜中にキャンプ場にたどり着けるのだろうか。

時折、道路脇で白く光る動物の眼がこの世のものかどうかも怪しくなってきたころ、ようやく峠を抜け出した。そしてそのまま道なりにゆっくり走っていると前の方に暗くなったキャンプ場がヘッドライトに照らされて見えてきた。

——あった、あった。やっと見つけた。

カンテラの灯りも見える。

キャンプ場の入り口近くにバイクを寄せ、エンジンを切った。ヘッドライトは点けたままである。バイクを降りてヘルメットを脱ぐとあたりは予想以上に静かだった。

管理棟を探しに案内板へ向かうと、少し離れた木の上でカラスが「ガァッ」と一啼きするのが聞こえた。そしてヘッドライトに浮かび上がる〈キャンプ場〉をあらためて見渡して仰天した。

たくさん立っているテントやそのポールと見えた物が墓石と卒塔婆だったのだ。カンテラの灯りなぞどこにもない。恐らくヘッドライトの光が新しい墓石に反射してそう見えたのであろう。

決してヒトダマではない——自分にそう言い聞かせ、踵を返した。

バイクに跨がり、エンジンを再始動させようとセルを回したが掛からない。ヘッドライトを消し、暗闇の中でバッテリーが上がりはしないかと心配になりながら間を空けて幾度かセルを回すと、ようやく不気味な静寂を破るエンジン音が響き渡った。

ドッドコ、ドッドコ――生者の鼓動だ。

ホッとしながらヘルメットを被り直し、振り返ることなく墓場を後にした。


しばらくして墓場ほど賑やかではないが間違いなく利用者が息をしているキャンプ場にたどり着いた。管理人に一声掛けて指定された区画にテントを設営し、火をおこして遅い夕食にした。そしていつもなら食後にのんびり飲むコーヒーも淹れず、早々と消灯してシュラフに潜りこんだ。

近くのテントからかすかに漏れ聞こえるラジオが妙に心地よかった。


翌日早朝、カラスの啼き声で目が覚めた。

靴を履いてテントから這い出ると朝もやがあたり一帯を覆っていて幻想的であった。

ブルッと寒さに身を震わせ、背伸びをしながら辺りを見回すと、数十メートル離れた炊事場でカラスが数羽、「カァ、カァ」と騒がしくゴミ袋を忙しく啄《ついば》んでいた。

その様子をボーっと眺めていると一羽が僕に気づいて振り向いた。

首を傾げ、瞬きもしない真っ黒い眼で僕を睨むと突然、憎らしそうに「チッ」と大きく舌打ちしてプイッとそっぽを向いた。

——何だよお……。

あまりにも見事な舌打ちにすごく不愉快な気持ちになった。しかしカラスが相手では文句の言いようもない。結局その日の午前中はキャンプ場を離れるまで不愉快のまま過ごすことになった。

今思うとあれは前の晩、墓場で一啼きしたカラスだったのかもしれない。ポーの大鴉のように僕の精神を狂わせようとし、済んでのところで失敗してしまったのだ。それ故の舌打ちと考えると何だかしっくりする。

カラスは古今東西、様々な記録や文献に登場する。

旧約聖書では大洪水の後、地上から水が引いたかどうかを確認するため、ノアの方舟から放たれたのはハトより先にカラスであった。また、古代エジプトやギリシアの神話、中国の日烏《にちう》や日本の八咫烏《やたがらす》といった三足烏《さんぞくう》のように、多くの場合、太陽に関わりのある神聖な動物として縁起が良いと永らく考えられていた。

それなのに現在、冒頭の夫人のようにカラスを見て不気味だとか不吉だと言う方は多い。縁起ものがいつしか嫌われものになってしまったのである。前からその理由がわからなくて不思議だったが、キャンプ場の一件で納得した――きゃつら、態度が悪いのである。嫌われて当然だ。

今のところ、僕以外にカラスに舌打ちされた人の話を聞いた事がない。自慢すべき貴重な体験かもしれないがおかげであれ以来、僕もカラスは嫌いである。

（『埼玉県医師会誌』七七二号　二〇一四年七月）

ネイティブ・チェック

何年か前に大学の先輩に頼まれて論文を日本語から英語に訳すのを手伝ったことがある。国内の学術誌に投稿するためで、abstract（要旨）以外はとくに英文である必要はないのだが、何かしらの思惑が先輩にあったようだ。

論文が投稿されて数週間後、先輩から携帯に電話があった。

「この前、太郎に訳してもらった原稿、おかげさまで無事アクセプト（掲載承認）されたよ。ありがとね」

「それは、それは。おめでとうございます」

「でね、査読の先生に言われて今更ながら知ったんだけど、その雑誌って英文で投稿した場合ネイティブ・チェック（native check）が必要でさ……それが有料なんだって」

「え〜、必要ないですよ。だって僕、ちゃきちゃきのネイティブですよ。(1) そんなのにお金出すくらいだったら僕に牛丼おごって下さいよ」

「あ、でもネイティブ・チェックって、ようは英文校正のことだよ」

「はぁ、校正ですか……でも、有料ってことは外注ですかねぇ」

「まぁ、ともかくチェックが終わったらコピー送るからね……牛丼はまたそのうち」

英文といえども、校正するために余計な費用（数万円）がかかることが腑に落ちなかったが、僕が払うわけでもないし、先輩も納得しているようだったのでそれ以上は追及しなかった。取り敢えずドサクサにまぎれて先輩に牛丼の件を承認《アクセプト》させることに成功したのでしめしめ思いながら電話を切った。


それから二週間。自宅でくつろいでいると、再び先輩から携帯に連絡があった。ネイティブ・チェックが終わり、ゲラも出来上がったのでそのコピーをファックスしてくれるという内容である。自宅のファックス番号を伝え電話を切ると、間もなく隣室に置いてあるファックス機がピーッと鳴って、ガチャガチャと賑やかに印刷を開始する音が聴こえた。

——さてさて、どんな体裁になったかな。

しばらくして、受信したファックスを確認しに隣の部屋へ行った。そして送られて来たコピーをその場でパラパラめくりながら目を通しているうちに、あることに気付いて唖然とした。……何だこれは。

数カ所に渡って、投稿した時の原稿と文面が変わっているのである。

しかもそれが通常の校正で行われる、句読点や誤字脱字の添削のレベルではない。書いたはずの文章が削除され、書いた覚えのない文章が書き加えられているのだ。中には言い回しを変えただけで、書き換えた理由が分からないものもある。

念のため先輩に確認を取ってみたが、彼もネイティブ・チェックを任せてからゲラが上がるまで文面を変更するという連絡は一切なかったと話していた。もしかすると英文校正の担当者が代金分の仕事をしたことを編集部にアピールするため、不必要に筆を入れたのではないだろうか。そんな疑いをつい持ってしまう。色々と考えると腹立たしくはあったが、何しろ自分の論文ではない。ゲラも既に出来上がっていることなので先輩の顔を立てて、黙っていることにした。

僕も時々海外の雑誌から論文の査読を依頼されることがある。

査読用に送られて来る原稿は公正な審査が出来るように著者の名前も所属機関も国も分からないようにされている。だが中には明らかに著者が英語圏出身でないことが分かる難解な英文に遭遇することがある。

大抵は前後関係や文脈から大意を汲み取ることは出来るのだが、だからといって僕自身が老婆心を働かせて分かりやすく文章を書き直すようなことはしない。筆者に対するコメントで当該文章を指摘し、

「筆者の伝えたいことは〇〇だと思われるが、より明確な表現に改めるようお勧めする」

と促すのがせいぜいである。

一体、ネイティブ・チェックの名目でどこまで原稿に手を加えても良いものなのだろうか。

どんなことがあっても人の文章を点竄《てんざん》してはいけないということはないはずである。過去にはT・S・エリオットの『荒地《あれち》』(Waste Land)の例もあるので判断は難しい。

有名な話だが、エリオットの代表作は彼の友人で編集者のエズラ・パウンド(2)が大幅に手を加えて出版したものである。初稿で一〇〇〇行近くあったものが、言葉を削られ、文章を並べ替えられ、四三四行まで減らされた状態で発表されたのだ。しかも、パウンドは独断で題名まで変更してしまったのだから驚きである。(3)

世に出てからしばらくは内容が複雑で難解であると批評されていたが、その後見直され『荒地』は二十世紀を代表する最も重要な詩の一つと評価されるようになった。詩を創作したのはエリオットかもしれないが名作にしたのはパウンドである。そしてエリオット本人も成功の功績はパウンドにあると認めている。

僕も自分の書いた文章がパウンドのような優秀な人物、例えば「校正の神様」と畏れられた神代種亮《こうじろたねすけ》によって真赤っかに校正され、書き換えられたとしても憤慨するどころか、むしろありがたくさえ思うかもしれない。[4] 点竄の理由が分かれば勉強になるし、文章として改善されることが期待出来るからである。

だがいずれにしても、著者以外の者が原稿に手を加えることが許されるのは著者へのフィードバックがきちんとなされており、かつ著者がそれを受け入れた場合のみである。

文章の誤りを正すのが「校正」。内容の誤りを正すのが「校閲」。こういうことは第三者がいくら指摘してくれても構わない。表現を練って書き直していくことを「推敲」と呼ぶが、人から助言を受けることはあっても最終的に「推《お》す」か「敲《たた》く」かは著者本人が決めるべきことなのである。[5]

詩人の萩原恭次郎(6)は自身の詩集『断片』に対するメモの中で、
「一つの正しい言葉が書かれるためにはこれの十倍の生活がなくてはと僕は思っている」と語っている。

大袈裟と思われるかもしれないが、僕は人の文章、表現を不用意に点竄するということはその人が積み重ねてきたもの――萩原のいう「生活」――をないがしろにすることだと考えている。

冒頭の論文が雑誌に掲載されてから先輩と話す機会があり、以上のようなことを延々と愚痴っていたら流石に同情してくれたのか、牛丼の大盛りを二杯おごってくれた。どうやら僕の「食欲」は「言葉」より重いと思われているようだ。

（1）「太郎」という日本的な名前ながら、生まれも育ちもアメリカの帰国子女である。
（2）エズラ・パウンドは編集者としてエリオット以外にジョイスやヘミングウェイなど、著名な作家を多く発掘したことで有名である。

（3）当初、エリオットはディケンズの『互いの友』（Our Mutual Friend）に登場する台詞、『He do the police in different voices』を仮題にしていた。

（4）神代種亮は大正後期から昭和にかけて活躍した校正家。坪内逍遥、谷崎潤一郎、永井荷風など、多くの大作家の原稿の校正を担当。

（5）「推敲」は故事成語。静かな月夜、友人宅を訪問した僧侶が門前に立ったという場面で、僧侶が門を「推《お》ス」べきか（僧推月下門）か、門を「敲《たた》ク」べきか（僧敲月下門）、詩人の賈島《かとう》が描写に悩んだという話が元となっている。

（6）昭和初期に活躍した群馬県出身の詩人。『断片』は昭和六年に発表された詩集。

（『埼玉県医師会誌』七七〇号　二〇一四年五月）

サークルのヒーロー

二〇一四年九月から全国三十四カ所の交差点でラウンドアバウトの本格運用が開始した。ラウンドアバウトは信号や一時停止などの標識がない環状交差点のことで、利用車両が譲り合いながら時計回りに通行する仕組みになっている。構造上、速度は出せないが不必要に車両を止めることもないので交差点内の事故発生率を抑制しつつ渋滞の緩和効果も期待できるとされる。信号機が不要なので災害などで大規模な停電に襲われても安全に通行ができるという利点もある。

円形の交差点デザインは古くからあるが審美的な意味合いが強く、安全性や機能が検討されることはなかった。現在のシステムは一九九〇年代にイギリスが初めて導入したもので通行車輛と歩行者の安全と利便性を考え改良されている。追跡調査でその有効性が認められ、欧米各国で次々と採用されるようになった。

アメリカで行われた調査によると交差点内の事故発生率がラウンドアバウト導入後80%減少したそうである。我が国の統計では全交通事故の53・6%が交差点で発生するそうなのでラウンドアバウトの採用によって今後、事故発生件数が総合的に減少することが期待される。

なお、ラウンドアバウトという名称はイギリスの表現で、アメリカではトラフィック・サークルもしくは単にサークルと呼ばれることが多い。

子供の頃住んでいたフロリダ州マイアミにあるマイアミ・スプリングスという町には当時二つのサークルがあった。一つは交通量の多い町の中心にあり、もう一つは近所の住宅街にあった。近所のサークルは車の通行がほとんどない小さなもので、僕ら子供たちのたまり場だった。

サークルの中心には大きなバニヤン（ガジュマル）の樹が生えていた。登りやすい木は近所にたくさんあったが子供たちが数人いっしょに登って遊べるものは少なく、中でもこのバニヤンはみんなのお気に入りだった。太い枝の上で本を読んだり、昼寝をしたり、気根にぶら下がってターザンごっこをしたり、木の上で時間を過ごす方法はいくらでもあったのである。

そして木登りに飽きると僕らはサークルの道路をサーキットに見立てて自転車レースやタイムトライアルをやって遊んだ。

このサークルは僕らの遊園地だったのである。


ある時六、七人でいつものように自転車に乗ってサークルの周りをグルグル競争していたら一番年下の泣き虫ジェイミーが砂利にタイヤを滑らせ転倒してしまった。膝をちょっと擦っただけであったが、泣き虫の彼はそのまま道の真ん中で膝を両手で押さえながら泣きだしてしまった。僕らは自転車に乗ったまま「ただの擦り傷だよ」、「大丈夫だよ」、「泣くなよ」と彼に声をかけた。


そこへ偶然ジェイミーのお母さんが車で通りがかった。泣いているのが息子だと気付いた彼女は交差点に進入したところで車を停めて降りてきた。車のドアは開けっ放しだ。

「どうしたのよ」

母親の声を聴きジェイミーは顔を少しあげた。だが母親を見て泣き止むどころか、さらに声を張り上げて泣き続けたのである。一番年下とはいえ、あまりにも大げさに泣くので僕らはすっかりしらけてしまった。

ちょうどその時、あまりの騒がしさに交差点の角に住むおばさんが何事かと家から出てきた。そして気の毒なことに、彼女の目に入った光景は早とちりするのに十分だった。

――エンジンをかけたままドアを開けっ放しで道の真ん中で停車している車。その先には自転車が転がっていて男の子が膝を抱えて号泣している。それをなだめる女性とその周りには自転車に乗って心配そうに様子をうかがう子供たち――

おばさんは「まぁ大変！」と小さく叫んで家の中に戻って行った。救急箱でも取りに行ってくれたのかなぁ、とのんきに思っていたら間もなくけたたましくサイレンを鳴らしながら救急車がやってきた。普段は事件も何もない平穏な町である。僕らは初めて間近で見る緊急車輛に度肝を抜かれた。

泣き虫ジェイミーもさすがに泣き止んで目をまん丸くしていた。お母さんが救急隊員に促されて自分の横から離れたことも気付かず、別の隊員の質問にぼそぼそ答えているのが見えた。しばらくして隊員はジェイミーを両手で抱え上げて観音開きにされた救急車の後ろに座らせ、何か話しかけながらにこやかに膝の消毒をはじめた。

そうしている間にパトカーが回転灯だけピカピカ光らせながら静かに到着した。周りはいつの間にか野次馬で一杯である。

状況を今一つ理解できていないジェイミーのお母さんは僕らにあらためて確認した。

「ねえ、あなたたち。あの子、本当に滑っただけなのよね？」

僕らはちょっとだけ顔を見合わせ、揃って首を縦に振った。

この日、泣き虫ジェイミーはサークルのヒーローになったのである。


（『埼玉県医師会誌』七七七号　二〇一四年十二月）

（『日医ニュース』一二八八号　二〇一五年五月五日「南から北から」）

地上の矢印

異変に気付いたのは今年の三月だ。

通勤で利用している関越自動車道に大きな矢印が現れたのである。

はじめて目にしたのは下り線の川越インターチェンジ（ＩＣ）の合流部手前だ。追い越し車線の路上に白い矢印が進行方向に向かって二本直列に描かれていた。しかも結構大きい。見逃すことはまずない。

「ははぁ」と思ってあとで調べてみたらやはり高速道路上の逆走対策のひとつで、「大型矢印標示」という名称があることがわかった。

利用区間の上下線でこれを探したところ、川越ＩＣ、坂戸西ＩＣ、そして花園ＩＣの三箇所に設置されていることが確認できた。どうやら全てのＩＣにあるわけではないようだ。

何か基準があるのだろうか。検索したところ日本高速道路株式会社六社が昨年公開した資料が見つかった(1)。

これは平成二十三年から二十五年の三年間に全国で発生した高速道路逆走事案を分析した結果をまとめたものである。「別表1」はそれを元に平成二十六年度に対策を実施した複数回逆走が発生した全国三十三箇所のリストで、ＩＣ以外にサービスエリアなどの出口も対象となっていた。

「別表2」は平成二十五年から二十六年の間に複数回逆走が発生した箇所と平成二十三年から平成二十六年の間に逆走事案が一回であっても死亡事故が発生した箇所を加えたリストである。この表に含まれる全国三十四個所は優先的に平成二十七年度中に逆走対策が実施されることが決定しているそうだ。

（別表１）平成２６年度に対策を実施した箇所（３３箇所）※

No	施設名	道路名	H23-H26逆走回数	(参考)H23-H25逆走回数	会社名
1	高崎IC	関越道	2	2	NEXCO東日本
2	伊勢崎IC	北関東道	2	2	NEXCO東日本
3	花園IC	関越道	3	2	NEXCO東日本
4	館林IC	東北道	2	2	NEXCO東日本

（別表２）今後優先して対策を実施する箇所（３４箇所）※

No	施設名	道路名	H23-H26発生回数	(参考)H23-H25発生回数	会社名
1	渋川伊香保IC	関越道	2	0	NEXCO東日本
2	宇都宮IC	東北道	2	1	NEXCO東日本
3	国見IC	東北道	2	1	NEXCO東日本
22	久喜IC	東北道	1	1	NEXCO東日本
23	上里SA(上り)	関越道	1	1	NEXCO東日本
24	富加関IC	東海環状道	1	1	NEXCO中日本

関越道では調査期間中に四個所の逆走発生事案が確認されている

この二つの資料に添付されたリストを見ると関越自動車道に関しては花園ＩＣ、高崎ＩＣ、渋川伊香保ＩＣと上里サービスエリア（上り）が優先対策箇所として掲載されている。先に述べた川越ＩＣと坂戸西ＩＣはこのリストには載っていない。おそらく資料に基づいて構造上ハイリスクであると独自に判定して早めに予防策を講じたのであろう。

逆走が発生する原因は故意のものを含め色々あるそうだが、資料によると事案の約七割で運転手が六十五歳以上、約四割で認知症の疑いや飲酒が関係しており、約四割は夜間に発生しているそうだ。

海外では観光客がレンタカーでうっかり一般道を逆走してしまったという話しを耳にする。国によって通行車線が異なるからだ。例えば北米やヨーロッパのほとんどの国は右側通行だが、イギリスやアイルランドは日本同様左側通行である。

こんな笑い話がある。

イギリスの自動車販売店でアメリカ人が試乗車に乗り込んだ。助手席に営業マンを乗せてエンジンを始動させると駐車場を出てスーッと一般道を逆走しはじめた。突然現れた車を避けようと急ハンドルを切る車と急ブレーキをかける車であたりは騒然とした。

営業マンが叫んだ。

「Yikes! Get back on the right side!」

（ひゃあ！　正しい側――right side――に戻って！）

怒鳴り返すアメリカ人。

「I AM on the right side!」

（俺はちゃんと右側――right side――にいるよ！）


二〇二〇年に東京オリンピック開催が決まった日本は今後レンタカーを利用する外国の観光客が増えることが考えられる。笑い話のような事案が現実に発生しないように一般道もそれまでに逆走対策を検討しておいた方が良いかもしれない。


今では知っている人は少ないようだが、アメリカでは空から見える大きな矢印がかつて地上にいくつも設置されていたことがある。

一九一八年、複葉機によるアメリカ初の国内航空便が発足した。初ルートはニューヨークとワシントンDCを結ぶ短いものだった。その後、運用区間を少しずつ西へと拡大しながら一九二〇年にはニューヨークからサンフランシスコまでつなぐルートが確立された。

これは大陸横断航空郵便航路（Transcontinental Air Mail Route）と呼ばれ、それまで鉄路で数日かかっていた同区間を三十数時間で繋げることに成功したのである。

最初の頃はこの航路を正確に示す航空図はなかった。飛行士たちは方位磁石を片手に山や川などの地形を見ながら目測と勘で目的地まで飛行したのである。そのため視界の悪い夜間飛行はもちろんのこと、悪天候での飛行はほぼ不可能であった。

そこで当時の米国郵政省が考えついたのが飛行ルートに沿って十六キロメートル毎に東から西へコンクリート製の大型矢印を地上に配置することであった。飛行士たちは空からこの地上の矢印を見つけ出し、それが示す方向に向かって飛行すれば目的地にたどり着くことができるのである。

矢印の大きさは十五メートルから二十メートル程で空からの視認性を向上するために黄色く塗装されていた。矢印中央には高さ十五メートルの鉄塔が立ち、夜間でもその位置が分かるように回転式の航空灯《ビーコン》が取り付けられていた。航空機用の灯台である。その多くが電気の通じていない場所に設置されていたため、発電機と燃料を収める小屋がその近くに建てられ、委託管理されていた。

この大型矢印は全米一五〇〇箇所以上に設置されて活用されていた。ところが一九三〇年代に導入された無線航法が普及するにつれ大型矢印は不必要となり、一九四〇年頃には全く使われなくなってしまった。鉄塔や小屋は取り壊され、コンクリート製の矢印は放置されてしまったのである。

現在これら矢印を独自に探し出してその位置情報と現況写真をネット上に公開している変わった愛好家がいる。また歴史的建造物として矢印を補修し、鉄塔と小屋も復元して一般に公開している自治体もあるようだ。

廃止されてから七十年以上経ってもなお、上空から確認することのできる矢印がまだあるのだ。

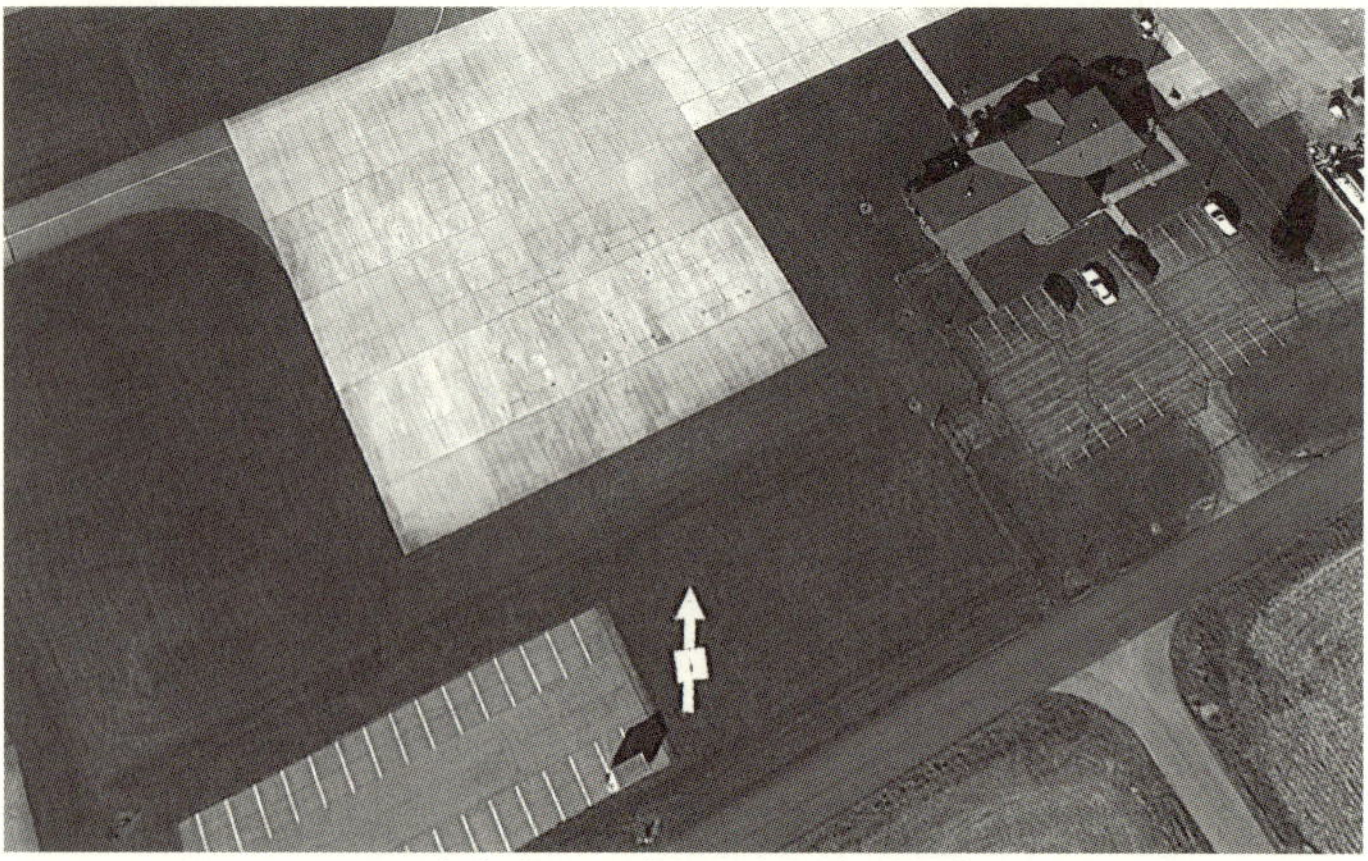

現在も空から確認できる大型矢印
Google Map より（Shelbyville Municipal Airport, Indiana）

先日、中央自動車道の上り線を走行していたら大月ＩＣで追い越し車線上に大型矢印標示が描かれているのを見つけた。

塗料、塗装代を節約したのだろうか。こちらの矢印は関越道のように塗りつぶされておらず白い輪郭だけだった。高速道路によってデザインが違うというのも面白い。

今後高速道路を利用して遠出をする際には、このような地上の矢印を探し出すのもちょうどいい暇つぶしになるかもしれない。

（1）平成二十六年九月十日「高速道路における逆走の発生状況と今後の対策について」
（2）平成二十七年四月二十八日「高速道路における逆走の発生状況と今後の対策について（その2）～さらなる逆走対策を推進します～」

（『埼玉県医師会誌』七八四号　二〇一五年七月）

伴天連《ばてれん》お春の微笑み

ひょんなことからある印象深い日本画のことを思い出した。
大正時代の女流日本画家、松本華羊《かよう》(1)の代表作『殉教(伴天連お春)』である。

桜の下に敷かれたむしろの上に力なく膝を崩して座している女性。
黒髪を後ろに束ね、虚ろな表情で桜の方へ目を遣っている。
造作無く膝の前に置かれた手。
やんわり乱れた着物とは対照的に両手首は堅く括られ、鎖に繋がれている。
まだ寒さが残るのであろう、裾引きは二枚重ねである。
開花したばかりの花びらが足元に数枚落ちている。
そして爛漫な頭上にくらべ、その地面はあまりにも薄暗く禍々しい。

女性の名はお春。刑場の土壇場に座らせられた彼女は幕府禁制の切支丹宗を信仰した罪でこれから処刑されるのである。

ころぶ（棄教する）ことを拒否し、デウス様の元へ旅立つことを選んだお春。はばかることなく衿に施したクルス（十字架）の刺繍にその信仰の深さが表れているようだ。諦観ゆえ落ちつき、口元には微笑みすら浮かべているようにも見える。

松本華羊　大正五年『殉教（伴天連お春）』(2)

『殉教』は大正二年に新富座で初演された岡本綺堂の戯曲『切支丹屋敷』の主人公、吉原の遊女、朝妻《あさづま》を題材に描いた作品とされている。(3)

袖にした客の報復で隠れ切支丹であることを密告された朝妻は、年明け間もなく役人に召し捕られて江戸小石川にある切支丹牢屋敷に収容されてしまう。

絵踏みを拒み、ころぶ様子のない彼女に奉行は吟味の末、死罪を申し付けた。それを受け朝妻は、せめてのことならばもう一度だけ桜の花盛りを目にしたいと懇願する。その姿を哀れんだ役人、山下伊織の取り計らいにてその願いは特別に聞き入られ、刑の執行まで数週間の猶予が与えられるのである。

伊織はその後、牢番を通じて朝妻を幾度も呼び出し、改宗するよう説得するが彼女は得心しない。そして何度も会ううちにお互い少しずつ想いを寄せるようになるのである。

しかしそれでもなお、朝妻は棄教に応じることなく、日はどんどん過ぎ、桜はとうとう満開を迎えてしまう。

最後の説得も無駄に終わり、その報告を受けた奉行が刑の執行を命じる。そして満開の桜の下で朝妻は斬首されるのである。振り下ろした刀を持つのは誰よりも彼女の命を救いたがっていた伊織であった。

願わくは
花のもとにて
春死なむ
その如月の
望月のころ

当初この戯曲は西行法師のこの有名な歌をもとに綺堂が創作したのであろうと考えていた。ところが切支丹屋敷について調べると、意外にも朝妻が実在した殉教者だったことが判明したのである。

切支丹屋敷は島原の乱から八年後の一六四六年にキリスト教の宣教師や信者を収容し、尋問するために初代宗門改奉行の井上政重が江戸の下屋敷を改修して建てた牢屋である。遠藤周作の『沈黙』の主人公のモデルとなったイタリア人宣教師ジュゼッペ・キアラを収監したのもここである。現在の東京都文京区小日向にあり、坂の上にあったことから「山荘」もしくは「山屋敷」と呼ばれていたようだ。

一七二四年に火災で焼失してから屋敷が再建されることはなく、現在は跡地とされる場所に旧跡を示す都の記念碑と屋敷にゆかりのある「八兵衛の夜泣き石」が置かれている。

かつて殉教者を追悼する「山荘之碑」が屋敷の近くにあった蓮華寺に建立された。これは明治四十四年に蓮華寺の移転と共に中野区に移設され、現在もその境内に置かれている。朝妻の哀話はこの「山荘之碑」に刻まれているのである。

有二妓朝妻一　罪当レ死
指二獄辺桜樹一
語二獄吏一　曰得二及レ花死一無レ恨
官憐レ之　待二花発一而刑
後呼二其樹一為二朝妻一

中野の蓮華寺にある「山荘之碑」

死罪を言い渡された遊女朝妻が刑場の桜樹を指して「あの花が咲く頃に死ねるなら心残りは無い」と獄吏に語るのを役人が憐れみ、開花を待って処刑した。後にその樹は「朝妻桜」と呼ばれるようになった、と記されている。[4]

綺堂の『切支丹屋敷』はこの伝承を大衆向けに脚色した作品だったのである。

ところで今一度、華羊の日本画を見るとお春の視線の先に桜がついていない枝が一つあることに気付く。この枝に花が咲いた時、お春は処刑されてしまうということを華羊は表現したかったのであろうか。metaphor（隠喩表現）として生命の限りを朽ちていく草木で表現することは昔からあるが、開花が死を期待させるのは珍しいかもしれない。

だが良く見るとこの枝につぼみはない。そして地面に落ちている花びらは五枚。(5) 桜ひとつ分だ。ならばここに描かれているのは開花を待っているシーンではない。

入手可能な資料がないので華羊の真意を確認することは出来ないが、発表された時代を考えると一つ変わった解釈をこの作品に加える事ことが可能である。

綺堂の戯曲が演じられたのが大正二年、そして『伴天連お春』が描かれたのが大正五年。華羊二十三歳の頃である。時代は日本におけるフェミニズム運動のピーク。権力に逆らい、信念を曲げない若くて強い女性。そして役人との成就しえない恋。当時の女性たちにとって妙齢の朝妻は共感できるヒロインだったのである。

華羊はその魅力的なヒロインにふさわしいエンディングを日本画の中に演出したのではないだろうか。

お春（朝妻）が見つめる枝に花がないのは、満開になる事を望まないその恋人（伊織）が桜をむしり取ったからである。足元にある花びらはその際に落ちたものであろう。彼女の運命を受け入れられず不器用にあらがう男の本心がこの枝に表れているのだ。彼女はこの枝を見て男の行為に気付くのである。そして愛する人の本心を知り、わずかな幸せに微笑むのであった。

殉教直前、お春の微笑みは力強く、優しい。そして儚い。

（1）松本華羊（明治二十六年～昭和三十六年頃）本名新子。池田蕉園、尾竹竹坡に師事。
（2）内山武夫、島田康寛（監）（2009）『美人画の系譜―鏑木清方と東西の名作百選　福富太郎コレクション』青幻舎、一三五ページ。
（3）お春の着物にくずし文字で「朝妻」と装飾されていることからもこれは分かる。
（4）文京区役所（1981）『文京区史　巻二』三九六ページ。
（5）お春の左右に一枚ずつ、そして右下の角に三枚。

（『埼玉県医師会誌』七三八号　二〇一一年九月）

四丁目のライオン

東銀座に行く用事ができたので山手線に乗って有楽町にやってきた。新橋の方が目的地に近いのだが、柄にもなく銀ブラを興じることにしたのである。八月の日差しは厳しく駅を出ると早くも額に汗がにじんだ。時刻を確認すると午前十時を少し回ったところである。ほとんどのお店が準備中だが人出が少ないのはそのためだけではなさそうだ。何しろ今年の暑さは尋常でない。

手の甲で額を拭い、交通会館の右横を通って高速道路の高架下へ向かった。

ここから見える高速道路は首都高の一部と勘違いされることが多いが、東京高速道路と呼ばれる約二キロの一般自動車道である。通行料は徴収しておらず、維持管理費は高架下にある商業施設のテナント料でまかなわれている。

高速道路が完成した昭和三十三年には高架下に有楽町フードセンターがあった。元々が江戸城の外堀を埋め立てた場所だったため正式な住所はなく「有楽町0番地」と親しまれたそうだ。

現在の銀座インズとなってからは多数の店舗がひしめき営業をしている。その中の一つに学生の頃よく通ったジャズのライブハウス「銀座スイング」がある。せまい店舗なのだがその分、近くで演奏が聴けるので多少チャージ代が高くても好きなプレイヤー目当てに頑張って通ったものだ。当時、僕と同じようにワンフード、ワンドリンクでワンセッションだけ堪能して店を後にする顔馴染みの大学生が数名いたのを覚えている。お互い遠慮して声を掛けることはなかったので名前も大学もわからないが、彼らは今どうしているのであろうか。銀座インズの入り口を眺めていると、スイングに行けば再会できそうな不思議な気持ちになる。

高架下を通り抜けると外堀通りである。

横断歩道の信号が赤だったので右に曲がって銀座インズに沿って数寄屋橋方面へ足を進めた。道路の向い側にはプランタン銀座に並んで東映の映画館、丸の内ＴＯＥＩが建っている。しばらくすると前方にとんがり屋根をしたレンガ造りの数寄屋橋交番が見えて来た。

この交番は銀色のマチ針が突き刺さったような特徴のある外観をしている。有名な話だが、プレゼンの時に設計士が建築模型の屋根をマチ針で固定していたところ、当時の警視総監がそれをデザインの一部と勘違いして気に入ってしまったため、最終設計に取り入れたのだそうだ。でもおかげで人出の多い休日もこれを目印にすれば銀座に不馴れな人と待ち合わせすることも容易である。まさに〈待ち〉針である。

マチ針が突き刺さった数寄屋橋交番

今年三月に流れたニュースによると、近い将来ここを建て替えることが決まったそうだ。

耐震性の問題や女性用の休憩場所と洗面所がないというのがその理由である。敷地が限られているので改装や増築では対処しきれないのであろう。

——惜しいなぁ。


横断歩道を渡って外堀通りの反対側から交番を眺めて思った。

あの針はどこかに刺し直すことはできないのだろうか。


「スミマセン……」

近くに立っていた若い女性二人組の一人が軽く会釈しながら近寄ってきた。

手に持っていたガイドブックを開いて、ぎこちない英語で僕に質問した。台湾か中国の観光客だろうか。ガイドブックは中国語で書かれており「松屋銀座」に印がついていた。

「go here?」

——ああ、それなら同じ方向だ。

「okay, follow me」

彼女らについてくるように促し、晴海通りに沿って銀座四丁目の交差点へ向かった。

天賞堂のキューピッドを通り過ぎて銀座和光の前までくるとちょうど信号が青になった。

振り返って二人がついて来ていることを確認して中央通りを三越側へ渡った。

「that's it over there」

途中で斜め左に見える松屋を指し示してあげると「thank you」、「ドモアリガト」と各々嬉しそうに言った。

「没事《メイシィ》、没事《メイシィ》」

以前知人に教わった「大丈夫、気にしないで」という意味の返事をしたら二人はびっくりして顔を見合わせた。そしてクスクス笑いながら「謝謝你《シェイシェイニィ》」と言い直して、手を振りながら松屋へと足早に去って行った。


二人と別れると三越の前から晴海通りの向い側に目をやった。先ほど中央通りを渡る時にそこに見えるはずの建物がなくなっていることに気づいたのだ。

銀座四丁目の交差点といえば銀座三越、和光、そして日産ギャラリーである。その日産ギャラリーがないのだ。いや、正確には日産ギャラリーが入っていたサッポロ銀座ビルが消えて、工事現場になっているのである。

一体どういうことだろう。

こういう時はスマートフォンが便利である。その場でインターネットに接続して検索したところ、サッポロ銀座ビルは昨年三月で営業を休止し解体されたことを知った。そして今年三月から新ビルの建築工事が始まったのだそうだ。

——なるほど、ここも建て替えだ。

かつてこの角には「カフェ・ライオン」があった。

カフェとはいえその性質は今で言うビアホールで、テレビドラマ「天皇の料理番」にも登場する築地精養軒の経営であった。当時そこは高村光太郎のお気に入りだったようで、その作品にも登場する。

『カフェにて』

泥でこさへたライオンが
お禮《れい》申すとほえてゐる
肉でこさへたたましひが
人こひしいと飲んでゐる

『カフェ　ライオンにて』
何もかもうつくしい
このビイルの泡の奮激も
又其を飲む俺のこころの悲しさも
かうやつて
じつと力をひそめてゐると
何處《どこ》からかうれしい聲《こえ》が湧いて來る
醉つぱらひの喧嘩さへ
リズムをうつてひびくんだ

むかし「泥でこさへたライオン」のくだりが何のことかわからず、調べたことがあった。どうやら当時カフェ・ライオンには焼き物のライオン像が飾ってあって、満員御礼の際にこれが吠える仕掛けが組んであったそうだ。東京大空襲の時にカフェ・ライオンとともにこれは焼失してしまったそうだがこういう仕掛けはいつか復活して欲しいものである。

――さあ、あと少しだ。

汗を拭い、再び目的地へ向かって歩いた。晴海通りを渡って何気なく振り返ると三越の〈ブロンズでこさへたライオン〉が取り残されたかのように寂しそうに佇んでいた。

銀座四丁目に佇む三越のライオン。
道の向かい側にあったサッポロ銀座ビルは
取り壊されてなくなっている。

（『埼玉県医師会誌』七八七号　二〇一五年十月）

馥郁《ふくいく》たる古本

図書館や古本屋には一般書店にない独特な香りが漂っている。わずかに甘い、粉っぽく乾いた匂いで「ほこりっぽい」と嫌がる人もいるけど僕はけっこう好きである。

この香りはリグニンという物質が関係していることが判っている。これは紙の原料である木材の硬い部分に含まれる成分で、時間とともに分解されてバニリンという物質に変化してバニラの香りを放つようになる。これが書籍に使われているインキや製本糊の他、カビやホコリなど紙に染み付いた様々な匂いと混じりあってあの独特な香りが生まれるのだ。新刊本が揃う書店にあの香りがないのはそのためである。

また、リグニンは紙の黄ばみの原因にもなるので、最近では製紙工程の中でこれを化学的に除去しているそうだ。そしてそのような紙に印刷された書籍は古くなってもあの芳香を愉しむことはできないのである。

古本の匂いには様々な情報が含まれる。どのような人が所有していたか、どこで読まれていたか、どのように保存されていたかなど、その本の履歴を知るヒントとなるのである。そのような情報を嗅ぎ解くのも古書蒐集の醍醐味である。

手元に数年前、揃いで購入した大正十三年創刊の『書物往来』という雑誌がある。帙《ちつ》に納められた状態で入手したが、全十九冊の内一冊は背表紙と小口の下の部分に焼け焦げた跡がある。わざわざ帙を誂える程大切にされていたにも関わらず何があったのだろう。

全冊嗅いだところ、焦げた匂いが染み込んでいたのは焼けた号の前二冊と後一冊だった。蔵書を処分しようと火にくべたわけではなさそうだ。また戦災や火災にあったのならば揃いで燻された匂いがするはずである。

もちろん古書店が揃い物から一冊抜いて焦げた物と交換する道理はない。

小口が焦げた『書物往来』

焦げているのは大正十四年十二月に発行された号である。いよいよ寒くなる時期だ。おそらく当時、持ち主が夜遅く火鉢の前で読みながらうたた寝し、誤って焦がしたのではないだろうか。そう考えて本のノドを調べると火鉢に落としたことを裏付ける細かい白い灰が数ページに渡って挟まっていた。

もちろん真相は確認のしようがないが、こうやって想像を駆け巡らせるのは楽しい。


こういう話がある。

テキサス州のランサム図書館が数多く収蔵するジョイスの『ユリシーズ』の内、あのアラビアのローレンスことT. E. Lawrenceが所蔵していた一冊は保管庫から取り出すと部屋を芳醇なタバコの香りで満たすそうだ。

月が仄かに照らす砂漠の夜。テントの中でランプを灯し、タバコの煙をくねらせながら読書に耽るローレンス——そんなロマンチックな情景がその書籍を開くと浮かびあがるのである。


この話に触発され、蔵書の中から素敵な匂いを含んでいそうな書籍を探したことがある。そして一八六八年にパリで出版された『Le Diable À Paris』（パリの悪魔）を取り出した。

この本には当時の婦人方に大人気だったガヴァルニやグランヴィル等による挿絵があるので、ページの奥底に昔の香水の匂いが残っていることを期待したのである。

1868年に発行された『パリの悪魔』

セーヌ川近くのオープンカフェで挿絵をながめ、微笑みながらページをめくる麗しいパリジエンヌ。

そんな情景を想像しながら書籍を開き、顔を近づけてノドの奥に残された香りを探るように深くゆっくりと息を吸い込んだ。そして予想もしなかった汚臭に鼻がひん曲がりそうになった。

――あぁ、当時のパリの衛生状態は決して良くなかったようだ。むせ込みながらもなお、セーヌ川の情景を思い浮かべたが、冷静に考えるとただ単に書籍の保存状態が悪かっただけである。

古書の悪臭で健康を害したという話は昔からある。有名なのがロンドンの大英博物館頭痛（British Museum Headache）の報告だ。換気の悪い空間に保存状態の悪い書籍を大量に置いたことで強い悪臭が空気を汚染し、多くの職員や訪問者が頭痛、めまい、吐き気などを訴えたのである。対策は換気を良くして悪臭を放つ書籍を通気のよい所で陰干しすることである。杉を原料とするセドリアという香料を振りかけるのも有効だとされる。

前述の『パリの悪魔』もさっそく陰干しをして悪魔祓いをしたのは言うまでもない。


そして口直しに蔵書の中から『紙魚地獄』という書籍を取り出し、ページを開いた。そしてそこに漂う馥郁たる香りで鼻腔を満たした。

『紙魚地獄』は少雨荘こと斎藤昌三という愛書家が昭和三十四年に自らが運営する書痴往来社より上梓した書物に関する随筆集である。

限定三〇〇冊で装丁も凝っているがこの本の特筆すべき点はジャコウを混ぜた特殊インキで本文が印刷されていることである。

斎藤昌三『紙魚地獄』

半世紀以上経った今もページをめくると非常に良い香りがする。だが、きっとこれも紙に含まれるリグニンの経年変化のせいで発行当時に放っていた香りと異なるはずだ。この一冊を含め、手元にある蔵書の匂いが今後どう変化して行くのだろうか。五年十年と楽しみである。

（補足）そのライフスタイルから喫煙者であると先入観をもっていたが、ローレンスが非喫煙者だったことを本稿を発表した後で知った。——彼が月夜の砂漠でタバコの煙をくねらせることはなかったのである。
ローレンスがインドに滞在していた頃、交流のあったイギリス兵たちに書籍の貸し出しを行っていたことが記録にあるそうだ。タバコの香りはこの時に染み付いたものだと専門家は推測している。

（二〇一七年十月記）

（『埼玉県医師会誌』七六二号　二〇一三年九月）

文豪の原稿用紙

神楽坂にある老舗文房具店、相馬屋源四郎商店が明治中期に販売していた原稿用紙を期間未定で復刻販売するという情報が古本関係筋から流れて来た。二〇一一年の話である。

相馬屋は洋紙に罫を引いた四〇〇字詰めの原稿用紙を最初に販売したお店である。万年筆でもペン先が引っ掛かることなく滑らかに書けるため、相馬屋の原稿用紙はすぐに物書きの間で評判になったそうだ。そして復刻されるのは明治中期から大正時代に活躍した多くの文豪が使用したといわれる原稿用紙であった。

昔からこういう類いの出し物は好きで、いずれ話のネタになるのではないかと思い、さっそく文豪の原稿用紙を一セット予約注文した。

だが数週間後、届いたものを開けてみて少しがっかりした。何のことはない、どこにでもある二十字二十行の四〇〇字詰め原稿用紙である。

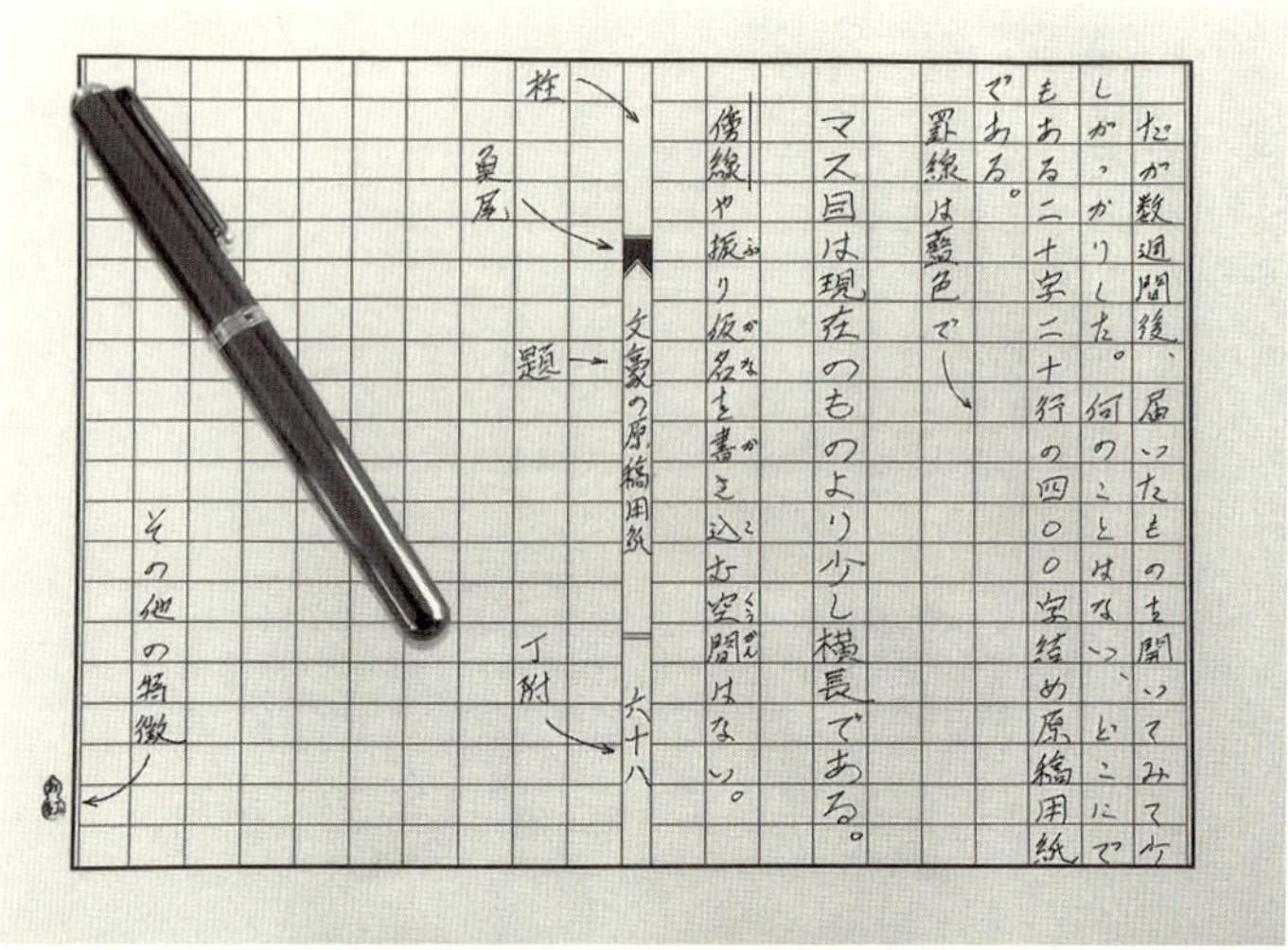

復刻された明治中期の原稿用紙

罫線は藍色でマス目は現在のものより少し横長である。傍線や振り仮名を書込む空間はない。中央の柱には魚尾[1]があり、その下には題と丁附[2]を記入するスペースがある。その他の特徴と言えば、左下にひょうたん型の屋号が刻印されているぐらいである。これでは同好の知人に見せてもあまりいい反応は期待できない。

「ほー、これがあの坪内逍遥が使った原稿用紙ですか」
「ええ、復刻ですけど」
「へー、復刻ですか」
「ええ……」
「……」

会話が尻すぼみになること必至だ。

今更ながら話のネタに購入したのは失敗だったかもしれない。

江戸時代に紙漉《かみすき》業で創業した相馬屋は明治初期には紙問屋として営業していた。それが明治半ばに入って原稿用紙を販売するようになったのは一つの失敗が原因だそうだ。

ある時、注文と違う寸法で裁断した洋紙を得意先の官庁に納めてしまったのである。返品された大量の束を裁断し直すことも出来ず、店先に積んだままその始末に困っていたところ、近所に住む尾崎紅葉がその事情をたまたま知ることとなった。寸法はそのままでマス目を印刷して販売してはどうか——尾崎の提案を参考に誕生したのがこの原稿用紙だったのである。

原稿用紙が二十字二十行という規格なのは盲目の国文学者、塙保己一《はなわほきいち》が編纂した『群書類従《ぐんしょるいじゅう》』の影響があるそうだ。『群書類従』は古代から伝わる史書や文学作品を保存する目的で保己一が全国を巡り、聞き取ったものを収録したもので合計一二七三種五三〇巻、全六六六冊からなる一大叢書である。その版木を作成するにあたって、刷り上げた時の読み易さを考えて保己一が指定したのが、一行あたりの字配りを二十字、一丁（一ページ）あたり二十行という規格だったのだ。

相馬屋が原稿用紙を販売する以前は一行十九字の半ペラ（十行、一九〇字詰め）の原稿用紙を使用する作家が多かったそうだ。これは当時の雑誌や新聞の版組に合わせたためである。他にもいくつか規格の異なる原稿用紙も存在したが『中央公論』の名編集者で偏屈者としても有名だった滝田樗陰《たきたちょいん》が四〇〇字詰めを基準に一文字いくらと換算して原稿料を支払うと通達したことをきっかけに、物書きは四〇〇字詰め原稿用紙を使用するのが一般的となっていったそうだ。『中央公論』は当時、文壇デビューを目指す新人作家の登竜門であったこともあり、影響力は格別だったのであろう。

このような出版社の一方的な都合に合わせなければいけないことに納得出来ずにいる作家も当然いたようだ。とはいえ、納得しようがしまいが、そうしなければ原稿料が速やかに支払われないのである。心境は複雑だったと思われる。

そんな作家たちのジレンマを代弁するような一文を野田書房の『随筆雑誌　三十日《みそか》』の創刊号に見つけた。(3)綴っているのは井伏鱒二である。

井伏はそこで自分は元々罫を引いた紙に物を書くことを好まないと最初に断っている。そして「原稿用紙は習慣だから止むを得ない」、「厭《い》やでも厭やでないやうにならなくてはいけないだらう」と自らに言い聞かせるようなことを書いているのが面白い。

今でも一文字いくらという仕事があるかどうか分からないが、学生の頃にやっていた翻訳のアルバイトの翻訳料はそのように算定していた。英語から日本語に訳す場合、四〇〇字詰め原稿用紙で一枚いくらという契約がその頃一般的だった。日本語から英語に訳す時は当初、英単語が一ついくらという契約だったが、後に指定されたフォーマットでタイプしたものを一ページいくらという契約になっていった。

パソコンやワープロがまだ普及していない時代である。英訳する時はタイプライターがあるので楽だったが、和訳の時は原稿用紙に手書きである。帰国子女である僕は当時、日本に帰って来てから五、六年は経っていたが、まだ漢字を書くのに苦労をしていた。そのため、和訳の仕事が続くと井伏鱒二とは違う理由で原稿用紙に向かって「厭やでも厭やでないようにならなくてはいけない」と自分に言い聞かせたものである。

今回、せっかく珍しいものが手に入ったのだから洒落て何か面白い物を書いてみようと、机の前に座って普段使うことのない万年筆を取り出した。ところが文豪の原稿用紙を前に、いくら頭を捻っても全く筆が進まないのである。しばらく悩んでいるうちに、あることに気づいた。

紙の書き味ほど滑らかにアイデアが涌いてこないのが凡人なのだ。
そう納得すると万年筆を置き、机の引き出しの奥に原稿用紙をしまった。

（1）魚尾：和漢書を製本する時、折り目を入れる際に参考にする印。
（2）丁附：製本の際に参照する、ページの順番を示す数字。ノンブルとも。本来はページ番号とは別の扱いだが、あまり区別されなくなっている。
（3）野田書房『随筆雑誌　三十日』昭和十三年一月五日創刊。一日一ページ一随筆という構成でひと月分、三十数ページからなる月刊雑誌。野田書房の社主、野田誠三が各界の著名人に依頼して一人一随筆、寄稿してもらっていた。

（『埼玉県医師会誌』七七一号　二〇一四年六月）

思い出寿命

『笑点』を久し振りに観た。

司会の席でお題を出しているのは、かつて大喜利の時に楽太郎さんの隣に座っていた歌丸さんである。あの円楽さんはもういない。

『笑点』というと五代目三遊亭円楽である。デビュー当時は長身で端正な顔立ちから「星の王子様」と呼ばれたこともあったそうだが、僕が知るのは「馬面」とからかわれるようになってからである。そしてその円楽さんは永らく務めた『笑点』の司会を降板して間もなく、二〇〇九年十月二十九日に肺がんでお亡くなりになった。

翌月、盛大なお別れ会が執り行われ、その様子の一部がテレビで放映された。そこで楽太郎さん（現六代目円楽）がご挨拶の中で次のようなお話をされた。

「思い出寿命」という言葉がございます。
たとえその人が亡くなっても相手の心の中で生き続け、
その相手が亡くなるまでずっと心の中で生きている。
それが「思い出寿命」と呼ばれるものです。
（中略）
——私の中にいる師匠の「思い出寿命」は永遠です。

楽太郎さんはその後、会場の方々にもそれぞれの中にいる円楽さんを大事にするように呼びかけて挨拶を終えた。

日本では死んだ人の霊魂はしばらく現世に留まり、時間をかけて浄化されてから「あの世」へと旅立つとされる。そして「あの世」は山の中や海の向こう、もしくは地中など、比較的近いところに存在するのが特徴である。このように死後の世界が現世に近いところに存在するという概念は山中他界観、海上他界観、地中他界観、天上他界観などと呼ばれる。そして精霊は年中を通して節目ごとに「あの世」と「この世」を往来すると考えられているのだ。

『四谷怪談』の小泉八雲（ラフカディオ・ハーン）は日本人が日常的に仏壇にお供え物をしたり、盆暮れに精霊を迎える準備をしたりする様子を見て日本は「死者の国」であるとその著書に記している。[1]そして民俗学者の柳田国男もまた同様に、我が国では「顕幽二界の交通が繁く」、死者と生きるものの距離が短いのが特徴であると解説している。[2]「思い出寿命」は柳田国男の言う距離がより短く、死者が生きるものの心の中に棲みついている状態と考えられる。これはアニミズムを背景とする信仰を持つ文化でしばしば認められる概念で、言語によってはその状態を説明する表現が存在することもある。

例えば、アフリカのスワヒリ言語圏では霊魂の状態を表すのに「サシャ」（Sasha）と「ザマニ」（Zamani）という言葉があるそうだ。[3]人が亡くなるとその霊魂は「サシャ」となってその人間と同じ生活を共有した人々の記憶の中に生き続けるのだそうだ――すなわち「思い出寿命」である。そしてその個人を記憶している者が皆いなくなると霊魂は「サシャ」から「ザマニ」という状態に移行する。「ザマニ」は現在を生きる人々に影響を与える先祖達の集合体で、我が国の神道における祖霊神にあたると考えられる。霊魂は昇華することによって「個」の束縛から解放され、民族のアイデンティティと信仰の礎としてより高度な存在（entity）の一部となるのだ。

「思い出寿命」という概念はこの世に残された者が霊魂の「個」に執着するという性質のもので、言葉を換えれば良くも悪くも「死者の呪縛」である。これはすなわち、あの世に旅立った者の「想い」がこの世にいる者の行動に影響を及ぼしてしまう状態である。

ある人物の存在と業績を後世に伝えることを目的とするならば「思い出寿命」にこだわる必要はない。

円楽さんのような芝蘭《しらん》の方ならば自然と語り継がれるであろうし、伝記もいずれ書かれることであろう。現在は書物以外に様々な記録媒体によって音声や動画を半永久的に保存することが可能なので、我々の子孫はそれらを通じて円楽さんについてかなり詳細に知ることができるはずだ。

宗教家の内村鑑三はかつてその演説の中で、人は自らの足跡や生きた証を後世に残すことは大変難しいと語ったが、(4) これは現在さほど困難なことではない。

だが文字数多く形容詞がずらずら並んだ伝記を全て読み漁り、録音・動画をたとえ全部鑑賞し尽くしたとしても、実際にその人の謦咳《けいがい》に触れて得られる経験に匹敵するものを獲得することは到底できないのである。

それ故に一子口伝や技を見て盗むというような独特な師弟関係によって技能を継承して行く伝統芸能においては、たとえ「死者の呪縛」といわれようが先人の霊魂の「個」に執着するのはむしろ当然なのかもしれない。

「思い出寿命」は個の記録を何度でも再生するということなのである。

俗世に身を置く者の当然の感情として、僕もやはり後世に名を残し、出来ることなら個の記憶は永く、多くの方に持っていて欲しいと思う。島崎藤村の岸本捨吉ではないが、

——ああ、自分のようなものでも、どうかして人々の記憶に残りたい——

そんな思いである。(5)

幸いたくさんの方々とお会いする機会に恵まれた職業である。可能な限りお会いする人々の思い出に残れるような付き合い方をして行くことを今年に限らず、人生の抱負としたい。

(1) ラフカディオ・ハーン（1976）『神国日本』平凡社
(2) 柳田国男（1962）『定本柳田國男全集』第十巻　筑摩書房

（3） Loewen, James W. (1995)
"Lies my teacher told me: everything your high school textbook got wrong"
The New Press

（4） 内村鑑三（2011）『後世への最大遺物・デンマルク国の話』岩波書店

（5） 島崎藤村の小説、『春』の中で藤村自身がモデルとされる主人公の岸本捨吉は「ああ、自分のようなものでも、どうかして生きたい」と語っている。

（『埼玉県医師会誌』第七六六号　二〇一四年一月）

余白

小学校に傷痍軍人さんがやって来た。
子供の頃住んでいたマイアミの話で、たしか三年生の一学期だったと思う。(1)
名前はもう忘れてしまったが二十代前半の彼は車椅子に乗って現れた。
ベトナムで負傷した甥っ子で腰から下は動かない——先生がそうクラスに紹介した。
退役軍人病院で療養中のところ気分転換にと連れ出して来たのだそうだ。

いつもと違うお友達が遊びにきてくれたので僕らは大いにはしゃいだ。車椅子の周りに集まって一緒に本を読んだり、歌ったり、言葉遊びをしたり、おやつを食べたりと、楽しい一日だったことを覚えている。教室に入って来た時は表情が硬かった彼もお別れのときには笑みがこぼれていた。

後日、先生の提案でお礼と励ましの手紙を書くことになり、生徒一人ひとりに便箋と封筒が渡された。そして親の許可があれば食べ物と貴重品以外の物を封筒に同封しても良いことになった。クラスメートたちはベースボール・カードやペットの写真、教室で描いた絵などを同封するとお互い話し合っていたが、僕はお気に入りのコミックブックを贈ろうと考えていた。

ところが家に帰って早速そのコミックブックを折り畳んで封筒に入れようとしたらうまくいかないのである。二つ折り、三つ折りだと封筒からはみ出てしまうのだ。四つ折りにすると今度は厚みが出てやはり封筒に収まらない。――困った……。そして子供なりに知恵を絞ったところ、封筒に収まる大きさに本の縁を裁断すればいいのだとひらめいた。

漫画というものは「絵を読む」のだからその周りにある白い部分――余白――を切り落としても問題なかろうと考えたのだ。そして切れ味の良い大きな裁ちバサミで雑誌を綴じているノドを残して、天と地と小口の余白を切り落としたのである。

その結果、僕はけっこう大切なことを二つ学んだ。

一つは重ねた紙をハサミで切ると必ず段違いになること。そしてもう一つは、たとえ「絵を読む」漫画であっても余白のない書物は読めたものではないということである。

書物を開くと当たり前のように本文の周りに存在する余白。単行本、文庫本、実用書、雑誌など、見比べるとそれは広かったり狭かったりと決まった規格がないように見える。だが、写真集の類いを除いて基本的に余白のない本はない。

活版印刷が普及する以前、[2]スクライブ（写本筆記者）がヴェラム（羊皮紙）に手書きで文字を書き写していた中世の書籍を見るとその余白は広く取ってある。諸説あるが、当時は手垢で本文が汚れないようにする対策でもあったそうだ。ヨーロッパのほとんどの人が手づかみで食事をしていた時代である。[3]もっともらしい説明に思える。

近代に入って余白の規格について言及したのはウィリアム・モリスである。一八九三年にイギリス書誌学協会で行った「The Ideal Book」（理想の書物）という講演で書物の余白はノド、天、小口、地の順に広くするべきだと語っている。そして後に20％ずつ広げていくのが美しいとしている。

余白を学問的に考察したのが大英博物館図書部主任だったアルフレッド・W・ポラードだ。一九三三年に『Dolphin』という愛書家向けの雑誌に寄せた「Margins」（余白）という記事の中で、ノドから地まで順に二対三対四対六の比率が最も見映えが良いと結論づけている。

注目すべきは余白が本文を汚れから守るという機能的な存在からいつしか審美的なものとして認識されるようになってしまったという点である。モリス主催のケルムスコット・プレスを代表する『チョーサー著作集』を見るとそれが良くわかる。世界三大美書[4]の一つに挙げられているこの書籍の本文を取り囲む余白はもはや「余白」と言えないほど微細な装飾で埋め尽くされている。まるで額縁のようだ。

好みの問題になるのかもしれないが、実は僕はこの〈額縁〉が好きでない。書物の余白は読書の途中で耽思熟考するための空間だと考えているので、こう賑やかだと思考の邪魔になってだめなのだ。

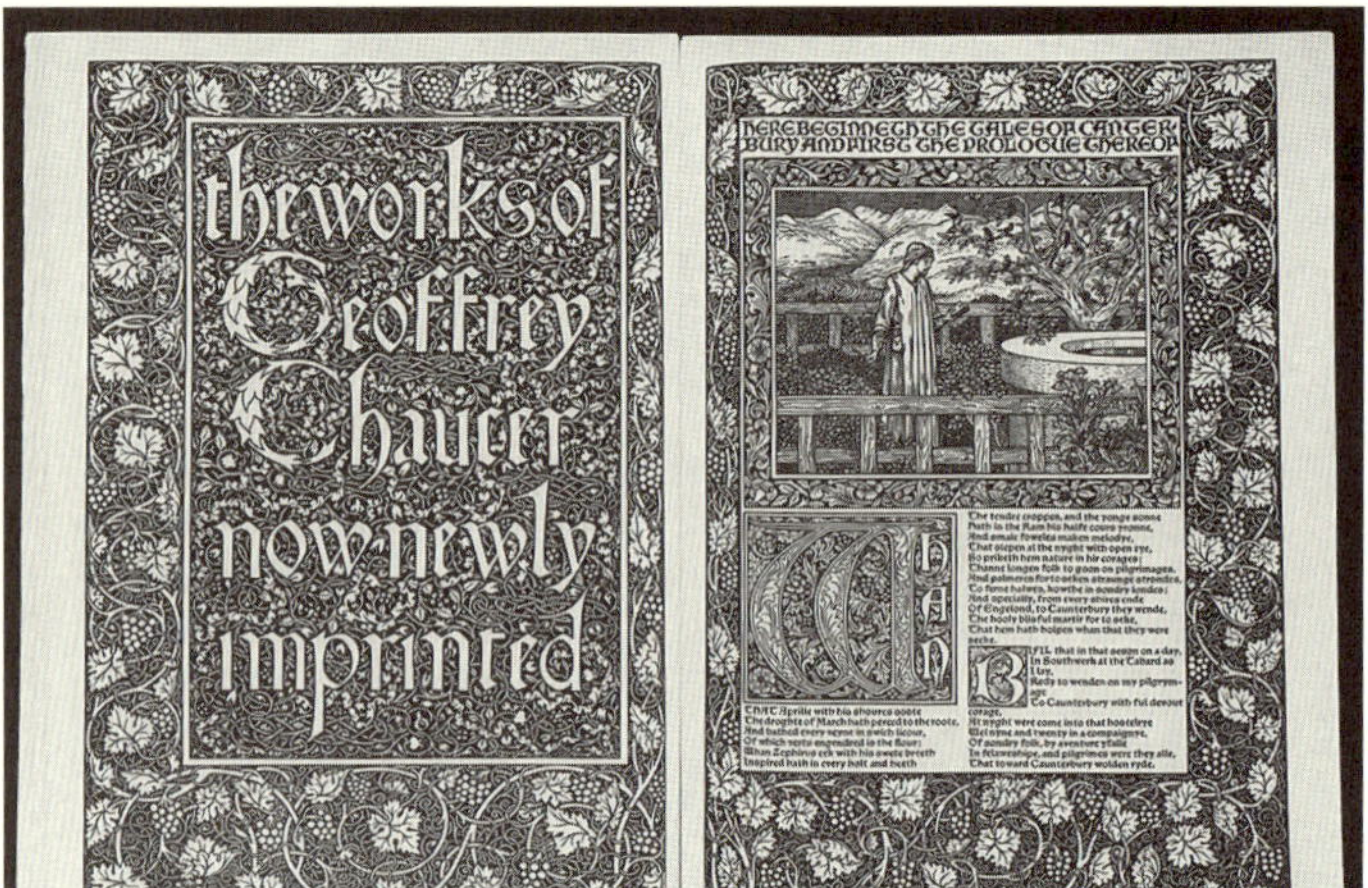

ケルムスコット・プレスの『チョーサー著作集』

老子に「無用之用」という言葉がある。

形ある物が正しく機能出来るのは一見、役に立たない「無」の部分があるからだという意味だ。余白はすなわち空虚――真っ白――だからこそ存在価値があるのである。

本文から視線をずらしてもすぐに現実世界に引き戻されずに済むので書物に没頭できるのではないだろうか。


あの傷痍軍人さんが今どうされているのか分からない。帰還兵の精神状態に関してPTSD（心的外傷後ストレス障害）の概念がない時代である。多少おかしくてもCombat Fatigue（戦闘疲労）と軽く片付けられていたのだ。

今は何をしているの？――クラスメートが無邪気に訊ねた質問に「目立たない場所で目立たないように過ごしている」と答えたのが印象的だった。書物に余白が必要であるように、人もまた現実に戻らずに済む居場所が必要なのではないだろうか。

あらためて当時のことを思い出すと、社会の余白に安住を求めている人間に余白を切り取った本を送りつけたのは残酷だったかもしれない。

（1）Miami Springs Elementary School: Miami Springs, Miami, Florida
（2）グーテンベルグの活版印刷が登場するのは一四四五年頃である。
（3）フォークを用いて食事をする習慣は十六世紀にイタリアのメディチ家のカトリーヌがフランスのヘンリー二世のもとに嫁いだ時に広まったものである。
（4）世界三大美書とはケルムスコット・プレスの『チョーサー著作集』、ダヴス・プレスの『英訳聖書』、そしてアシェンデン・プレスの『ダンテ著作集』。

（『埼玉県医師会誌』七六八号　二〇一四年三月）

祈りの方向

ある日本製の腕時計が中近東で大人気だということを二〇一四年七月に配信されたインターネット記事で知った。

カシオ社が海外向けに販売しているプレイヤー・コンパス（Prayer Compass）というシリーズがそれで、一見するとどこにでもありそうな電池駆動式のアナログ時計である。ところが側面にあるボタンを押すと世界中どこにいても秒針がキブラ（聖地メッカの方角）を示してくれる機能がついているのだ。

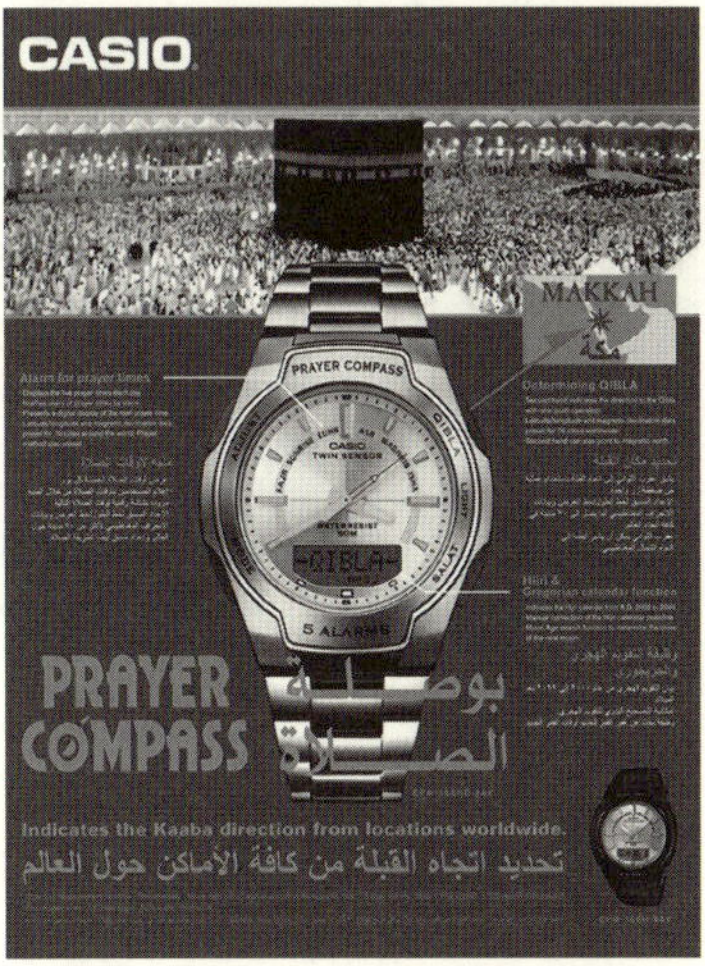

メッカの方向が分かる腕時計

ムスリム（イスラム教徒）は一日五回、決められた時間にメッカの方向に跪いて祈りを捧げるので移動の多いビジネスマンにとってキブラがすぐに分かることは重要なのである。出先にモスク（礼拝堂）があれば礼拝の時間にそこへ行けば良いのだが、モスクがない場所では自らキブラを計測しなければならない。

伝統的にはアストロラーベという計測器が使われるが、現在ではキブラ・コンパスと呼ばれる携帯用方位磁石を用いて所在地ごとにキブラを測定するのが一般的だそうだ。最近はスマホ用のアプリまであるそうだが、これがどの程度普及しているかは分からない。

数年前にインドネシアのあるモスクが間違った方角に向けて建てられていたことが判明して話題になったことがある。建立当時、キブラを正確に測定できる技術者がいなかったのがその原因の一つだとされた。角度からするとたった数度というわずかなズレだったのだが、距離があるため最終的にメッカから約一六〇〇キロメートル南にあるソマリアの方角を向いて建てられていたそうだ。

おそらくそういう事例もあるため、安心して簡便かつ正確にメッカの方角が分かる道具がムスリムたちに求められていたことがプレイヤー・コンパスの大ヒットにつながったのかも知れない。

祈りの方向で思い出すのが小学生の頃の話である。

僕はキリスト教徒ではないがアメリカにいた頃、小学校の五年から六年の二年間だけ、マイアミにある聖《セント》スティーヴェンズ・エピスコパル・デイ・スクール（St. Stephen's Episcopal Day School）という聖公会系の私立小学校に通ったことがある。毎週月曜日と木曜日の朝は隣接する教会でミサがあり、授業には聖書や道徳について学ぶ聖教（sacred studies）の時限もあった。そういう環境の中、読書好きだったこともあり旧約聖書は早いうちに読破していた。

その頃、不思議だったのがモーゼの十戒で偶像崇拝を禁止しておきながら教会に行くとみんなが十字架に向かってお祈りをしているということだった。十字架は偶像ではないのだろうか。疑問ではあったが、転校生がいまさら何を、とバカにされるのも嫌だったので聞くに聞けないまましばらく一人でモヤモヤしていた。

ある日、家の近所に住んでいた中学生のパトリックと散歩をしながら、何気なしにそのことを質問してみると秀逸な答えが返ってきた。

「立ちションする時にさ、的がないと巧く小便が出ないだろ。あれはそれと同じだよ。馴れないうちは的がないと巧く祈れないのさ」

後日、無邪気にも小学校のウォーカー牧師にその至極分かりやすい説明を聞いて目からウロコが落ちたという報告をした。ウォーカー牧師は呆気にとられていたが、何も言わず目を閉じて悲しそうに首を横に振った。
今から思うと大分罰当たりなことを言ったものだ。

ところでインドネシアのムスリムたちのそれまでの祈りは神に届いていたのであろうか。イスラム教の聖典コーランにはメッカに向けた祈りは教徒の義務だと記されているので彼等は不本意ながらその戒律を破ってしまったように思えた。だが、イスラム教の指導者たちはメッカに向くことの重要性を強調しながらも「礼拝で最も重要なのは気持ちであり、キブラに向かっていると思っていたのならばその祈りは有効である」と間もなく発表したのである。

実はこのような解釈は以前にもあった。二〇〇六年にマレーシア人の整形外科医で宇宙飛行士となったシェイク・ムザファ・シュコア（Sheikh Muszaphar Shukor）がロシアのソユーズ有人宇宙船を使って国際宇宙ステーションに滞在することが決まった時、ムスリムとして三つ懸念すべき問題が上がった。

一つは断食に関することである。イスラム教にはラマダンと呼ばれる断食月があり、期間中は日の出から日没まで飲食が禁じられている。宇宙ステーション滞在中にラマダンを迎えるシュコアは宇宙でどのように日の出と日没を判断するべきかが議論された。

二つ目は食事の問題である。宇宙食が果たしてハラール――イスラム法にもとづいて摂取が許されている食べ物――と呼べるかが疑問視された。

三つ目が日々の礼拝の問題である。国際宇宙ステーションは秒速七・七キロメートルで地球を一日約十六回、一周を九十分の早さで周回している。メッカの方向を定めることは不可能だ。また無重力空間では上下が存在しないため跪くこと自体できないのである。

これら問題に対してマレーシアのイスラム教指導者たちは次のような回答を発表した。

一、任務中、困難であれば地球に帰還するまで断食を延期しても良い。断食を行う場合、日の出と日没は打ち上げ基地の標準時間をもとに算出する。

二、宇宙食に関しては豚肉や酒類など、素材がハラールでないと分かっているもの以外は宇宙飛行士の判断で摂取しても良いとする。

三、礼拝の方角は宇宙飛行士の常識的な心の判断に任せる。また宇宙空間では礼拝中に跪くことは強制されない。

この解釈はイスラム教の全ての宗派に容認されたものではないかも知れないが、祈りの様式よりも心のあり方を重視している点が興味深い。

仏教には「渇仰《かつごう》」という表現がある。渇して水を求め、天を仰ぎ見るイメージだ。本来、祈るという行為は、極限まで追いつめられ、どうしようもない状態になった者が理屈抜きに人智を超えた存在にすがりつくというものであったはずだ。それは動物本能が剥き出しとなった行為であり、そこにはルールや理性など存在しなかったのである。

かつてジョン・バニヤンがその著作『天路歴程』の中で「優れた祈りは言葉よりうめき声の方が多い」と語っているのもそういう認識があったからだと思われる。

そう考えると祈りの方向――いざという時に何かにすがる方向――は信仰の有無や信仰の種類に関係なく、人々の無意識に刻まれているものなのかも知れない。

（『埼玉県医師会誌』七七五号　二〇一四年十月）

ゴムスタンプと宇宙飛行士

アメリカに住んでいた小学二年生の頃、職業見学という行事があった。同級生とペアを組んで近所のお店に行き、お仕事を二日間に渡って見学するというものである。

僕は同級生の女の子スーザンと一緒に先生に率いられて学校から歩いて十分程の所にあるコリンズ・スタンプ（Collins Stamp）というゴムスタンプ専門の小さな印刷屋さんに連れて行かれた。

店内に入ると正面のカウンター奥に店主のコリンズさんがにこやかに立っていた。

「やあ、ようこそ」

優しい目をしたおじいさんだった。

先生に促されながら僕らも挨拶と自己紹介をした。

「それじゃ二人ともいい子にしてるのよ」

一時間半後に迎えにくると約束して先生は僕らを残して学校へ戻って行った。

先生を見送ったあと、コリンズさんは僕たちを店の奥にある作業場に案内してくれた。機械油とゴムの匂いがあたりに充満していて、金属活字を収めたタイプ・ケースと呼ばれる木製の箱がたくさんデスクの上に重ねて置いてあった。普段はキャビネットにしまってあって、使用するものだけ作業台にセットして使うそうだが、活字の種類がたくさんあることを僕らに見せるために出しておいてくれたそうだ。いくつかのケースから活字を取り出し、ケース毎にフォントの種類が違うことを見せてくれた。

「これで君たちのゴムスタンプを作ろう」

コリンズさんはそう言ってタイプ・ケースをセットした作業台の前に踏み台を用意してくれた。見学初日、僕たちは生まれて初めて活字拾いを体験した。

ゴムスタンプを製作する作業工程は一般的なレタープレス（凸版印刷）と同様に活字拾いからはじまる。原稿に沿ってタイプ・ケースから必要な活字を拾い、コンポージング・ステッキ（もしくは単にステッキ）と呼ばれる手持ちの道具に並べて一行ずつ文字組をするのである。(1)

活字を落とさずにステッキに並べて行く作業は僕らにはまだ無理なので踏み台に立ってタイプ・ケースから自分たちの名前に必要な活字を見つけて順番にコリンズさんに渡すことになった。一つのフォントに対して大文字と小文字の活字があり、作業台の上段には大文字のケースが、下段には小文字のケースがセットされていることを教わった。(2)

踏み台の上で足を伸ばしながらT、a、r、o、hと活字を選び、コリンズさんに一つずつ渡した。スーザンも同様に活字を拾った。コリンズさんは渡された活字を順番に type galley（棒組盤）の上に並べ、最後に四方を金属製のフレームのような道具で締め上げて活字が動かないように固定した。

「明日はこれをオーブンで焼くからね」

職業見学の初日はそうやって終了した。

凸版印刷ではここで試し刷り（galley proof：ゲラ刷り）をして誤字・脱字、体裁を確認するゲラ校正の作業があるが、今回のように文字数の少ない場合はゲラ刷りを省くこともあるそうだ。そして校正が終わると印刷機にセットして本刷りを行うのである。

ゴムスタンプ製作が凸版印刷と大きく異なるのはここからスタンプの母型を作成するという点だ。この工程で使用するのはベークライトというフェノール樹脂である。

ベークライトは加熱すると最初はタール状の流動性のある物質となるが、それをさらに加熱すると硬化する性質がある。この性質を利用して凹凸のある物の型を取るのである。

職業見学二日目、コリンズさんは前の日に組んだ活字の上にベークライトを載せてアルミホイルで包み、熱したオーブンの中に入れた。危険だからと、僕らは少し離れたところからこの作業を見学した。

二十分程してコリンズさんは耐熱手袋をはめて包みをオーブンから取り出し、作業台の上に置いてアルミホイルを外した。

「まだ熱いからね」

しばらく冷却させた後、素手でベークライトを活字から剥がして僕たちに見せてくれた。

「これが母型だよ」

恐る恐る触ってみるとまだ少し暖かかった。

ひっくり返すと僕とスーザン、二人の名前がくっきりと型取られていた。

「さあ、仕上げよう」

そう言ってコリンズさんは母型を受け取るとその上にピンク色のゴム板を乗せてバルカナイザー（vulcanizer）という機械の方へ持って行った。

バルカナイザーはアイロンと万力を組み合わせたような構造をした機械で、ゴムを加熱して溶かしながら圧力を加えるものである。圧力を加えることによって母型の凹みにまんべんなく溶けたゴムが入り込むのである。

そうやって成形したゴム板を冷却して母型から剥がせば印顆《いんか》――インクをつける面――の出来上がりである。あとはハサミで適当な大きさと形に整え、台座に接着すれば完成である。

一緒に見学したスーザンはどうだったか分からないが、僕にとってこの職業見学は非常に印象的なイベントであった。

今でも大事に持っている当時作ったゴムスタンプ

今から思えばこの時、このような特殊な印刷工程を見学できたのは大変貴重な経験であった。現在は見たくともこのような手法でゴムスタンプを作っているところはほとんどないであろう。

この職業見学のおかげで得た知識がもう一つある。

職業見学二日目、オーブンで焼いたベークライトを冷やしている間にコリンズさんが僕たちにオレンジジュースとクッキーを振る舞ってくれた。小休憩である。

その時、コリンズさんがこんな話を始めた。

「わしの甥っ子の名前はマイケル・コリンズだよ。聞いたことあるだろう」

知らない名前を言われた僕とスーザンは顔を見合わせた。

「マイケル・コリンズだよ。あの宇宙飛行士の……」

コリンズ氏は続けようとしたが、僕らの反応が悪いので話をあきらめた。

「そうか……知らないか。宇宙飛行士と同じ名前なんだよ」

子供ウケすると思っていたネタが不発に終わって残念そうにしていた。

"that's one small step for man, one giant leap for mankind"　—Neil Armstrong—

一九六九年七月二十日、二人の宇宙飛行士が月面に降り立った。一人はニール・アームストロング。もう一人はバズ・アルドリンだ。多くの人はこの二人の名前を覚えている。そして多くの人が思い出せないのがこのアポロ十一号ミッションのもう一人のメンバー、マイケル・コリンズだ。

彼はアームストロングとアルドリンが月面を探索している間、コマンド・モジュールに残って月を周回していた。そしてその際、月の裏側を通過する度に四十七分間、誰とも無線の通じない状態を経験しているのである。

"not since Adam has any human known such solitude"
（アダム以来、人類の誰もが経験したことのない孤独）

彼がおかれたその状況を地上の管制室がそう説明している。

しかしコリンズの偉業は月面着陸のインパクトには及ばず、地球に帰還してからもアームストロングとアルドリンほどは注目されなかった。そしていつしか多くの人々がこのミッションから彼の名を忘れてしまったのである。(3)

あのとき印刷屋のコリンズさんが甥っ子の話をしていなければマイケル・コリンズの名前が僕の記憶に残ることはなかったと思う。

僕が体験した職業見学のような学校行事は一般的なのかどうかは分からないが、中にはそれがきっかけで現在の職業についた方や関連した趣味を持つ方もいるかも知れない。僕は今でも金属活字や印刷機など印刷に関係する道具を見るとワクワクする。私家版蒐集の趣味もコリンズ・スタンプが発端となっているのかもしれない。

ゴムスタンプと宇宙飛行士。
それが職業見学で僕が学んだものである。

（1）　欧文では活字拾いをしながらステッキ上で文字を組む「拾い組」が一般的だが、漢字や仮名など文字種の多い我が国では活字拾い（文選作業）と文字組（植字・組版作業）を分業している。

（2）英語で大文字のことをupper case（上段のケース）、小文字のことをlower case（下段のケース）と呼ぶ所以である。

（3）マイケル・コリンズはその後、米国スミソニアン博物館の一つである国立航空宇宙博物館（National Air and Space Museum）の館長を務めている。

（『深谷寄居医師会報』一七七号　二〇一五年七月）

物語るインキ

以前ジャコウを混ぜた特殊インキで印刷された書籍(1)を紹介したことがあるが、他にもいろいろ変わったインキを使用した興味深い書籍があるので数冊紹介したい。

アルゼンチンにあるEterna Cadenciaという出版社が二〇一二年に南米の若手作家たちの作品を収載したアンソロジーを発表した。表紙には大きくスペイン語で『El Libro Que No Puede Esperar』（待てない本）とあり、その下に『El Futuro No Es Nuestro』（未来は我々のものではない）と副題らしきものが付いている。

待てない本（出版案内より）

実は下の方にある『未来は我々のものではない』が本来の題名で『待てない本』とあるのはこの書籍の性質を説明したキャッチコピーのようなものである。そしてこの本が〈待てない〉のは光と空気によって化学反応が進み、約二ヶ月で完全に消えてしまう特別に配合されたインキに理由がある。

購入した側からすれば何だか落ち着かない話だが、原稿が掲載された若手作家たちからすると速やかに作品を読んでもらえるので都合が良いのだそうだ。彼等は作品が酷評されることよりも、いつまで経っても読まれないことの方が不安なのである。

たしかにカフカやポーのように作者が死んでから有名になった作品は少なくはない。最近では二〇〇四年に病死したスウェーデンの作家、スティーグ・ラーソンの『ドラゴンタトゥーの女』ではじまる『ミレニアム』三部作の例もある。(2) だが人は誰しも生きている間に評価されたいと思うのが普通だ。『待てない本』ならば積ん読のまま、延々と放置されてしまうリスクを軽減できるのである。

その反面、書物を蒐集する愛書家からすれば手が出しづらい書籍である。何しろ保存が利かないのだ。いつでも本棚から取り出して読めるわけではないので図書としての機能が不完全とも言える。当時、出版案内を見て散々悩んだが結局購入を見送った。

でも将来、インキが消えて全ページ真っ白になった書籍がどこかの目録に掲載されたとしたら、きっと古書店の遊び心につきあって買ってしまうと思う。

アメリカのマーベル・コミック社が一九九七年に発行したマーク・グリュンワルド（Mark Gruenwald）の『Squadron《スクワドロン》 Supreme《シュプリーム》』の初版、初刷りはかなり奇妙な書籍だ。出版社名でわかるようにこれはコミックブックである。グリュンワルドは同社の伝説的な作家でアイアンマン、超人ハルク、キャプテン・アメリカ、アベンジャーズなどが代表作だ。いずれも大ヒット作である。近年映画化されて日本でも上映された作品もあるのでご存知の方もおられるかもしれない。

グリュンワルドは一九九六年に持病の心疾患が原因で四十三歳という若さで亡くなっている。そして彼が残した遺言に従って遺体は火葬され、遺灰は印刷用インキに混ぜられた。

奇妙なインキを使用した書籍

実はこの『Squadron Supreme』の初版、初刷はグリュンワルドの遺灰を含んだインキが使われているのである。初めて聞いたとき「グリュンワルドが身を粉にして完成させた作品」というシュールなギャグを思い浮かべたが、よくよく考えると不気味な話だ。

ところでコミックブックのような出版物は出版情報が記載されているインディシア（indicia）——奥付に相当する表示——を見ても重版回数（第何刷か）がハッキリしないことがあると聞いたことがある。購入する気はまったくないが、扱っている古書店があったらどのようにして初刷であることを見分けているか、いつか確認してみたいと思う。

特別変わったインキで印刷された書籍が手元に一冊ある。

アイルランドのダブリン市にあるサルヴェージ・プレス（Salvage Press）という私家版印刷所が二〇一二年に限定出版した『Albert, Ernest & the Titanic』（アルバート、アーネストとタイタニック号）という書籍だ。

題名にある豪華客船タイタニック号が氷山と衝突して大西洋に沈没したのは一九一二年四月十四日。本書はその悲劇の一〇〇周年を追悼する目的で制作されたものである。

就航当時タイタニック号には船内の配布物、レストランのメニュー、チケット、記念名刺など航海中に必要となる様々な印刷物を発行する小さな印刷所が用意されていたそうだ。そしてそれは二人の印刷工によって運営されていた。通称「アルバート」と呼ばれていたレバノン出身で五十二歳のエイブラハム・マンスル・ミシェラニ（Abraham "Albert" Mansoor Mishellany）とロンドン出身で二十七歳のアーネスト・コービン（Ernest Corbin）である。本書はこの二人組がタイタニック号に乗船してから悲劇に遭うまでの物語を挿絵入りで記したものだ。

タイタニック号の残骸は沈没してから七十三年後の一九八五年に発見された。それから数回にわたって周辺の海底調査が行われ、一九九四年にはタイタニック号に燃料として積載されていた石炭の一部が回収された。本書はこの時の石炭を粉末状にして混ぜ合わせたインキを印刷の一部に用いているのである。

タイタニック号と関わりのあるインキが使用された書籍

一〇〇年前にタイタニック号とともに大西洋に沈み、七十年以上も海底で眠っていた石炭を練り込んだインキ。それでタイタニック号の挿絵と船上で働く印刷工の物語を印刷したのである。色々と感慨深い書籍だ。

我々は書物に印刷された内容を読んで物語に魅了され、知識を得て、感動を覚える。普通はそこにどのようなインキが使われているかなど、気に留めることはまずない。しかし中には人々の思いとロマンが詰まったインキもあるのもたしかだ。場合によっては本の内容よりもドラマチックな物語を持つインキもあるかもしれない。そのような物語を探し出すのも書物蒐集の醍醐味である。

（1）齊藤昌三（1959）『紙魚地獄』書痴往来社。本書「馥郁たる古本」六十五ページ参照。
（2）死後に発表され、わずかな期間で世界的な大ヒットとなり映画化までされている。

（『埼玉県医師会誌』七八五号　二〇一五年八月）

欄外の書込み

出張病院が今年一月から電子カルテを導入した。操作に馴れるまではそう時間は掛からなかったが、数ヶ月経った現在、個人的に大変不都合な点が一つだけ解消されずにいる。それは、今までのようにカルテの欄外に何かを書込むということが出来なくなったことだ。

書込む内容は患者さんとの雑談で得られる些末な情報ばかりでわざわざカルテ本文に記録するようなものではない。患者さんの趣味、好きな音楽、最近読んだ本、ペットの名前、農作物の出来具合など、診療には直接関係のないことばかりだ。僕以外の人からすればカルテの余白を汚す落書きにしか思われないかもしれない。

ごもっともだ。もとより「書込み」は落書きの延長線上にあるものなのだから。

海外の古書業界は書籍に加えられた書込みのことをマージナリア（marginalia）と呼ぶ。特殊な場合を除いて多くは古書評価を下げるヨゴレの扱いである。売る側からすればあまり喜ばしいものではない。ところが買う方を見ると、書込みのある書籍を好んで購入する蒐集家が少なからずいるのである。

入手した書籍の来歴を推測するのも古書蒐集の醍醐味の一つである。過去にどういう人が手にしたか、どう思われ、どう扱われたか、文章に記載されていない書籍そのものの隠れた物語を解き明かすことにロマンを感じるのである。

書籍が古ければ古いほど古書の流通経路、本の解剖、紙やインクの性質、活字の種類や印刷方法など、様々な知識が必要な法医学的作業となる。ヨゴレも重要な情報なのだ。古書のヨゴレには蔵書印や蔵書票、蔵じみ、手沢（手垢）、擦れ、切れ、破れ、におい、はさみものなどが存在する。中でも「書込み」はそれを記入した人の思いが直接反映されているので特殊である。

以前、名古屋の古書店から購入した雑誌『ジャズ批評』第三号の裏表紙内側に気になる書込みを見つけた。

2・8 河原の下宿 ●● 官憲入る

AM8:30 〜 10:00 ごろ

「河原」が場所を示しているのか苗字なのかは分からない。「●●」は「家宅」と書いたのを塗りつぶしている――おそらく「家宅捜査」と書こうとしたのではなかろうか。この日時に家宅捜査が行われるという情報を掴んだのか、家宅捜査があったことを記録したのかは不明だが、昭和四十年代、早朝の家宅捜査、そして警察を「官憲」と表現しているところを見ると、マルクス主義に傾倒した学生運動家が当時所有していたのではないかと推測される。

この雑誌には他にも編集後記の下の方に「高橋」の捺印と「Freddie Hubbard Breaking Point（B）」という書込みがある。

Freddie Hubbard（フレディ・ハバード）はジャズ・トランペット奏者だ。『Breaking Point』はハバードがアート・ブレイキーのジャズ・メッセンジャーズを脱退して初めて収録した一九六四年のリーダー・アルバムの名前である。「B」はおそらくこのアルバムのB面のことを示しているのであろう。

ジャズ愛好家ならご存知かと思うが、このアルバムの聴き所はハバードがジャズ・メッセンジャーズの影響を払拭して新たなスタイルを確立しようと印象深い演奏を繰り広げたA面の二曲である。B面はまだジャズ・メッセンジャーズの影響が伺える演奏で馴染みやすい反面、アルバム的には面白味に欠ける。

この書込みをした人物（高橋？）はアルバムのB面をどう思ったのだろうか。雑誌の欄外に書込みを残す程なのだからきっと何かを感じたのであろう。

必ずしも正答にたどり着くとは限らないが、このように書込みに含まれる情報から当時の持ち主についてあれこれ、想像を膨らませていくのは愉しいものである。推理小説を読み解くのと同じだ。マージナリア蒐集家《コレクター》がいるのも納得できる。

しかし良く考えると、線引きを含め書込みというヨゴレは本来、私的なものである。多くは書込んだ者が自身に宛てたメモなのだ。書物を読んでいる間に重要だと感じたもの、思いついたもの、読み直すべきものに印を付けたり加筆したりしているのである。

フェルマーがディオファントスの『算術』の余白に記入した書込み——フェルマーの定理——のように数世紀に渡って世界中の数学者を翻弄したようなものもある一方で、夕飯の買い物リストみたいなものが記入されていることだってある。

僕がカルテの欄外に書込むことは決して重要な情報ではない。だがやはり患者さんとの雑談で自分なりに大切だと思ったことをメモしているのである。格好付けて言えば、カルテ本文に記載するのは患者さんの病気に関わる情報、欄外に書き置くのはその人の生活臭なのだ。

「病気を診ずして病人を診よ」

我が母校の理念で学祖、高木兼寛の言葉である。

外来でお会いする患者さんは十人十色。一人ひとり、それぞれの生活、それぞれの経験、それぞれの感動がある。

患者さんとして診るならば病気以外のことを多く知る必要はないかも知れないが、長く付き合う間にその人の背景を何も知らないというのもつまらない話である。患者さんがたどって来た道を理解し、信頼関係を築くためにはカルテの病歴欄にまとめられるもの以外の情報も必要だ。「病人を診る」とはそういうことだと僕は理解している。

たとえ将来、従来の紙カルテがなくなり、全てが電子カルテになったとしても、欄外情報は何とかしてどこかに書込み続けるつもりである。

（『埼玉県医師会誌』七六九号　二〇一四年四月）

『星の王子さま』初版の言葉

今はどうなっているか分からないが、むかし暮らしていたマイアミでは小学校からスペイン語が必須教科であった。そして中学からは学校によってスペイン語以外の第二ヶ国語を選択することができた。例えば僕が通った中学校(1)ではスペイン語以外にフランス語、ドイツ語そしてラテン語の講座が用意されていた。とはいえ、中学校に上がってもスペイン語を続ける学生がほとんどである。土地柄スペイン語は馴染み深く実用的だという理由もあるが、スペイン語を母国語とする生徒も大勢いたのである。

僕の場合、姉が同じ学校でフランス語を選択していたこともあり、それを真似て何となくフランス語をやることにした。スペイン語は友達同士の会話や生活の中でどうせ自然に身に付くであろうと自分なりに考えたのである。(2)

ひと学年三〇〇人弱のうちフランス語を選択した同級生は二十名ほどで男子は僕を入れてたしか八人だった。教師のマシオット先生は忍耐強い教育熱心な女性でフランス語以外にフランスの歴史や文化、地方の風習なども教えてくれた。生徒たちを招いて自宅で夕食会を開き、エスカルゴやチーズ・フォンデュを振る舞ってくれたこともある。おかげで一年生の終わりにはみんなフランスの小学校の低学年に向けた本を苦労せずに読めるまでになっていた。

そんなクラスの上達ぶりを喜んだ先生は二年生の最初の授業でエクストラ・クレジットを発表した。

日本では馴染みが薄いかもしれないが、これは宿題のような必修課題ではなく、やらなくても成績に響くことはない。しかし課題を達成することによって努力・評価点を追加してもらうことができるのである。生徒の実力に合わせて個別に提案する場合と今回のようにクラス全員に提案する場合がある。

このとき先生が提案したのは『星の王子さま』のフランス語版『Le Petit Prince』をクリスマス休暇までに読破するというものだ。そしてその提案にざわめくクラスに対してマシオット先生は次の名言を放った。

――名作は初めて出版された言葉で読んでみるものよ――

こういう時、いちいち騒ぐのはわれわれ男子である。

「じゃあ先生は聖書を古代ヘブライ語で読んだことはあるんですか？」

「『ベオウルフ』[3]は？」

「『オデュッセウス』は？」

「『罪と罰』は？」

男子はみな調子に乗って囃し立てた。

ここで『ああ無情』や『三銃士』を言わないところが僕たちのずる賢いところだ。

先生は呆れて声をあげた。

「Oh... ferme la bouche! You guys know what I mean」

――もう、お黙り！　何が言いたいのかわかるでしょ――

「……とにかくエクストラ・クレジットをやってみたい人は本を貸し出すから後でオフィスにいらっしゃい」

そう言ってその日の授業は終わった。

それから三十数年。海外から届いた古書目録に『Le Petit Prince』が挿絵とともに掲載されているのを見てマシオット先生のエクストラ・クレジットを思い出した。
そこにはこう記載されていた。

de Saint-Exupéry, Antoine
Le Petit Prince. Gallimard 1946
First French edition published in France

ド・サン＝テグジュペリ、アントワーヌ
『星の王子さま』ガリマール社 1946年
フランスで初めて出版されたフランス語版

「フランスで初めて出版されたフランス語版」とはやけに冗長的だ。蒐集対象ではなかったが、説明文が気になって色々調べてみたところ面白いことが分かった。

『星の王子さま』の作者アントワーヌ・ド・サン＝テグジュペリは一九三九年、大戦が始まるとフランス空軍に飛行教官として召集された。しかし前線で任務に就きたいという本人の強い希望もあり、しばらくしてアフリカ戦線の偵察飛行隊に配属されることとなった。サン＝テグジュペリはすでにこの時、一九三一年に上梓した『夜間飛行』で名が知られており、ドイツ空軍の中には彼が所属する部隊とは交戦したくないと思っているファンもいたそうだ。

その後、ドイツに実質敗北したフランスは一九四〇年、和平路線のヴィシー体制を築きドイツと講和を結んだ。そして動員解除の命を受けたサン＝テグジュペリは間もなくアメリカに亡命したのである。

『星の王子さま』はサン＝テグジュペリが亡命中に書き上げた作品なのだ。

初出版は一九四三年四月六日。ニューヨークの出版社、レイナル＆ヒッチコック社(Reynal & Hitchcock)から限定五二五冊、全て直筆サイン入りで上梓されている。

注目すべきはこれが『The Little Prince』という英語版であった点である。フランス語版の『Le Petit Prince』は同社から数週間後に同じく直筆サイン入りで限定二六〇冊上梓された。その後、一九四四年にイギリスで英語版が出版され、終戦後の一九四五年十一月にパリのガリマール社がフランス語版を出版したのである。

亡命先から志願して再び戦地に戻っていたサン＝テグジュペリは一九四四年四月に地中海のマルセイユ南方沖を偵察飛行中にドイツ戦闘機に撃墜されてしまったのでガリマール社版が発行された時には本人はもういない。

古書目録に掲載されていたものはどうやらこのガリマール社の初版本である。一九四五年十一月に出版はされているが一九四六年に発売となったものだ。本来この場合、発行日は一九四五年と記されるべきだが版権の関係でガリマール社は販売を開始した一九四六年を発行日としていたそうだ。目録はそれに倣って一九四六年と表記したのであろう。

ジョイスの『ユリシーズ』が自国のアイルランドではなくパリで初版されたように、諸事情から名作の初版が作者の母国以外の国で出版されることはよくあることだ。ナボコフの『ロリータ』のように原作そのものが作者の母国語以外で書かれていることもある。(4)また『ルバイヤート』のように翻訳されて世界的に有名となった作品もある。(5)

だが『星の王子さま』のような世代を超えた名作の初版が原作を翻訳したものだったというのは案外珍しいのではないだろうか。

あのマシオット先生が現在、どこで何をされているかは分からないが『星の王子さま』が初めて出版された時の言葉がフランス語でなく英語だったと知ったらどんな反応をするだろうか。想像しただけで愉快だ。

でも、きっと最後は開き直ってこう吐き捨てるに違いない。

――もう、お黙り！　何が言いたいのかわかるでしょ――

（1）Ransom Everglades School : Coconut Grove, Miami, Florida

（2）二年後に日本に帰国することになり、この計画はあえなく失敗した。

（3）古英語で書かれた英文学最古の叙事詩。現代訳は小学校で読まれる。

（4）ナボコフは『ロリータ』の原作をあえて母国のロシア語ではなく英語で書いている。

（5）十一世紀にペルシア語で書かれたオマル・ハイヤームの四行詩集。十九世紀に古書店で偶然それを発掘したフィッツジェラルドが英訳したことによって有名となった。

（『埼玉県医師会誌』七七六号　二〇一四年十一月）

金言暴言、記憶に残る10%

祖母はその昔、親戚の間で今も語り継がれる名台詞を残している。

僕はその場にいなかったので伝聞になるのだが、何かの行事でみんなが祖父母の家に集まった時のことである。祖母の梅子は当時五十代なかば。前日より準備に追われ、一人できりきり舞いしていたそうだ。親戚が一人二人とやってくる中、玄関と厨房を行ったり来たり、お出迎えとお茶出しをドタバタこなし、料理の準備が一段落ついたところでようやく一息。襟をさっと直してみんなの前に出ていくと、ちょうどそこに義理の伯母がやってきた。腰の曲がった年長者で、親戚の中では浅慮でいらんことを言ううるさ型として知られていた。

その義伯母が祖母を見るなり頭を指差して大袈裟に驚いてみせた。

「てぇ！　梅子さん、見ない間にだいぶ白髪が増えたねぇ」

いらんお世話である。気にしていることを無遠慮に皆の前で指摘されたもんだから祖母は切れた。

「馬鹿じゃなかろか！　白髪は染めりゃあ分からなくなるけどアンタの腰はアイロンかけても真っすぐにはならんじゃろ！」

その剣幕にみんなが黙してしまった。

「……でぇ、すげぇことというなぁ」

——誰かが漏らした。すると堰を切ったようにみんな腹を抱えて笑った。

祖母の暴言にたまげて義伯母の腰が一瞬ピンッと伸びたという人もいるが、それはさすがに作り話であろう。

この話題がでると何故かいつも『三教指帰《さんごうしいき》』に出てくる「曲蓬」という二文字を連想してしまう。

『三教指帰』は空海が出家を決めた時に書いたとされるもので、儒教・道教・仏教の三教を戯曲形式で比較し、いかに仏教が優れているかを説いた書物である。そして空海はその中で儒学者の荀子《じゅんし》がその著作集の『勧学』篇で述べている「麻の中の蓬《よもぎ》」をこう紹介している。

曲蓬、麻に糅《まじわ》んぬれば、扶《たす》けずして自ら直し

（曲がった蓬も麻に混じって育てば、手を加えなくとも自然と真っ直ぐになる）

曲がった腰と曲がった蓬。暴言と金言。あらためて書き出してみると全く違う。何故その二つが僕の中で関連付けされているのか良くわからない。不思議なものだ。


僕はたまに自分でも驚くような言い間違いをすることがある。

何年か前の暑い夏、かかりつけの老婆が義理の娘さんに付き添われて診察室に入ってきた。雑談をしながら診察をしていると義理の娘さんがこうこぼした。

「先日、誕生日だったんだけどね。婆ちゃん、まぁだ畑に出ると言ってるんよ」

カルテの表紙を見ると確かに三日前、誕生日を迎えたばかりだった。

「もう九十二歳ですかぁ……まぁ、すぐくたばると思うからあまり家を離れない方が良いんじゃないですかねぇ」

その場にいるみんながキョトンとした。

僕自身、何だか妙なことを口走ったような気がした。そしてハッと気づいた。

「ひゃあ!　もとい、もとい!」

――焦って今まで使ったこともない表現が飛び出した。

「〈くたびれる〉だ。〈くたばる〉じゃなくて〈くたびれる〉でした」

二人とも大爆笑である。

「はぁ、センセの言う通りだに。いつお迎えがくるかワカランがね」

おばあちゃんがニヤニヤしながらひやかした。こちらは平身低頭、恐縮しまくりである。

だけど気が付いて良かった。もう少しで僕は〈甚だ失礼な暴言ヤロー〉として彼女らの記憶に残るところだった。あぶない、あぶない。

"90 percent of everything is crud"
（どんなものも、その九割はカスである）

これは「スタージョンの啓示」（Sturgeon's revelation）もしくは「スタージョンの法則」（Sturgeon's law）と呼ばれるもので、二〇一三年にアメリカの哲学者ダニエル・デネットが批判的思考の心得として引用したことで再び取り上げられるようになったフレーズだ。

元はＳＦ作家のスタージョン（Theodore Sturgeon）が一九五七年に発表したもので、ＳＦ小説はクオリティの低い作品が多いという批評に対する反論の一部である。ＳＦ小説に限らず、どのジャンルにおいても優れた作品は一割ぐらいしかない。残り九割の駄作をもって全体を評価するのは的外れだとスタージョンは述べている。

ここで注意しなければいけないのは与えられたデータの評価、すなわちそれがカスか否かの判断は個々の主観によるということだ。受け取る側がその内容に興味がなければ、どんな重要なデータもカス扱いである。またその逆もしかりで、価値のないデータが必要以上に重要視されることだってあるのだ。

我々は人と話をする時、その会話の九割を占める常識的で平凡な言動は容易に忘れてしまうものである。そしてたった一割のイレギュラーな発言に感銘し、論理的には不適切ながらそれを基準に相手を理解したつもりになって評価してしまうことは良くあることだ。

――人の記憶に残る10％――

立派なことを口にしたのならば金言として後生に遺せるので格好がつくのだが、暴言や失言で人々の記憶に残るのはうれしくない。気をつけなければ……。

でも案外、暴言と失言では〈暴言ヤロー〉の方が始末が良いかもしれない。麻の中の蓬のように、そういう人は常識的な人たちと交わるうちに空気を読むようになって改善が期待できるからだ。だけど失言は無意識にやってしまうので気をつけていてもなかなか治せるものではない。悪癖みたいなものである。

とんでもない失言をしたことを後になって気づいて冷や汗を流すことがある。相手と再開するまでけっこうドキドキして過ごすことになる。そんな時にすがるのがイギリスの詩人、アレキサンダー・ポープ（Alexander Pope）が遺した金言である。

"To err is human, to forgive is divine"

——過ちは人の常、寛恕は神の道——

僕の周りには神の道を歩む方々が多くてホントに助かっている。

（『埼玉県医師会誌』八〇五号　二〇一七年四月）

不良本の値打ち

ある古本屋から思いがけない不良本が届いた。
注文したのは日本古書通信社が昭和四十九年と昭和五十一年に発行した『書物関係　雑誌細目集覧』全二巻だ。書誌研究懇話会の編纂で大正八年から昭和四十五年の間に国内で発行された書物関係の雑誌についてまとめた本である。『奇書珍籍』、『愛書趣味』、『書物往来』、『書物展望』、『校正往来』等々、雑誌の書影と特徴、各号の発行年月日と全目次が列記されている。掲載雑誌は全五十六誌、数百冊を網羅している。古書蒐集家向けのマニアックな内容で、戦前の雑誌について調べるために購入したのである。古書としては決して入手困難な珍しい書籍ではなく、揃いで四〇〇〇円程度だった。

問題の不良本はその第二巻の方だ。

本の中程に八ページ分、片面しか印刷されていない箇所が見つかったのである。

古書店が目録掲載前と発送前に十分検本をしていなかったのであろう。明らかに古書店の瑕疵である。送り返してやろうかと思ったが、昨今これだけ派手な印刷ミスは珍しいので手元に置いておくことにして第二巻は別の店で購入し直した。

今から思えば最初の古書店にイヤミの一つでも言っておけば代わりの本を安く譲ってもらえたかもしれない。こういう時に要領が悪いのはつくづく損である。

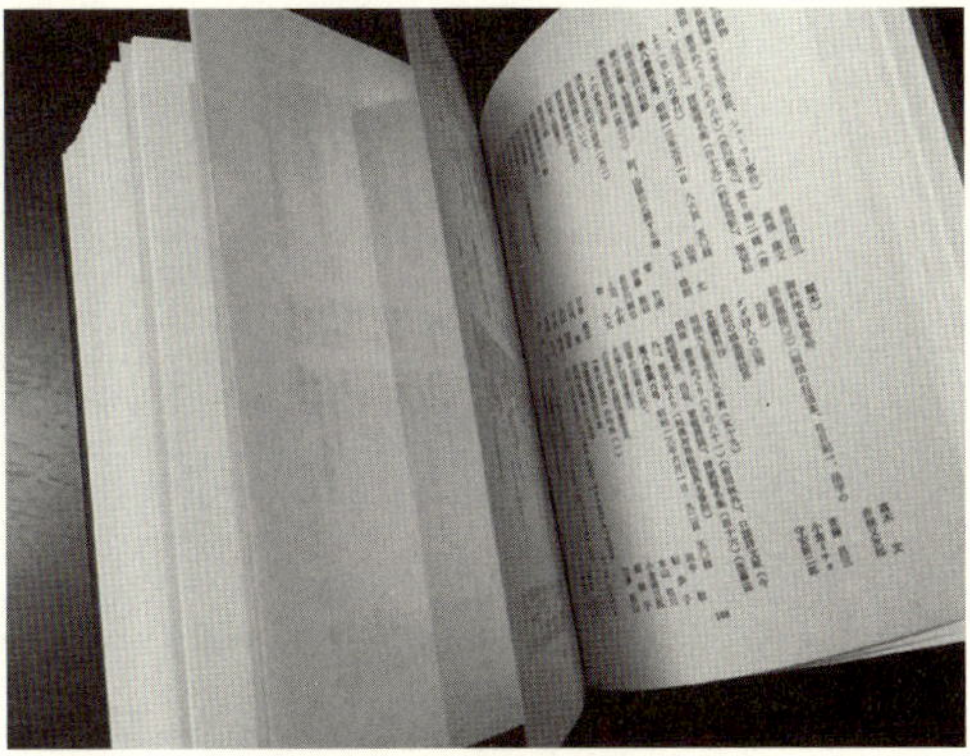

八ページ分、片面が白紙のまま製本されてしまった不良本

一昨年の話だが、神田神保町にある東京古書会館の地下ホールで開催されることになった「地下の古書市」の目録が送られてきた。掲載書籍を眺めていたら、日本民芸協会が昔発行していた雑誌『工藝』の揃い物が目を引いた。

柳宗悦の編集、芹沢銈介デザインで昭和六年の創刊から昭和二十六年の終巻まで全一二〇冊。販売価格は一二六万円。日常生活用品や道具に美しさを見いだし、「用の美」を伝えるべく柳宗悦が中心となって始めた民芸運動を普及させる目的で創刊された雑誌である。資料的な価値が高く、バラでも高値で取引されていることを知っていたので揃いで百万以上することに驚きはなかった。

目を疑ったのは書籍の状態を示す但し書きだ。

「切取 逆綴 重複 乱丁 蔵印有含」

――ワケアリの本だらけである。

おそらく端本《はほん》（不揃いの全集）にキズ本を加えて無理矢理全巻揃えたのであろう。

しかし、だいぶ強気な値段を付けたものである。

古本市には行けなかったので顛末を知らないが不良本を含んだこの条件で購入した人はいたのだろうか。

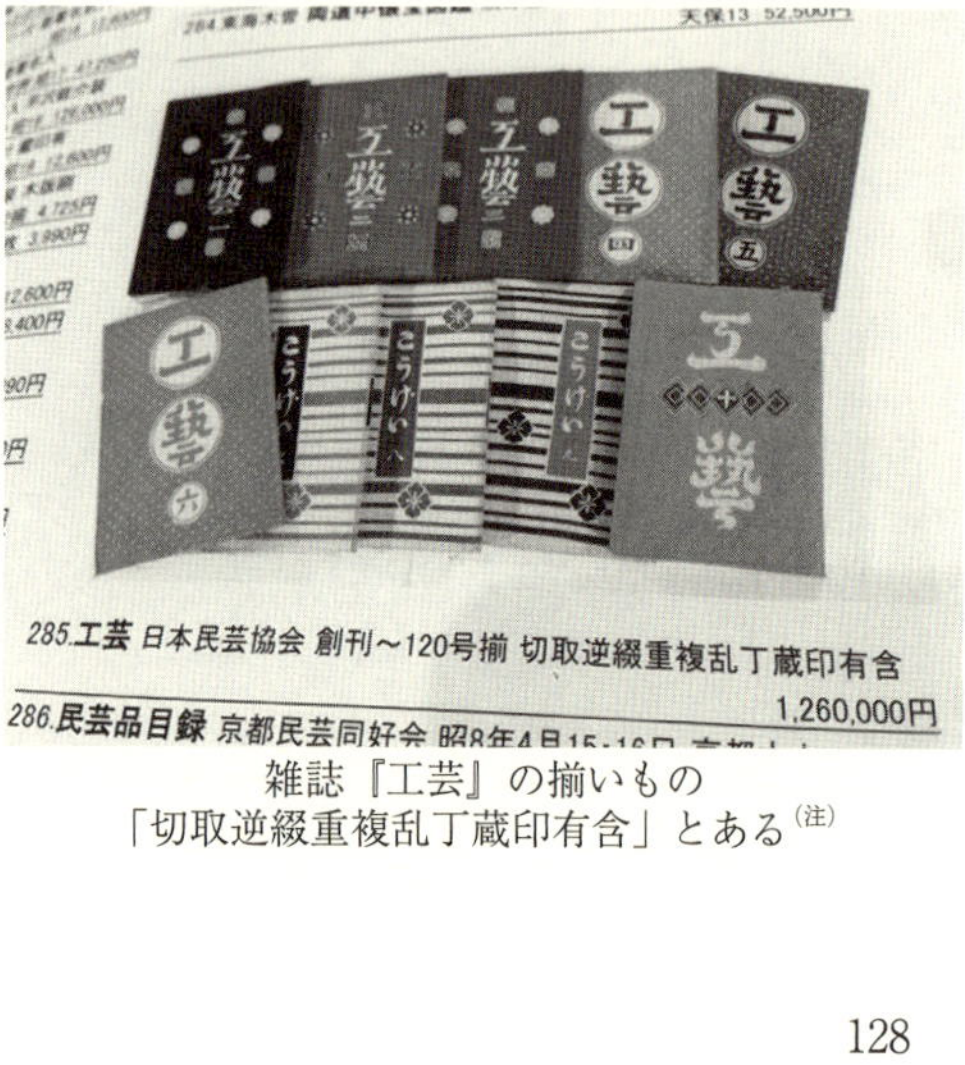

雑誌『工芸』の揃いもの
「切取逆綴重複乱丁蔵印有含」とある（注）

世の中には不良本と思えるような状態でこそ値打ちがある書籍もある。

手元にある一七九三年にロンドンで出版された『A Trip to Paris』（パリの旅行記）はそのような本だ。表紙はなく、綴じ糸はほどけそうで今にもバラバラになりそうである。天地と小口は化粧裁ちされておらず紙は変色して汚らしい。一見して書籍の形をなしていない廃棄寸前の古本である。

バラバラになりそうな仮綴じ装の初版本

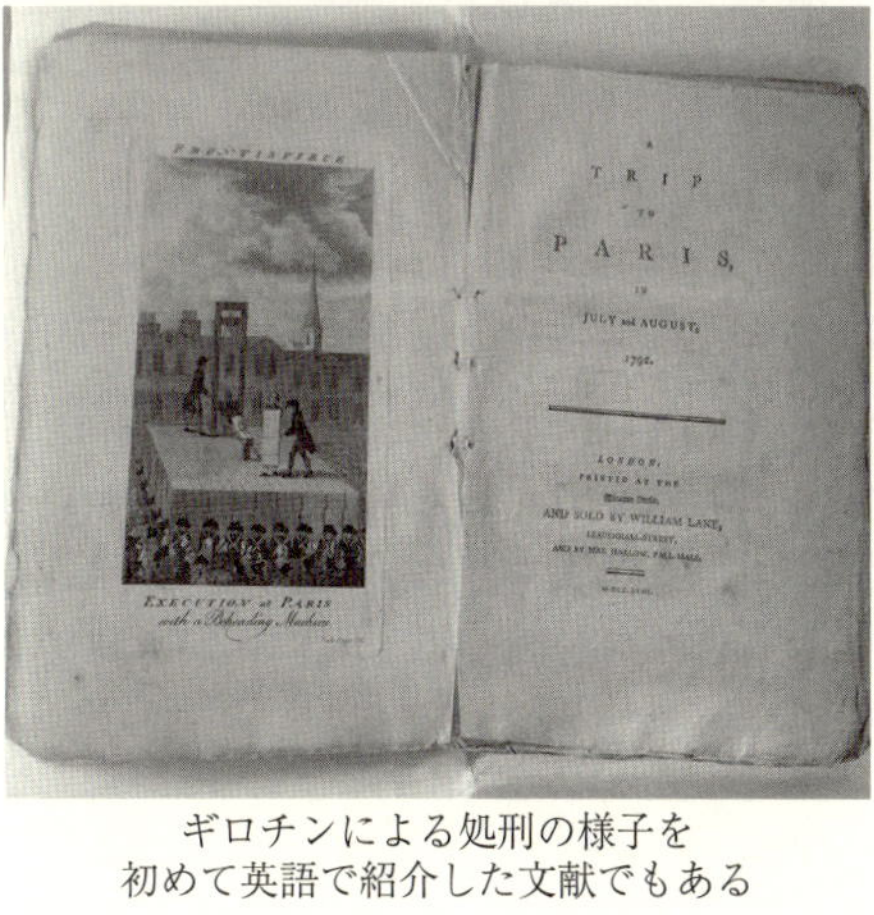

ギロチンによる処刑の様子を
初めて英語で紹介した文献でもある

ただし内容は興味深い。イギリス人のリチャード・ツイス（Richard Twiss）が一七九二年にパリを訪れた時の旅行記である。一七九二年といえばフランス革命の真最中だ。そしてこの旅行記にはパリの観光名所や料理以外にギロチンを用いた処刑の様子も生々しく紹介しているのである。

ギロチンはこの年に採用されたばかりで、処刑の様子を記した英語文献は当旅行記が初めてだと言われている。実はこう見えて、資料的価値の高い書籍なのである。

だったら綺麗に製本し直せば良いじゃないか――そう思われるかもしれない。

だがだめなのである。

かつてヨーロッパでは仮綴装本（livre broché）と呼ばれる状態の書籍を販売することがあった。製本はされておらず、ページを簡単に束ねただけのものである。頒価を安く抑えられるので多くの人に購入してもらうことが期待できた。そしてそれを購入した人は好みに合わせて装丁工房（ルリュール工房）で製本してもらうのである。

紹介した手元の書籍は発売当時の状態で入手した仮綴じ装の初版本で、仮綴じ糸が残っているのは大変珍しいと思われる。

――はたから見て不良本だからこそ値打ちがあるのだ。

昨年の秋、イギリスのボナムス・オークション（Bonhams Auctions）の目録に通称『姦淫聖書』（Wicked Bible）と呼ばれるいわくつきの聖書が掲載され、古書業界でちょっとした話題になった。これは一六三一年にイギリス王室の指示で出版された欽定訳聖書で、頒布されてから一年後にとんでもない誤植が見つかって大問題となったものである。

モーセの十戒で本来「thou shalt not commit adultery」（汝、姦淫すべからず）とすべきところ「not」が抜けて「thou shalt commit adultery」（汝、姦淫すべし）と記載されてしまったのである。箇所が箇所だけに随分と不良な本である。

当時の王室と教会は激怒し、出版社の営業資格を剥奪した。そして発行された一〇〇〇部のほとんどが回収され焼却処分となった。処分を免れ所在が判明しているものが現在九冊あるそうだ。そして昨年競売に出品された一冊は最終的に三万一二五〇ポンド（約五六〇〇万円）で落札されている。

姦淫聖書はたった三文字の脱字で数百万。かたや冒頭で紹介した本は数ページ分の文字が欠落しているにも関わらず値打ちは皆無に等しい。結局、不良本の値打ちはその不良たる原因と背景が面白いと思えるかどうかで決まるのではないかと思う。raison《レゾン》 d'être《デートル》（存在意義）を見出すことができれば瑕疵にも価値が生まれるのである。

冒頭の不良本もここで紹介することができたし、本棚に並べておけば見た人にどうして第二巻が二冊あるのか尋ねられる。購入額ほどの値打ちはないかもしれないけど、僕としてはこれに存在意義を見出すことが出来たので元が取れたと思っている。

第二巻が二冊並ぶ本棚

（注）　二〇一四年五月二十五日開催「地下の古書市　古書目録」二〇ページより

（『埼玉県医師会誌』七九二号　二〇一六年三月）

金魚に牛の小便、そして錦鯉

金魚絵師、深堀隆介という芸術家を知ったのは全くの偶然である。何年か前にたまたま入った書店で展示されていた彼の作品集を目にして興味を惹かれたのだ。(1)

彼の作品は極めて独創的である。

桶や柄杓や茶碗など、ちょっとした容器の中にアクリル樹脂を流し込んで透明な層を作り、そこにアクリル絵具で金魚の一部を描き込むのである。その上を再び透明な樹脂で覆い、金魚の一部をまた少し描き加える。これを何度も繰り返して層を重ねていくと絵具で描いた金魚が立体像となって樹脂の中に浮かんでいるように見えるのだ。ＣＴやＭＲＩの画像データをコンピュータ上で積み重ねて三次元画像を構築するのと同じ理屈である。絵筆というアナログな道具でデジタルな効果を達成してしまうところに凄さがある。

代表作は木曽檜製の枡を用いたもので「金魚酒」というシリーズ名がついている。作品集の中にも様々なバリエーションが掲載されており、綺麗な金魚が枡酒の中を泳いでいる様子は涼しげで大変風流だ。――盆栽や石庭と同じような静寂の美を感じる。

深堀隆介の作品
金魚酒シリーズから「夕姫」(2)

枡酒に金魚で「金魚酒」。

洒落が利いていて頭に残るセンスの良いネーミングを考えたものだ。当時は知識不足でそう感心していたが、最近になって「金魚酒」は昔からある日本酒に関連した表現であることがわかった。

日本酒に詳しい友人や知人に尋ねてみたところ、この言葉を耳にしたことがあるという者はいたが、内容を説明できる人はいなかった。彼らの詳しいというのは味に限ったことかもしれないので断定はできないが、現在はあまり周知された表現ではなさそうだ。いずれにせよ、知らないのは僕だけではなかったので安心した。

昨年の九月、新潟にある今代司《いましろつかさ》酒造の「錦鯉」という日本酒のパッケージ・デザインが二〇一六年度グッドデザイン賞を受賞した。作品の紹介文にデザインの開発背景が記されており、そこで「金魚酒」の本来の意味を知った。

金魚酒とは極端に水で薄められた日本酒のことをいうのだそうだ。金魚が泳げるほど水っぽいことを揶揄したのだという。その表現がいつ誕生したのかは定かではないが定着したのは日中戦争（支那事変）以降のようである。そしてそれは日本酒に対する厳しい課税が関係していることがわかった。

明治政府が発足した当初、その主な税収は地租と酒税であった。その後、酒税の増税が続き一八九九年には地租を抜いて税収の三割から四割近くを占めるようになったのである。(3)

特に日露戦争以降は頻回に増税が行われ、明治初期に全国で約三万軒あった酒造はどんどん廃業し、大正後期には約八〇〇〇軒まで減ってしまった。

そんな苦しい状況の中、一部の酒造は増税対策として日本酒に水を加えることを思いついた。課税対象となる実際の生産量と出荷量（販売量）の差を創り出して儲けを確保できるように工夫したのである。


昭和十二年に日中戦争が勃発すると酒造米が減らされ、白米を使用することが禁止された。また日本酒も徴用されて戦地に送られてしまったため、国内では日本酒の需要と供給のバランスが維持できなくなってしまった。

すると今度は問屋と小売店が国内の需要に応えようと日本酒の水増しを始めたのである。つまり酒造が増税対策として水を加えた日本酒を問屋が水増しし、それを小売店がさらに薄めて消費者に提供したのだ。金魚酒という言葉はこうして広まったのである。


焼酎の場合、原酒に水を加えて数日寝かせて味をまろやかにする「前割り」という飲み方があるが、日本酒の水割りはいくら寝かせても美味しくなるとは思えない。

だが不味いと知りながらも金魚酒をたしなむ人たちの気持ちはわからないでもない。

アメリカのマイアミで暮らしていた子供の頃、カルピスで似たような思いをしたことがあるからだ。

当時、僕らにとってカルピスは大変貴重な飲み物だった。今のように物流が盛んな時代ではなかったので現地では日本食そのものを入手することが極めて困難だったのである。カルピスは母方の祖母が年に数回、日本から送ってくれる小包の中に入っていることがあった。(4) これを僕と姉と妹の三人で仲良く少しずつ大切に飲んでいたのである。

――カルピスもアメリカで購入できるといいのになぁ。

幾度もそう想ったが、その名前からまず無理だと子供ながらに理解していた。カルピスの英語綴りはＣＡＬＰＩＳ。これを発音すると「cow piss」つまり「牛の小便」と聞こえてしまうので英語圏では飲料品の名称としては極めて不適切なのである。(5)

思い起こせばカルピスを本来の濃度で飲んだのは日本に帰国した中学二年生の夏が初めてかもしれない。アメリカにいた頃は次にいつ「入荷」するかわからなかったので一瓶を極力長持ちさせるため、いつも薄目に作って飲んでいたのである。

残りが少なくなると、よりいっそう薄めるものだからカルピスの香りがするお米のとぎ汁のような飲み物になっていた。飲めた代物ではないが、飲めないよりましだと思ってありがたく味わったものだ。

金魚酒を飲んでいた人たちもおそらくそんな気持ちだったのだと思う。

日本酒を薄めて出荷するのはしょうがないと考えられていた時代に原酒のまま提供することにこだわる酒造が幾つかあり、今代司もそのうちの一つだった。そして当時、今代司の酒は「金魚ではなく堂々とした錦鯉だ」と称賛されたそうだ。

その逸話にちなんで発売されたのが今回グッド・デザイン賞を受賞した「錦鯉」である。

型抜きされた箱から白地に赤色の模様が印刷された瓶の一部がのぞき、悠々と泳ぐ錦鯉のように見える洒落たパッケージだ。

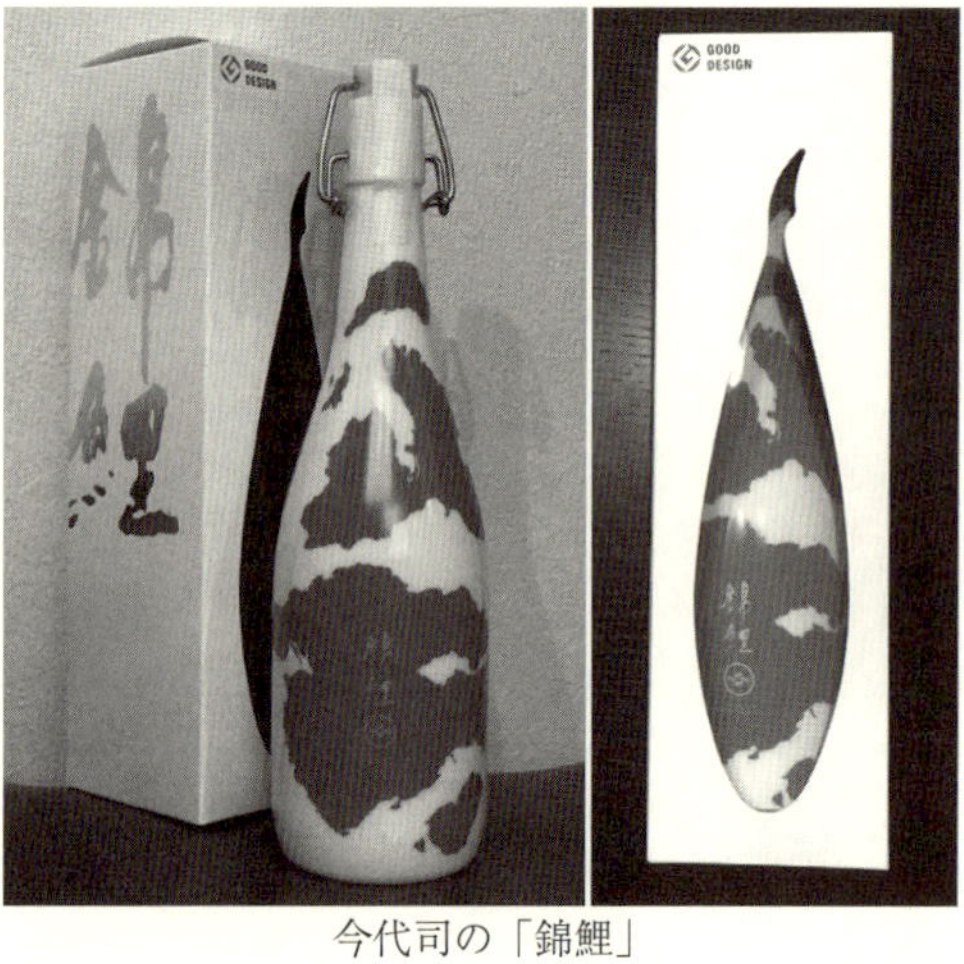

今代司の「錦鯉」

実は本稿を書くにあたって資料として「錦鯉」を購入したがまだ封を切っていない。どうせなら設定にこだわって深堀隆介の作品集のページをめくりながら枡酒でちびちびやりたいものである。

（『埼玉県医師会誌』八〇三号　二〇一七年二月）

（1）深堀隆介（2011）『金魚養画場』文芸社
（2）深堀隆介（2016）『金魚ノ歌』河出書房新社、三十八ページ
（3）そうなった理由の一つに帝国議会の議員に地主が多かったことがあげられる。彼らに直接関わる地租よりも反対の少ない酒税の方が増税しやすかったのだそうだ。
（4）小包の中身は日本の調味料や保存の利く日本食、漫画、雑誌、そして文具などだった。
（5）だいぶ後になってカルピスがアメリカで「カルピコ」という名称で販売されていたことを知った。

魅惑のサンセリフ共和国

日本で馴染みの薄いサンセリフ共和国（Republic of San Serriffe）が世界的に注目されるようになったのは共和国の建国十周年を記念して英ガーディアン紙が七面に渡る異例の大特集を一九七七年四月一日に行ってからである。(1)

サンセリフはインド洋に浮かぶ南北二つの島で構成される小国だ。北の島はUpper Caisse《アッパーケース》と呼ばれ、南の島はLower Caisse《ロウアーケース》と呼ばれている。両島はほぼ同じ大きさだが南島の形が曲玉状のため上空から見て句読点のセミコロンのように見えるのが特徴である。

ガーディアン紙によると両島は一四二一年にイギリスの冒険家によって発見され、後にスペインとポルトガルの植民地になったそうだ。十七世紀にイギリスに併合され、十九世紀に割譲されてポルトガルと共同統治されていたが一九六七年に独立を果たしたのである。

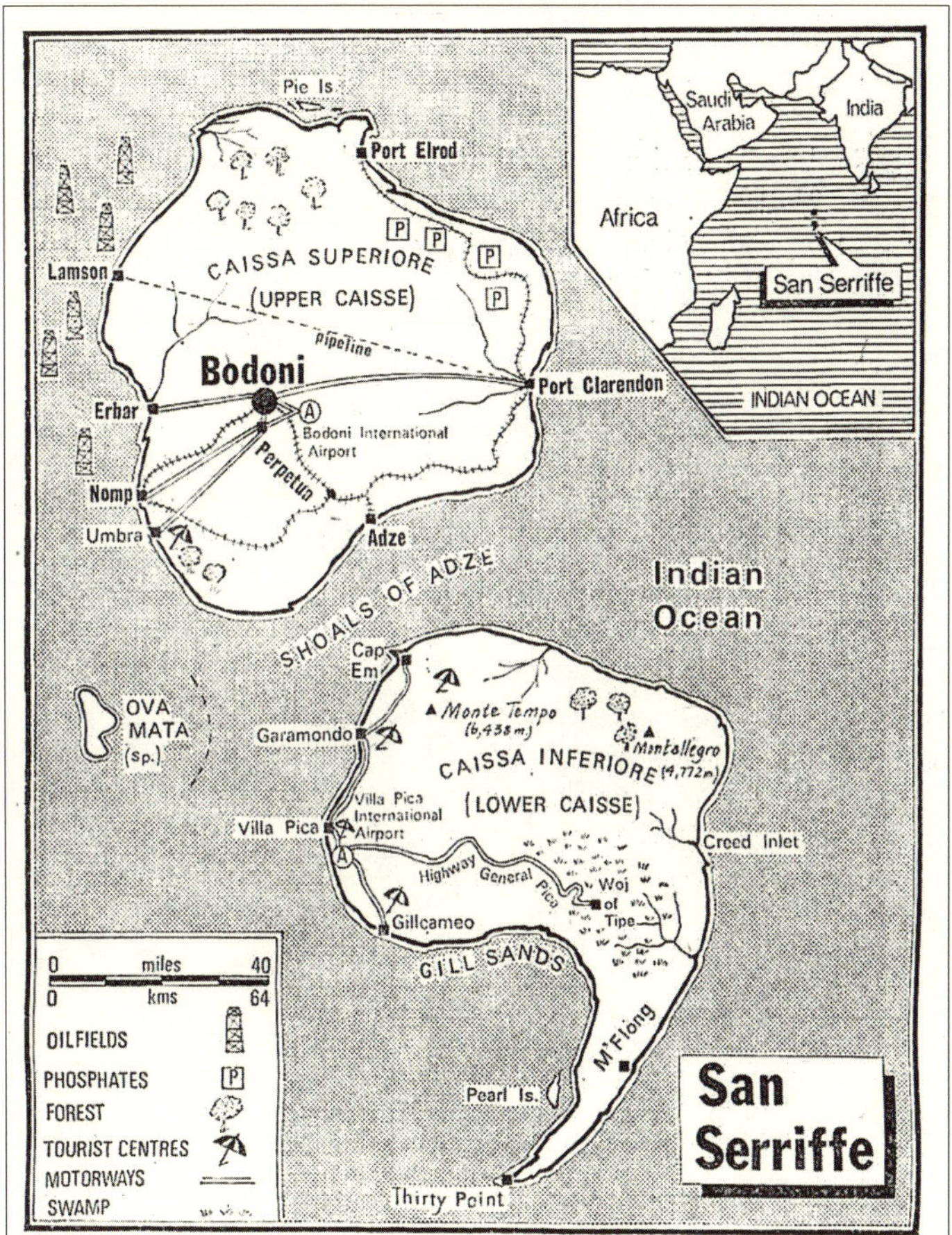

ガーディアン紙に掲載されたサンセリフ共和国の地図

サンセリフの人口の大半は植民地《コロニー》時代に入植した西欧人の末裔でColons《コロン》と総称される人々と原住民のFlong《フロング》族、そして混血のSemi-colons《セミコロン》で構成されている。その他は主に周辺諸国から移住してきた人々である。言語背景はそれぞれで異なるが島の公用語は英語である。

北の島は石油やリンなどの天然資源が採れることもあり、パイプライン、高速道路、鉄道、港湾、空港など、物流に関連したインフラの整備は充実している。人口は多く、首都のBodoni市を始めビジネス街のPerpetuaや港湾都市のPort Clarendonなど、規模の大きな都市がいくつもある。

南の島は手つかずの自然が多く、様々な景色が楽しめるのでリゾート地として有名である。北部には二つの山に挟まれた森林、島の中央には大湿原、西側には広大な砂浜、そしてその南にはまた山がある。西海岸にはGaramondo・Villa Pica・Thirty Pointなどの観光名所や人気別荘地が並ぶ。

長期休暇の訪問先としては大変魅力的な島国である。しかし残念なことに、日本で同国について入手できる情報はあまりない。

手元にあるサンセリフ関連図書は六冊あり、現在入手できるものはこれで全てである。

他にもサンセリフの紙幣、記念硬貨、金券、株券、切手シート、鉄道切符なども持っているが希少性は高く、現在いずれも入手困難である。

このように、まとまった資料が極めて少ないのもサンセリフ共和国の特徴である。

1) Theodore Bachaus (1978)
"The World's Worst Marbled Papers"
San Serriffe Publishing Company

2) Theodore Bachaus (1980)
"Private Presses of San Serriffe"
San Serriffe Publishing Company

3) Henry Morris (1988)
"The First Fine Silver Coinage of the Republic of San Serriffe"
Bird & Bull Press

4) Theodore Bachaus (2001)
"The Booksellers of San Serriffe"
San Serriffe Publishing Company

5) Henry Morris (2010)
"The San Serriffe Postal Service"
Bird & Bull Press

6) David Hamilton (1992)
"The South-Sea Brithers"
Partick Press

筆者が所蔵するサンセリフ関連図書

ガーディアン紙の過去の記事を検索しても初出の一九七七年の他、一九七八年と一九九九年、合わせて三回しかサンセリフ共和国に関する記事がない。いずれも日付は四月一日である。

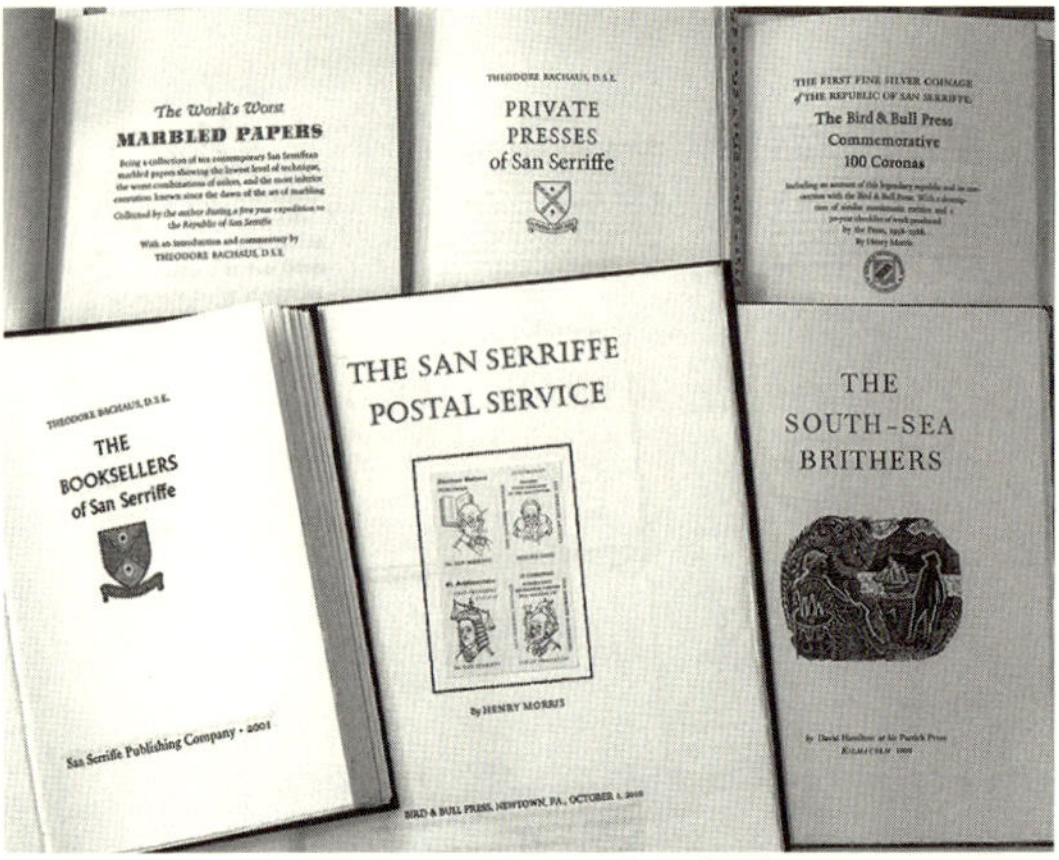

サンセリフ関連図書の書影
（筆者のコレクションより）

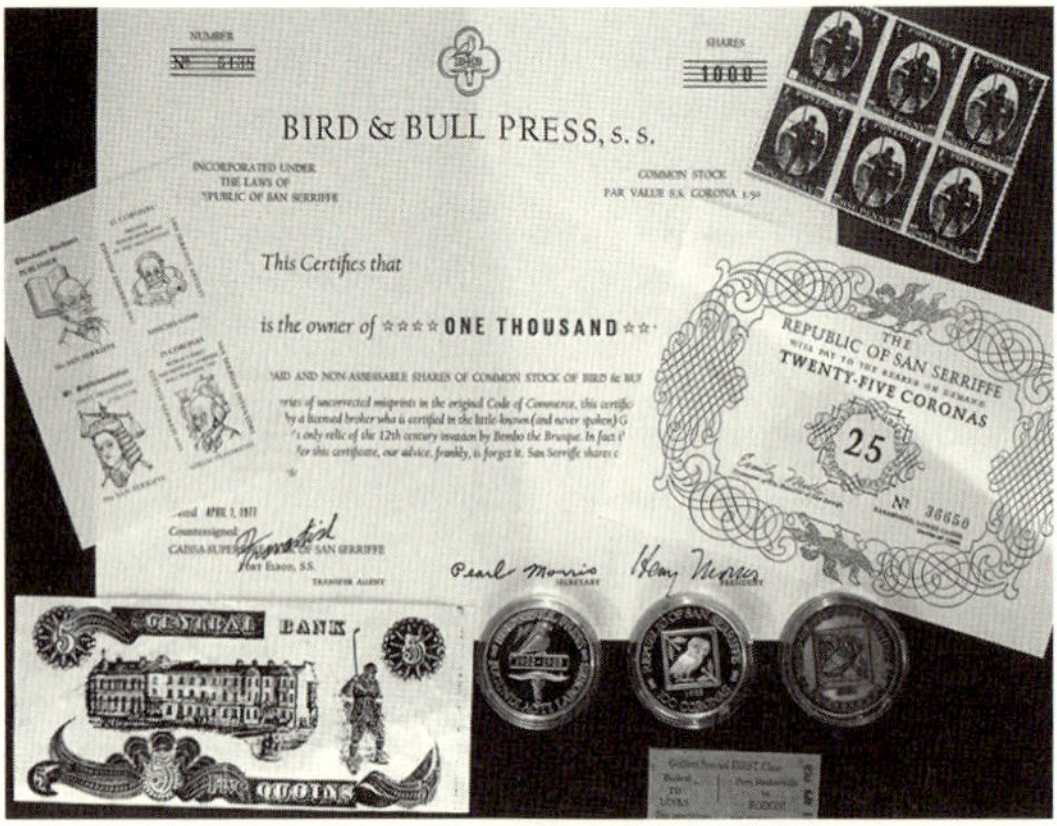

サンセリフ共和国の記念硬貨と有価証券
（筆者のコレクションより）

そう四月一日。

もうすでにお気付きかも知れないが、サンセリフ共和国はガーディアン紙が一九七七年のエイプリルフールにでっち上げた架空の国なのである。

この記事に登場する名称のほとんどが出版業界で使用される用語が元になっている。

例えば、国名のSan Serriffeはserif（ひげ飾り）のない活字書体を総称するsans serifが由来である。Upper Caisseはuppercase（大文字）、Lower Caisseはlowercase（小文字）。Bodoni・Perpetua・Clarendon・Garamondはフォントの名称。その他、PicaやThirty points（30ポイント）は文字の大きさを示す用語である。

タイプ・デザイナーや愛書家など出版業界に詳しい一部の方々はこれが虚構記事だということにすぐ気付いたようだ。しかし多くの読者は当時、まんまとだまされてしまった。そのため広告に記載されていたサンセリフ観光ツアーへの申し込みや記事への問い合わせが編集部に殺到して、企画した部署も大変な目にあったそうだ。

ところで記事は虚構かも知れないがサンセリフ関連図書や資料は全て実在する。

San Serriffe　(= sans serif)：ひげ飾りのないフォントの総称。
Upper Caisse (= uppercase)：大文字
Lower Caisse (= lowercase)：小文字

フォント名：
Allegro　Bodoni　Clarendon　Corona　Elrod　Erbar
Garamond　Gill Cameo　Gill Sans　Perpetua　Tempo　Umbra
文字サイズ：
Cap Em (= Capital M)：大文字の「M」はそのフォント種の大きさの指標となる。
Nomp (= nonpareille)：6ポイントのこと。
Pearl：5ポイント
Pica：12ポイント
Thirty Points：30ポイント

活版印刷用語：
Flong：紙型。印刷用鉛版を作るための母型。
Ova Mata (= overmatter)（英）：米国ではoverset。一行に文字を詰めすぎた状態。
Pie：Printer's Pieとも。活字が整頓されず、ごちゃごちゃに混ざった状態。もしくは使用済みの活字置き場。
Quoin：版面を印刷機に固定する際に使用する用具。

その他：
Adze：「A to Z」をもじっている。
Creed：英国テレタイプ端末製造会社Creed & Companyより。テレタイプは新聞社が使用した原稿や記事の配信方法。
Lamson：エアシューター製造会社Lamson Engineering Companyより。地図のパイプラインはこれに掛けたもの。
Woj of Tipe (= wodge of type)：活字のかたまり。

サンセリフ共和国関連資料に出てくる用語の説明[2]

リストの最初の五冊の書籍はアメリカにあるBird & Bull Pressのヘンリー・モリスがガーディアンの記事に触発され、遊び心で愛書家向けに限定出版した私家版である。著者のTheodore Bachausと出版社のSan Serriffe Publishing Company（サンセリフ印刷会社）はモリスが自身と印刷所に用いた偽名《エイリアス》である。

リスト六番目にある『The South-Sea Brithers』はスコットランドにあるPartick Pressが限定出版した私家版である。同プレス主催のデビッド・ハミルトンがモリスのサンセリフ関連図書に感銘を受け創作したのである。普段は資料的価値のあるお固いゴルフ関連書籍を提供している同プレスもこの一冊だけはユーモアたっぷりである。

エイプリル・フールと関係なく、サンセリフ共和国の名前を意外なところで目にすることがある。

例えば数学者でコンピューター科学の権威、ドナルド・E・クヌース博士(3)は自身の論文や著書に誤植などの誤りを報告した人にお礼の意味も含めて「San Serriffe 銀行」が発行した2・56米ドル相当の小切手を名前入りで贈呈している。もちろん換金はできないが、これは通称クヌース懸賞（Knuth Reward）と呼ばれており、この業界でこの小切手を持っていることは大変な栄誉だそうだ。

また一九八二年「Statistics in Medicine」に掲載されたイギリスのリバプール大学熱帯医学校（Liverpool School of Tropical Medicine）の熱帯小児科教室の論文にもサンセリフの名前が登場する。医学生を対象に疫学的調査方法を教える教材としてサンセリフの南の島における新生児死亡率を調査するシミュレーション・ゲームを紹介するものだ。ユーモア混じりではあるが中身は真面目で、きちんとした学術論文である。(4)

サンセリフ共和国の虚構記事は英語圏で最も成功したエイプリルフール記事の一つとして出版業界では伝説になっている。初出から四十年近く経ってもなお、インターネット・ガイドブックのWikitravel（ウィキトラベル）にサンセリフの旅行案内が用意されているほどだ。(5)

おそらく今でも観光ツアーの企画があれば世界中から申し込みが殺到するに違いない。

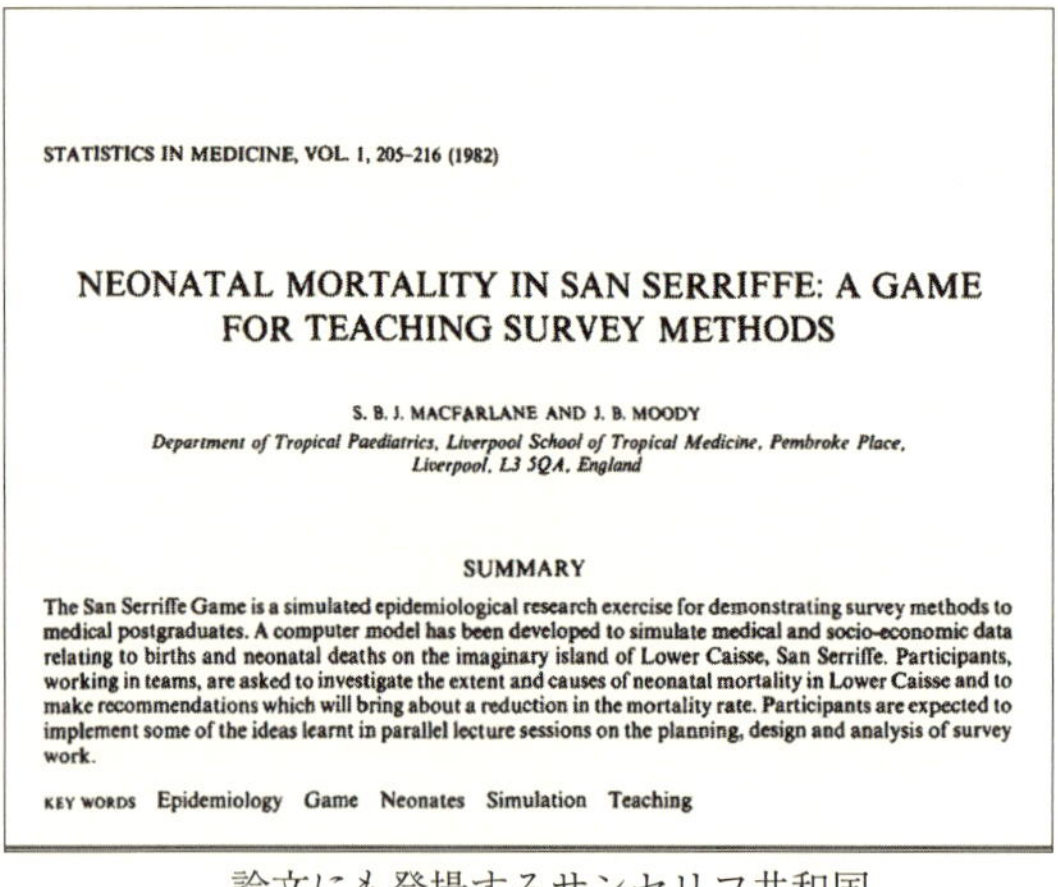
STATISTICS IN MEDICINE, VOL. 1, 205–216 (1982)

NEONATAL MORTALITY IN SAN SERRIFFE: A GAME FOR TEACHING SURVEY METHODS

S. B. J. MACFARLANE AND J. B. MOODY

Department of Tropical Paediatrics, Liverpool School of Tropical Medicine, Pembroke Place, Liverpool, L3 5QA, England

SUMMARY

The San Serriffe Game is a simulated epidemiological research exercise for demonstrating survey methods to medical postgraduates. A computer model has been developed to simulate medical and socio-economic data relating to births and neonatal deaths on the imaginary island of Lower Caisse, San Serriffe. Participants, working in teams, are asked to investigate the extent and causes of neonatal mortality in Lower Caisse and to make recommendations which will bring about a reduction in the mortality rate. Participants are expected to implement some of the ideas learnt in parallel lecture sessions on the planning, design and analysis of survey work.

KEY WORDS Epidemiology Game Neonates Simulation Teaching

論文にも登場するサンセリフ共和国

地図を眺めれば眺めるほど、架空と知りながらいつかは訪れたいと思う魅惑の国――それがサンセリフ共和国なのである。

（1） The Guardian (April 1, 1977) "San Serriffe: a Guardian special report"
（2） このリストは現在、世界で最も詳細なサンセリフ共和国関連用語集だと自負している。特にCreedとLamsonの由来を突き止めた人はおそらく他に誰もいないと思われる。どうしても解らないのが地図上の二つの山の標高を示す数字の由来である。
（3） プログラミングのバイブルと呼ばれる『The Art of Computer Programming』の著者。組版処理ソフトのTeXやMetafontなどを開発したことでも有名である。
（4） MacFarlane & Moody (1982)
"Neonatal mortality in San Serriffe: A game for teaching survey methods"
Statistics in Medicine, Vol 1, 205-216
（5） http://wikitravel.org/en/San_Serriffe

（『埼玉県医師会誌』七八一号　二〇一五年四月）

切るに切れぬ

切りたくもあり
切りたくもなし

書籍を蒐集していると時には〈やむを得ず〉蔵書を増やさなければならない事情がでてくる。趣味でやっているのに〈やむを得ず〉とは妙な言い方だが、実際にそういう気持ちなのだ。僕の場合そのやむを得ない理由の一つがアンカット本である。

普段あまり耳にすることがない言葉かも知れないが、昔ながらの製本工程を知るとアンカット本がどういったものかが理解しやすい。

製本の工程でまず最初に用意しなければならないのが刷本《すりほん》である。

これは一枚の大きな紙の裏表に数ページ分印刷したものだ。これを数回折りたたむと折丁《おりちょう》と呼ばれる、本の中身を構成する基本単位ができる。

ひとつの折丁に含まれるページの数は刷本を折る回数によって異なる。一般的に二回折りの八ページか三回折りの十六ページが多い。それらを本一冊分、丁合《ちょうあい》——折丁を正しい順番に並べ、上下正しく背を合わせること——して束ねたものが本の中身になる。この束をかがり糸や接着剤で綴じて形と大きさを整えたものを英語でbook blockもしくはtext blockと呼ぶが、日本語にはそれに相当する表現はないようだ。そしてこれに表紙を取り付ければ本の完成である。

丁合の時に折丁が抜けて数ページ足りない状態を「落丁」。逆に数ページ余分にある状態を「増丁」もしくは「取込み」。折丁の順番や上下が間違った状態を「乱丁」と呼ぶ。工程が解るとこういう表現の由来も納得である。

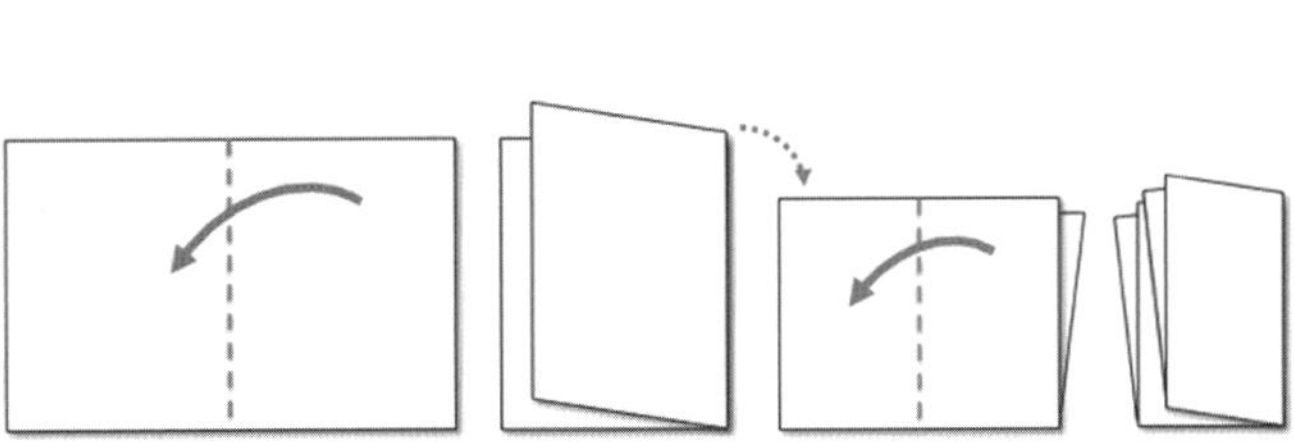

（左から右へ）刷本を二回折って折丁を作る

綴じる時にかがり糸やホチキス、針金を使用するのが「有線綴じ」で、接着剤を使用するのが「無線綴じ」である。そして形を整える際に三方裁ち――天と地と小口の三方を折り目ごと裁断――するのが一般的である。

アンカット本はこの三方裁ちを行わないまま表紙をつけたもので、断裁されずに残った折り目の部分は袋とじになる。そのような本を「フランス装」と目録などで紹介しているのをたまに見かけるがこれは間違いである。「フランス装」は厚手の紙を折った簡便な表紙でbook blockをくるんだことを示しており、上製本（ハードカバー）に対する〈廉価なソフトカバー〉といった装丁方法なのである。

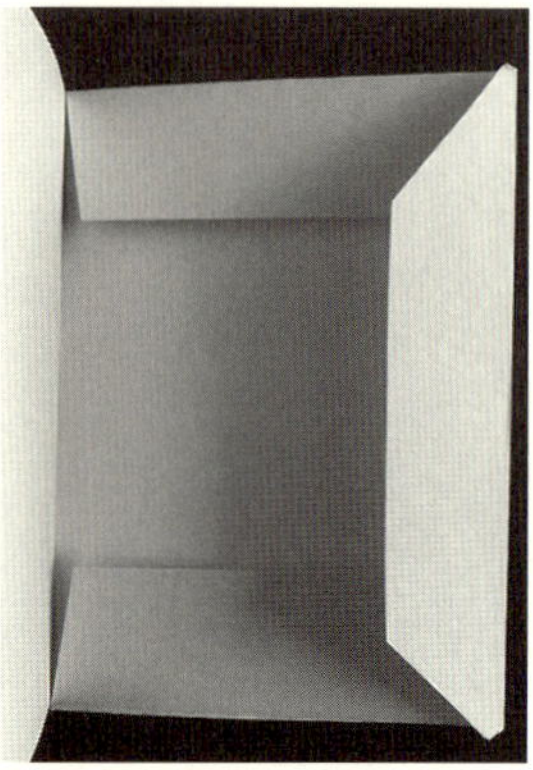

フランス装

今ではアンカット本は特別な場合でしか見かけることはなくなったが、昔はこれが普通であった。ヨーロッパで現在のように三方断ちをした本を販売するようになったのは十七世紀に入ってからである。それまでは折丁がばらばらにならない程度に綴じた、仮綴装本(livre broché)と呼ばれる状態で販売されていた(一二九ページ参照)。購入者はペーパーナイフで袋とじ部分を開封しながらそれを読むのである。そして気に入った書籍は装丁工房(ルリユール工房)に持ち込んで、好みのデザインで製本してもらうのだ。

手元にある古本の中には当初アンカット本として発売されたものもある。ほとんどの場合、僕の手に渡るまでに開封されているが、たまに未開封のものが紛れ込んで困ってしまうことがある。

新刊本ならまだ平気だが古本になると切るか切らざるか、葛藤が大きい。

もともと読もうと思って購入しているのである。ページを切り開いて中身を読みたい気持ちは山々である。しかし、アンカット本は開封すると古書としての値が下がることを知っているので悩んでしまうのだ。僕にはそこまでして読まなければいけない崇高な動機がないのである。

イギリスの私家版印刷所のダブス・プレス（Doves Press）を主催したコブデン・サンダーソンが書いた日誌、『The Journals of Thomas James Cobden-Sanderson』を古書店で入手した時もだいぶ悩んだ。一九二六年に刊行された上下二巻はともに発売当初、アンカットの上製本だった。そして僕が購入した上下巻は発売されてから八十年以上経っているにも関わらず未開封のままだったのである。

確認したいことがあって購入したのにすぐに読むことができず困惑した。ペーパーナイフを片手に散々悩んだ挙句、それを開封する決心がつかず本棚に放置することにした。そしてあらためて一九六九年に再版されたアンカットでないものを注文したのである。

アンカット未開封の古本

日本の古本でも同じような経験をしたことがある。

探偵小説専門雑誌出版社の幻影城が一九七六年から発売を開始した「幻影城ノベルス」単行本シリーズがそれだ。会社はこの企画にだいぶ力を入れていたようで、当時としては大変珍しいアンカットのフランス装という状態で書店に並んだのである。

十年ほど前にこの「幻影城ノベルス」シリーズ最初の三冊、『炎の背景』（一九七六年七月）、『殺人は死の正装』（同八月）そして『不必要な犯罪』（同九月）をセットで古書店から入手した。

三冊のうち『炎の背景』は開封されていたが、他の二冊は未開封のままだった。またまた悩んだが、やっぱり僕にはそれを開封する度胸がなかった。結局〈読む用〉として開封済みの本を追加購入したのである。つまり三冊あるアンカット本のうち二冊は開封と未開封の二種類揃えたのだ。

不思議なもので、そうなると『炎の背景』も開封と未開封、二種類揃えなければいけない気持ちが湧いてきた。そして自分でも愚かしいと思いながら未開封の『炎の背景』をわざわざ探し出して入手したのである。

やむを得ず蔵書を増やすというのはそういうことなのだ。

やむを得ず同じ本が二冊ずつ並ぶ本棚

レコード蒐集家の中にはお気に入りのアルバムを見つけると〈聴く用〉と〈保存用〉そして場合によっては〈貸出用〉にと、何枚も同じアルバムを購入する人がいると学生の頃に聞いたことがある。当時はバカバカしいことをやる人もいるもんだと思っていたが今では彼らの気持ちがわからないでもない。

屋上に屋を重ねる愚行もきっと、散々悩んでやっとたどりついた答えなのであろう。冒頭の前句付には親心を詠んだ「盗人を　捕らえてみれば　我が子なり」の付句が有名である。これに対し、僕は古書蒐集家の気持ちを代弁してこんな付句を詠んでみた。

稀覯本
いざ開いたら
袋とじ

アンカット本は切るに切れないものである。

（『埼玉県医師会誌』八〇四号　二〇一七年三月）

厠《かわや》のホトトギス

五月末から六月はホトトギスの季節である。
古来より夏を告げる鳥として親しまれるホトトギスは南方から飛来する渡り鳥で、渡りの最中は天敵の少ない夜中も活動することが知られている。平安時代には夏の到来をいち早く祝うため、酒を飲み交わしながら夜更かしをしてその忍音《しのびね》（もしくは初音）を待つ風習もあったそうだ。

歸《かえ》らふと　泣かずに笑へ　時鳥《ほととぎす》
聞かふとて　誰も待たぬに　時鳥

この二首は夏目漱石が初めて詠んだとされる有名な俳句である。明治二十二年の作品だ。

この年の五月に喀血して入院した友人の正岡子規を慰めるために贈ったもので、一首目のホトトギスはもちろん子規のことで、二首目のホトトギスは結核の別称である――喀血してホトトギスのように口が赤くなることが由来だそうだ。いずれの作品もあまり高く評価されていないようだが、二首目は平安時代の風習が背景にあると考えると捻りが効いていて個人的にはなかなかいいんじゃないかと思う。

――同じホトトギスでも結核の忍音（咳嗽）など誰も待ちわびないのに――

ところで漱石とホトトギスといえば一つ面白いエピソードがある。
明治四十年、総理大臣の西園寺公望が駿河台の私邸に著名な文士たちを招いて会食をするという企画があった。日本の文学を昇華させるために西欧にあるような文士や芸術家が集う場を設けようというのがこの会の目的である。
合計二十名が招待されて六月十七日から三日間、六、七名ずつ西園寺と会食する運びとなった。二十名のうち辞退したのは二葉亭四迷、坪内逍遥、そして夏目漱石の三名である。四迷と逍遥は慇懃な手紙をしたため、辞退する旨を伝えた。だが漱石は驚くほどシンプルに、多忙なのでと葉書に数行書いて出席を断ったのである。

返信の内容は六月十五日の朝日新聞に掲載された。

「目下一切の来客を謝絶して熱心
執筆中なる小説虞美人草の根に
培ひ葉に灌《みづそそ》ぐに苦辛甚だしく、
此の卯の花垣を出づる一刻なれば
我責《わがせめ》を空《むな》しうする亦《また》一刻の感あり」

つまり「家に籠もって新作の『虞美人草』に取り組んでいるが、苦心していて六月なかばとなった今、締め切りに間に合わない気がしている」というのだ。そしてこれに次の一首を添えたのである。

時鳥　厠半《なか》ばに　出兼《か》ねたり

元々称号や肩書き、権威主義を嫌うことで知られている漱石である。たとえ総理大臣からの招待であろうと形式に頓着せずお断りの返事を葉書で送ったのは理解できなくもない。

朝日新聞に六月二十三日から連載開始を予定している『虞美人草』の執筆で忙しいというのも欠席の理由として悪くはないであろう。作家なのだからむしろ妥当である。しかし「厠半ば」つまり「トイレの途中」なので出られないとは総理大臣に対してあまりにも失礼ではないだろうか。この一首が皮肉か否か、当時から様々な解釈がなされてきた。そして近年では小説家の半藤利一が江戸っ子漱石は戊辰戦争で官軍を率いていた西園寺のことが大嫌いだからこのような句を送ったと推論している。

だがおそらくこの句に嫌がらせはなかったと思う。

というのも、漱石の返事を受け取った西園寺が漱石のことを悪く思っている様子がなさそうだからだ。

第一回の初日が雨だったためその後「雨声会」と命名されたこの招待会は大正五年まで計七回企画されている。第二回目は初回に招待された文士たちが西園寺を招くという返礼の形式だったが三回目以降は全て西園寺の主催である。そして三回目以降も漱石は毎回招待されているのだ。コノヤローと思われていたらそれはないことであろう。

西園寺は風流宰相と呼ばれた人物なので、漱石の句の解釈は市井のものとは異なっていたのではないだろうか。

漱石がこの句を送った相手に何を伝えようとしたか。そしてこの句を受け取った西園寺に何が伝わったか。二人の共通認識は何だったのだろうか。そのヒントは六月十八日、第一回「雨声会」二日目の記録にあると思う。

その夜の招待客は森鷗外、巌谷小波《いわやさざなみ》、泉鏡花、徳田秋声、後藤宙外、小杉天外の六名であった。人数と顔触れから、漱石はこの日に招待されていたと推測される。そして漱石の話題も出たのであろう。記念の寄せ書きに西園寺はホトトギスの句を詠んでいる。

待つ甲斐の　姿を見たり　時鳥

この句は百人一首にある藤原実定の和歌を連想させる。

ほととぎす　鳴きつる方《かた》を　ながむれば
ただありあけの　月ぞ残れる

これは夜更かしをして忍音を待っている情景である。

裂帛《れっぱく》がした方に目をやってもホトトギスは素早くちょこちょこ動き回るので揺れる枝越しに月が見えるのみである。忍音をさえずるホトトギスの姿はなかなか捉えられないのだ。西園寺は「遅くまで皆と酒を飲み交わしていたらその甲斐があって、滅多に見られない忍音を発するホトトギスを見たよ」と、楽しく有意義な会合であったことを漱石に向けて発信しているように思える。しかしこれが漱石への返句ならば当て付けがましく、風流宰相にしては心が狭い。

そこで何か違う解釈はできないかとこの句を眺めていたら、ふと面白いことに気付いた。

待つ甲斐の　姿を見たり　時鳥

「甲斐」と言えば武田信玄である。そして信玄には厠にまつわる話があるではないか。信玄が躑躅ヶ崎《つつじがさき》館に作らせた厠は十二畳もある畳敷きの空間だったそうだ。日本初の水洗便所とも言われており、用を済ませて合図をすると家来が勾配を利用して水を流す仕組みになっていたそうだ。信玄はそこに香を焚かせ、机と硯を置いて毎朝毎晩そこで戦略を練ったとされる。

中国の文人、欧陽脩《おうようしゅう》は物事を考えるのに適した場所として「三上《さんじょう》」をあげている。すなわち枕上《ちんじょう》、馬上、そして厠上《しじょう》である。信玄はこの厠上で考え事をする人物だったのである。

漱石と西園寺の共通認識が「厠上」であると考えると西園寺の返句は秀逸である。つまり「信玄のように厠上で新作を練っている貴殿の姿が目に浮かびます。頑張ってください」というニュアンスが含まれていると解釈できる。

残念なことに、漱石の厠の句と違って寄せ書きの方は新聞に掲載されていないので西園寺の返句は漱石に伝わらなかった可能性が高い。実際、漱石は西園寺について「飲食相通じる位のものだろう」と後年、友人に話している。すなわち大した共通点はないと評価していたのである。

もし何らかの形で西園寺の返句を漱石が目にしていたらどうなっていただろうか。想像を膨らませてしまう。厠のホトトギスを詠んだ風流人同士。感性相通じる良き仲を築けたのではなかろうか。

参考文献
伊藤　整（1978）『日本文壇史11　自然主義の勃興期』講談社
槌田満文（1981）「漱石の招宴欠席をめぐって」、『文藝論叢』17
濱川　博（1991）「漱石の朝日時代とその周辺」、『大妻女子大学紀要・文系』23
半藤一利（1999）『漱石俳句探偵帖』角川学芸出版
黒岩比佐子（2007）『編集者国木田独歩の時代』角川選書

（『埼玉県医師会誌』七八二号　二〇一五年五月）

郵便物の消毒

我が家は海外から僕宛に手紙や小包がちょくちょく届く。
手紙の多くは出版案内や古書目録で、他には定期購読している雑誌類である。そして小包のほとんどは取引のある古書店やプライベート・プレスから購入した書籍である。

――この郵便物は、税関検査のため開封され、当局において再装されました――

たまに、このように印刷された用紙が貼ってある小包を受け取ることがある。調べてみると、たしかに開封して再びテープで閉じた跡が見える。「used books」（古本）と送り状に記載されていても中身を確認することがあるようだ。「税関検査のため」と断っているが、無申告の課税対象品を確認するために開封したと素直に信じるほど僕はナイーブではない。

麻薬や危険物など規制品の密輸入を疑われているのに決まっているのである。

空港と同じようにレントゲンで小包を透視をしても、書籍は装丁によって大きさの割に軽かったり、見た目以上に重かったりすることもあるので不審に思われるのかもしれない。

怪しまれても仕方がない書籍も確かにある。

例えばアメリカのSherwin Beach Pressが発行した限定版『Poisonous Plants at Table』（食卓の毒草）は装丁デザインの一部として有毒植物であるイヌサフランの押し花が挟み込まれている。(1)

イヌサフランはアヤメ科のサフランに似ているが毒性が強く、食用と間違えて口にした方が亡くなる事故がいくつも報告されている。

我が国でも自生しているので規制品目ではないが「古本」と記載された小包を透視してモニターにこの毒草が映っていたら怪しさ満点である。開封して確認したくなる気持ちは充分理解できる。

毒草の押し花入りの私家版

だがこちらからすればその中身は稀覯本である。なるべくなら開封せずに税関検査を済ませて欲しいのだ。

友人にこの話をしたら検査用の線量を強くして解像度をあげれば良いと提案してきた。

「どうせ君が買うのは小汚い古本なんだからこの際、思いっきり線量を上げてついでに滅菌までしてもらえばいい」

「小汚いとは失礼だな。第一そんな強い線量を浴びせたら本自体がボロボロになってしまうよ」

実際、アメリカでは滅菌目的で郵便物に放射線を照射するという話が上がって古書業界や切手蒐集家たちの間で問題になったことがある。

世界を震撼させたアメリカ同時多発テロから一週間後の二〇〇一年九月十八日とその三週間後の十月九日にアメリカの国会議員やニューヨーク州とフロリダ州にある報道局など、数カ所に炭疽菌の芽胞が封入された郵便物が配達される事件が判明した。そして手紙を扱った人々のうち二十二人が芽胞を吸入して炭疽菌に感染してしまい、五名の方が亡くなる事態となった。

炭疽菌（anthrax）を使ったアメリカ本土のバイオテロとして本件はAmerithrax（アメリスラックス）事件と呼ばれ、大規模な捜査が行われた。最終的に九・一一同時多発テロに関与した過激派組織と関係がないことがわかり、偏狭な思想を持ったアメリカ人科学者の単独テロであると結論づけられた。だが郵便物を介する新たな攻撃手段に国民は強い不安を抱いたのである。

米国郵便公社（USPS）は緊急対策としてワシントンDCや特定地域に宛てられた郵便物をガンマ線照射で滅菌することを決定した。米国環境保護庁によると使用線量は五十六キログレイである。これは放射線治療で使用される線量（四十から六十グレイ）の約一〇〇〇倍で、胸部レントゲン撮影で使用される線量の約二〇〇〇万倍だ。

このような高線量に晒されるとビニールやプラスチックは変形し、革製品はボロボロになり、紙は変色してしまう。宝石も種類によっては色調が変わることが知られている。当然ながら種子類、フィルム、電化製品などは不可逆的なダメージを受けてしまうのである。

アメリカの古書業界や切手蒐集家たちはガンマ線照射による蒐集物の損壊を避けるため、国やUSPSが指定した特定地域への荷物の配送は照射処置を行わない宅配業者に委託するようになった。

滅菌を目的として郵便物に手を加えること自体は歴史が古い。

ペスト、チフス、コレラ、天然痘などヨーロッパでは過去に幾度も疫病が発生している。二十世紀に入るまで細菌やウィルスなどの概念が一般に浸透しなかったため、伝染病はミアズマ（miasma）と呼ばれる〈悪い空気〉や〈悪い匂い〉によって拡散すると考えられていた。そのため疫病が発生すると人々は香草を身につけ、室内ではお香を焚き、タマネギやニンニクを家の入り口に飾って空気の浄化を試みたのである。

交易の盛んな地域では疫病の流行地から届く荷物や手紙の消毒方法が考案された。手紙はお酢に浸して洗浄され（酢酸洗浄法）、荷は硫黄を燃やした煙で燻された（硫黄燻蒸法）。十九世紀後半になると硫黄の代わりに塩素ガスやホルマリンガスも使われたそうだ。


十九世紀半ばに郵便制度が登場し、手紙を封筒に入れて発送するのが一般的になると、疫病が発生した時に中身をどうやって消毒するかについて一部で議論された。そこで前処置として封筒の一角をはさみで切り取るか、ラステル（rastel）と呼ばれる剣山のような道具で便箋ごと細かい穴を無数に開けることが提案された。こうやって通気性を良くしてから従来の煙やガスを使用して封筒の中の浄化を行ったのである。

我が国でも一八七九年にコレラが流行した際、同じ方法で郵便物を消毒していたそうだ。

実は、アメリスラックス以前に手紙を媒体に疫病が伝播したという報告は二件しかない。一件はアラスカ州からミシガン州、(2)もう一件はアメリカのユタ州からイギリス(3)に送られた手紙を介して天然痘が伝わってしまったという事例である。前者の方は三十三名、後者は五名の感染が確認されている。原因はもちろん封筒に入り込んだ悪い空気などではなく、便箋に付着していた手紙の送り主である天然痘患者のかさぶたであった。

二十世紀になると疫病の原因菌やその感染経路が判明して有効な対策を取ることが可能となった。そして現在、我々はそれまで行われて来た手紙の消毒そのものが病原菌に対して全く無意味であったことを知っている。

だがアメリカでは一九六〇年代まで結核やライ病のサナトリウムから郵送される手紙を消毒していたという記録がある。これはおそらく感染予防が目的ではなく、人々の不安を解消する目的があったと思われる。

アメリスラックス事件の後も国民の不安を解消する目的ですべての郵便物を照射対象にすることが検討されたそうだ。しかし種々の理由からそれは実現せず、現在はホワイトハウスや米国議会関連施設などワシントンＤＣ内の特定の郵便番号宛の郵便物に限定してガンマ線照射を行っているそうである。

日本では皇室、首相官邸や国会関連施設に宛てた郵便物がどのようにバイオテロ対策されているのか、警備上の理由で公開されていないが気になるところである。

税関検査の時に郵便物が開封されるのは嫌だが、他の選択肢を考えるとしょうがないのかもしれない。だいじな書籍がお酢に浸されたり、穴だらけにされたり、高線量の放射線に曝されたりするよりははるかにマシだ。我慢しよう。

（1） Audrey Niffenegger (2006) "Poisonous Plants at Table" Sherwin Beach Press
（2） "A letter blamed for an epidemic of small-pox" NY Med J. 1901; 73: 600
（3） Boobbyer P. "Small-pox in Nottingham" Br Med J. 1901; 1: 1054

（『埼玉県医師会誌』七八九号　二〇一五年十二月）

肋骨レコード

　数年前まで我がクリニックでは年末になると倉庫にある撮影済みのＭＲＩやレントゲンのフィルムを整理し、保管の法定期間が過ぎて不要になったものを廃棄処分していた。処分するフィルムは多い時には軽トラ一台分の量に達したこともある。

　約六年前に医療用画像管理システムを導入してフィルムレスにしてからは年ごとに倉庫の棚を占拠していたフィルムは減って行き、一昨年はとうとう廃棄するフィルムがなくなった。

　廃棄といっても実際には専門の業者が買い取りに来てくれるのである。フィルムは再生可能な銀塩を含んでいるので行政上これらは廃棄物ではなく有価物扱いになるのだ。業者は工場でシールやホチキスを取り除き、フィルムを機械で細かく破砕して高温焼却しながら銀を回収するのである。

医療機関の電子化が進んで多くの施設がフィルムレスとなった現在、この分野のリサイクル業者の仕事は大分減ったのではないだろうか。

数ヶ月前に海外の出版案内を読んで知ったことだが、冷戦時代のソ連では不要となった使用済みのレントゲンフィルムが変わったものにリサイクルされていたそうだ。

第二次世界大戦後のソ連で西側諸国の音楽やファッションなどに傾倒する若者たちが現れた。流行に敏感ということで彼らはロシア語でスタイリッシュを意味するスティリヤーギ（stilyagi）と呼ばれたそうだ。その後、東西対立から冷戦時代に突入すると指導部は西側の文化が国内に流入することをよしとせず、それらを規制するようになった。特に音楽に対しては厳しく、アメリカ発祥のジャズや若者に人気のロックを国民が聴くこともレコードを所持することも禁じたのである。国内に持ち込んだり、流通させたり、公の場でそのような音楽を流したりすると厳罰が待っていた。反体制派の危険分子と判断され、収容所《グーラグ》送りを覚悟しなければならなかったのである。

その後スターリンからフルシチョフ、ブレジネフと指導者が変わっても規制は変わらなかった。

フルシチョフはエレキギターを「ソビエト民衆の敵」と呼び、ブレジネフに至っては若者に悪影響を及ぼすという理由で大袈裟にも一九六四年にビートルズの入国禁止措置を決定したのである。しかしいくら厳しく取り締まってもスティリヤーギたちは当局の目を盗んで禁制の音楽を求め続けたのである。

フィンランドやノルウェーなど、近隣の自由ヨーロッパ諸国のラジオ放送を受信してテープに録音したり、レコードを密輸したり、あらゆる手段で手に入れた音源を仲間内で聴き回し、共有したのである。もちろん見つかれば大変である。そしてそのうち大胆にも入手した音源からレコードを制作して闇ルートで販売するグループが現れたのである。

通常は音源から金属製の原盤を作り、専用プレス機でポリ塩化ビニール製の円盤に押し付けてレコードを大量生産するのだが、当局に怪しまれずに高価な機械と原料を入手することは不可能だ。そこで彼らが目をつけたのが病院から廃棄される使用済みのレントゲンフィルムだった。

病院関係者を頼って廃棄フィルムを手に入れ、中心部にタバコの火を当てて穴を開け、はさみで丸く切ってレコードの原材料を作ったのだ。それを自作のカッティング・マシーン（レコードの溝を彫る録音機）にセットして一枚一枚、時間をかけて溝を彫ったのである。

出来上がったレコードは片面のみで、雑音が多く音質は粗悪だった。中には数回かけると溝が駄目になってしまう代物もあったそうだ。それでも本来なら入手不可能な音楽がわずか数ルーブルで聴くことができるので闇市場の需要は高かったようである。

地下出版を意味するロシア語のサミズダート（samizdat）にかけてこれらは（レントゲニズダート（roentogenizdat：レントゲン盤）もしくはリョーブラ（ryobra：肋骨レコード）と呼ばれた。

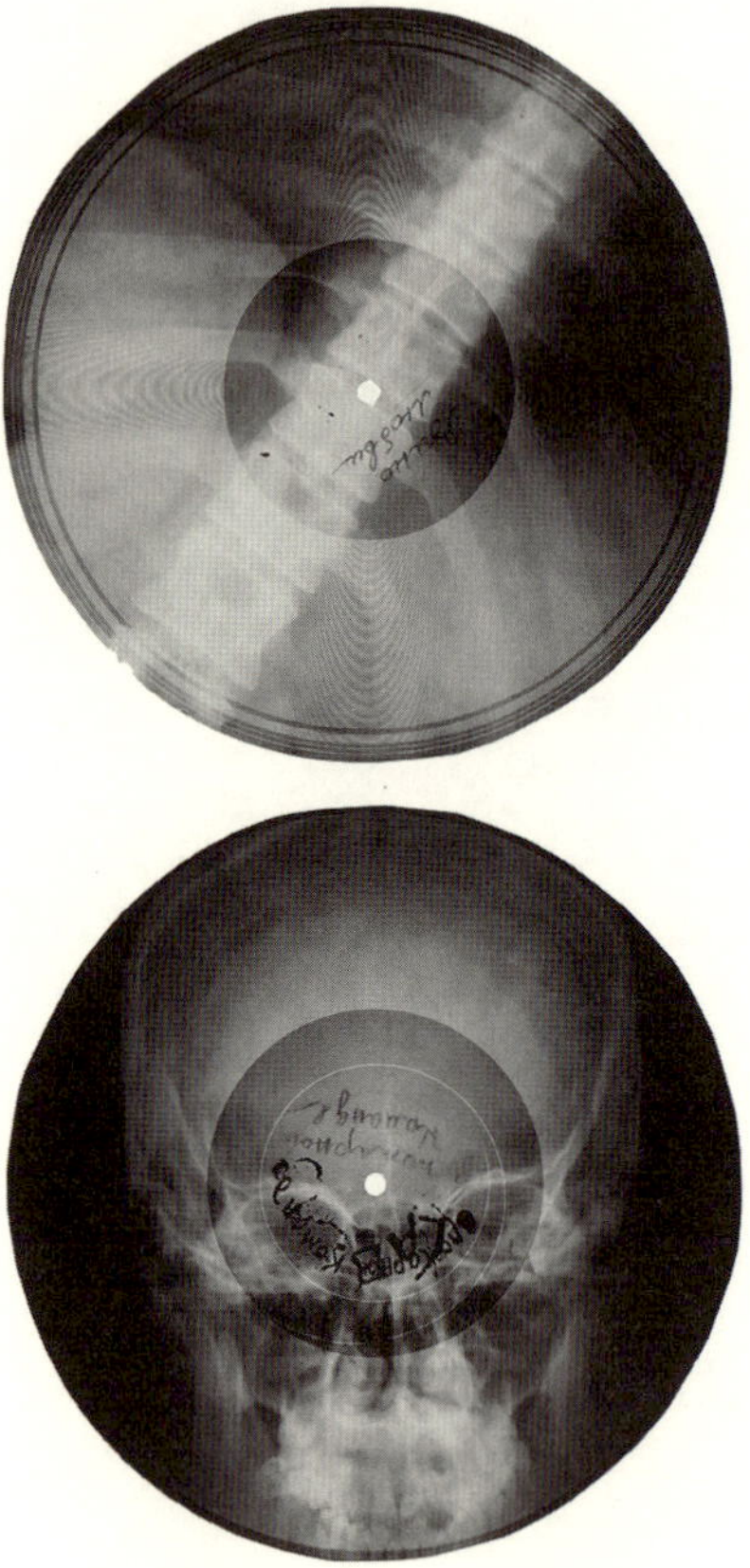

使用済みレントゲンフィルムを
加工して作ったレコード

むかし絵本や雑誌の付録としてページの間に挟んであったシート・レコード（通称ソノシート）がフランスで発明されたのは一九五八年のことである。図らずもソ連のスティリヤーギたちはその数年前からシート・レコードを実用化していたことになる。

肋骨レコードの存在は西側諸国の一部の愛好家たちには知られていたようだが、元々がアングラ運動だったため摘発を恐れて詳しい記録は残されず、今までまとまった資料はなかった。

イギリス在住の音楽家、スティーブン・コーツ（Stephen Coates）が八年程前にロシアを訪問した際、音楽活動の合間に寄ったセント・ペテルスブルグの蚤の市で偶然この肋骨レコードを発見したそうだ。

興味を抱いて、その由来について色々訊ねてみても、売る方も周りの人達もそれがどのような背景で制作されたか説明できる人はいなかった。肋骨レコードを数枚購入したコーツはその後も独自に調査を続けてようやく当時のことを知る関係者を数人探し出したのである。彼らを訪問しインタビューを行い、多くの人々の協力を得てまとめたのが出版案内で紹介されていた書籍なのだ。

今月発売予定だそうだ。

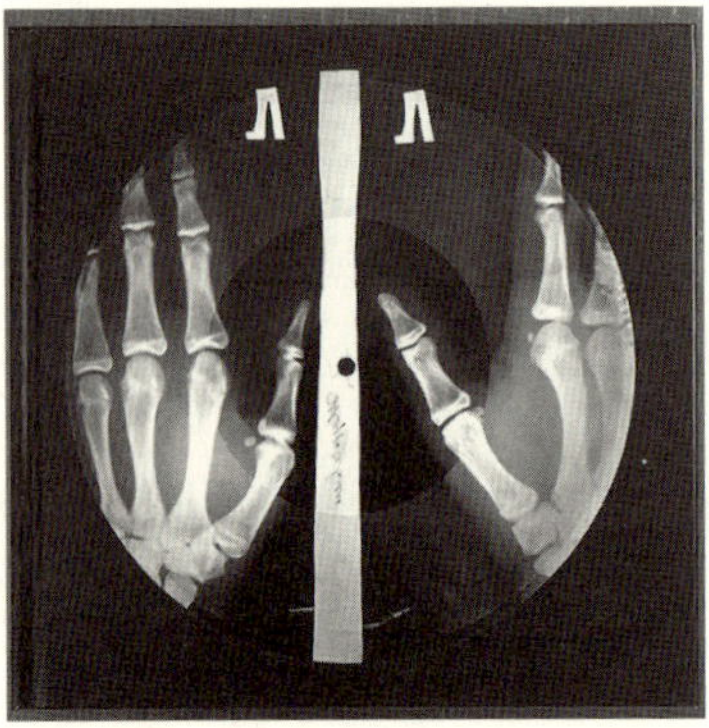

Stephen Coates (2015)
"X-ray Audio:
the strange story of
Soviet music on the bone"
Strange Attractor Press

ロシアには旧ソ連時代の一九六六年にビートルズが日本公演に向かう途中、非公式にモスクワに立ち寄って秘密裏にコンサートを行ったという話がある。今で言うシークレット・ライブだが、これはもちろん都市伝説である。しかし、未だにそれが実際にあったと頑に信じる人々がいるそうだ。

ビートルズの入国禁止措置がいつ解除されたか不明だが、ポール・マッカートニーが初めてモスクワを訪れ、赤の広場で大々的なコンサートを成功させたのは二〇〇三年である。そして翌年にはセント・ペテルスブルグの宮殿広場で再びコンサートを成功させている。

ポールはこの時、ロシアのファンの中にはデビュー当時からビートルズの曲を聴き続けてきたという人が思いのほか大勢いて大変驚いたとインタビューで語っている。禁止されているはずの音楽をデビュー当時からどうやって聴くことが出来たのか。それはやはり肋骨レコードのおかげであろう。

My personal thanks to Stephen Coates for his permission to use his photos in this article.

（『埼玉県医師会誌』七八八号　二〇一五年十一月）

カルフォルニアワインとオレンジジュース

なんだか無性にお肉が食べたいと思っていたらタイミング良く知人に誘われ、東京にあるロウリーズ（Lawry's）で食事をすることになった。そこはハリウッドに本店を置くプライムリブ専門店で、東京店は数年前に恵比寿に移転したが当時はまだ赤坂にあった。

せっかくなのでみんなでボトルワインを開けようという話になったが、普段お酒を飲む習慣がないのでワインリストを見てもさっぱり分らない。担当スタッフを呼んで説明をお願いするとしばらくしてソムリエを兼ねているゲスト・リレーションのジョージが満面の笑みでテーブルにやってきた。

ジョージは日本語の流暢なガーナ人でロウリーズで勤務する前はカルフォルニアワインに魅せられてナパ・バレーにある名門ワイナリー、ベリンジャー（Beringer）で研修をしたことがあると話していた。

彼によるとベリンジャーは日本であまり認知されていないが、アメリカで一三〇年以上もワインを造り続けてきた老舗ワイナリーなのだそうだ。そして関東周辺で扱っている酒屋は東京駅にあるリカーズハセガワ本店だけだと教えてくれた(1)。

彼はこの日、自身が直接カルフォルニアで仕入れてきたベリンジャーの赤ワインを出してくれた。どんな肉料理にも合うと言っていたが、たしかにこの日の料理と相性ばっちりの大変おいしいワインだった。

だがワインと料理を楽しみながら、ジョージの「アメリカで一三〇年以上ワインを造り続けてきたワイナリー」という台詞が僕の中で引っかかっていた。

アメリカは一九二〇年に悪名高いボルステッド（Volstead）法案が制定されている。通称「禁酒法」である。そして一九三三年に廃案となるまでの十三年間、アメリカ国内ではお酒の製造、販売と輸送が禁じられていた。ワイン造りが一三〇年間続いたというのはありえないことではなかろうか。

調べてみるとアメリカのワイナリーは禁酒法によって大打撃を受けている。一九二〇年以前は全米で二五〇〇軒登録されていたワイナリーが一九三三年にはわずか一〇〇軒に減っているのである。

カルフォルニアだけを見ると一九二〇年以前に七一三軒あったワイナリーが一九三三年には次の六軒しか残っていなかった。

Beaulieu（ボーリュー）

Beringer（ベリンジャー）

Bernardo（バーナード）

Concannon（コンカノン）

Pope Valley（ポープ・バレー）

San Antonio（サン・アントニオ）

このうち現在も営業しているのは一九〇〇年設立のボーリュー、一八七六年設立のベリンジャー、一八八三年設立のコンカノン、そして一九一七年設立のサン・アントニオの四軒だけである。

実は禁酒法が施行されたあとも医療用アルコール類と教会で利用される儀礼用ワインの製造は特例で認められていた。先の六軒はこの儀礼用ワインの製造許可を与えられたワイナリーだったのである。行政の指導のもと、製造量は制限されて儲けは出せなかったがワイナリーとして営業は継続できたのである。すなわちベリンジャーが「一三〇年以上ワインを造り続けた」というのは真実であった。

ひとつ面白い統計が見つかった。

禁酒法の影響で一九一九年から一九二五年の間にアメリカの国内ワイン生産量が94％減ったという数字がある一方、ワインの消費量は一九一七年に七〇〇〇万ガロンだったのが一九二五年にはその倍以上の一億五〇〇〇万ガロンに跳ね上がっているのである。これはどういうことだ。一体どこからそれだけのワインを調達したのだろうか。これはどうやら法の抜け穴があったようだ。

禁酒法は飲酒そのものを禁止していないので、施行以前に備蓄していたお酒は輸送と販売さえしなければ消費することは可能であった。また個人消費目的であれば年間二〇〇ガロンまで自家ワインの製造を認める古い法律が有効のままとなっていた。おそらくワイン造りを目的としたぶどうの販売を禁じていたので改正しようと思いつかなかったのだろう。

そこに登場したのが摘み取ったぶどうを圧縮してブロック状に固めたぶどうブロック（grape brick）——通称ワインブロック（wine brick）——と呼ばれる製品だ。(2)

ワインブロックは本来、ジュースを作る原材料としてぶどう農園やワイナリーが一般家庭に販売していた製品である。開封して包装紙の説明書に従って適量のお水に溶かすだけで簡単に美味しいぶどうジュースができるのである。

もちろん法的には全く問題のない製品なのだが包装紙に印刷された注意書きがなかなかの曲者であった。

「当製品を水で溶解して攪拌した後、コルクで密封した容器に入れたまま室温で二十一日以上放置してしまうと発酵してワインになってしまうのでご注意ください」

注意書きと称して、ワインの作り方が懇切丁寧に記載されているのである。

中にはもう一歩ふみ込んで、保存に失敗してしまったジュースの味について言及した注意書きもあったそうだ。

「この製品で作ったジュースが発酵してしまうとシェリーのような味になってしまいますのでご注意を」

「この製品で作ったジュースが発酵してしまうとブルゴーニュワインの味がしてしまうのでご注意を」

ぶどうジュースの保存に失敗する家庭が後を断たなかったのは想像に難くない。

この販売戦略によってワインブロックは大変良く売れ、ぶどう農園やベリンジャーなど一部のワイナリーは大きな利益を上げたのである。

禁酒法以前の一九一九年にブドウが一トンあたり九・五ドルだったのが一九二一年には八十二ドル、一九二四年には三七五ドルと高騰していることからかなり儲かったのに違いない。

数年前から日本でミニッツメイド（Minute Maid）というブランドの果汁飲料が販売されるようになった。現在マクドナルドが提供しているオレンジジュースやアップルジュースは同ブランドのものである。

アメリカで暮らしていた子供の頃、ミニッツメイドというと冷凍食品売場においてあるオレンジジュースのことであった。シャーベット状に冷凍した濃縮果汁がトイレットペーパーの芯ほどの大きさの筒型容器に詰められて販売されていたのだ。これを約二リットルの水で溶かせば美味しいオレンジジュースの完成である。「一分でできあがる」という意味の「minute made」に掛けて「Minute Maid」というブランド名になったのだ(3)。

果汁を冷凍濃縮する技術は一九四五年頃に確立したものである。

栄養のあるオレンジジュースを大量かつ安価に戦地の兵隊へ運搬する目的で開発され、最終的に果汁から水分を80％以上除去することが可能になったのである。戦後その技術が初めて民間転用されたのがミニッツメイドの冷凍オレンジジュースだった。

現在「果汁一〇〇％」と表記されている製品の多くは冷凍濃縮した原材料を水で戻す濃縮還元ジュースだそうだ。香りが若干損なわれるものの原材料の保存が効き、工場までの運搬費用が抑えられるため消費者に製品を安く提供できるのである。

貴重な技術だが元をたどれば果汁の冷凍濃縮製法の開発はワインブロックがヒントになっているのだ。約一〇〇年前の禁酒法がこういう形で我々の生活に影響を及ぼしていると思うと何だか愉快である。

（1）現在はサッポロビールが輸入元となっているので入手は容易である。
（2）本来ここは「ブリック」とすべきだが、敢えてイメージしやすい「ブロック」と表記することにした。
（3）アメリカ独立戦争のとき、敵の英兵が見えたらすばやく戦闘態勢になれる民兵のことを「minutemen」と呼んでいたのでアメリカ人には親しみやすい名称であった。

（『埼玉県医師会誌』七九〇号　二〇一六年一月）

英知を欠くローマ字

こんなくだらないことをわざわざ取り上げてグダグダ言うような人なんてそういないかも知れない。海外旅行の申込書を代理店から渡されたときのこと。名前を漢字と読み仮名、そしてローマ字で記入する欄を目にすると悩んでしまうのである。自分の名前のローマ字綴りに納得できないのがその理由だ。一種のコンプレックスにもなっている。

以前書いたように僕は名前こそ和風だが、じつは帰国子女で生まれも育ちもアメリカだ。

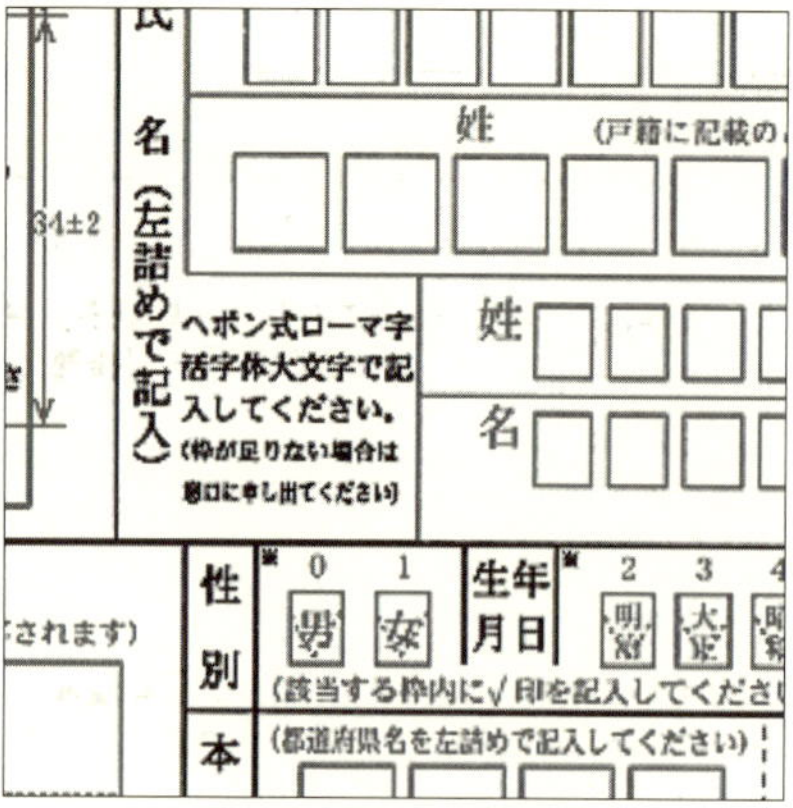

旅券申請書にも氏名を
ローマ字で記入する欄がある

もちろん最初に習得した言語は英語で、日本語を書くようになったのは帰国後からである。

アメリカでは自分の名前をTAROHと綴っていた。出生証明書や子供の頃あった米国旅券など公的な書類の全てがこの綴りで登録され、文句を言われることはなかった。固有名詞だから当り前である。しかし、日本に帰国していきなりこれにクレームがついたのである。

学校に提出する書類にローマ字で名前を書くところがあった。そこにTAROHといつものように書いて出したら、それに気付いた先生から後日、Hを記入する必要はないと指摘されて複雑な気持ちになった。

今までTAROHと綴ってきたのだからそのままでも良いじゃないかと言うとローマ字を使用する時はだめだと説明された。

本来の欧文綴り	：	TAROH	JOHN	THOMAS
発音の片仮名表記	：	タロウ	ジョン	トーマス
発音を元にした ローマ字表記				
・訓令式	：	TARÔ	ZYON	TÔMASU
・ヘボン式	：	TARŌ	JON	TŌMASU
・パスポート式	：	TARO	JON	TOMASU

名前の欧文綴りと各種ローマ字表記

……ならば名前がJohnやThomasだったら同じようにJONとかTOMASと書き直させるのかと詰め寄ると、まぁThomasはTOMASUと綴ることになるが大体そうだと言われた。

ああ、そうか。ローマ字は所詮、日本語の発音を英字で表記することを目的としているだけで、固有名詞であろうと英語本来の綴りを尊重するものではないのだ。

そういうことならば仕方がない。わかりましたと先生に伝えた——が、決して納得はしていなかった。

日本で育ったのであれば子供の頃から自分の名前が「たろう」、「タロウ」、「太郎」と幾つか異なる方法で表記できることは当然と思えるだろうし、発音に合わせてTAROとローマ字で綴ることも何とも思わなかったであろう。しかし、僕にはそのような背景が一切ないのだ。十四歳で帰国するまで自分の名前はアルファベット五文字から構成される「TAROH」という記号以外になかったのである。それを同じアルファベットを使用しているにも関わらず、Hは不要だから綴りを変えろと言われてもそう簡単に受け入れられるものではない。名前そのものを変えろと言っているのと同じである。

それからというもの、貸しレコード店やビデオ店などの入会申込書にローマ字で名前を書く時は毎回、TAROHと記入するようにした。ささやかなレジスタンス運動である。

だが抵抗空しく、これらはことごとく失敗に終わった。記入した綴りが採用されることはなく、発行された会員証のほとんどがTAROとなっていた。

一度だけTAROUと記載された時はやたらと悔しかったのを覚えている。


高校の時、校内模試で配布された答案用紙に名前をローマ字で記入する欄があった。最初は素直にTAROと記入したが、回答を終えて用紙が回収されるのを待っている間に思い直してHを書き加えた。それを見ていた回収係の同級生が「太郎、お前なんで名前にHなんか付けてんだよ。変態のHか」と辺りに響き渡る大声で冷やかした。周囲からどっと笑い声があがり、カーッとなった。

「別にいいだろ。お前と違って俺には『えいち』があるんだよ」

「何いってんだ、バーカ」


「H」と「英知」。

とっさに思いついた高校生活最高の駄洒落を「バーカ」一言で済ましたこやつを一生恨んでやろうとその時、心に決めた(1)。

今ではローマ字というとヘボン式のことであるが、これは一八六二年に横浜在住のアメリカ人医師で宣教師のJames Curtis Hepburn《ヘボン》が考案したものである。子音部分を英語式に綴り、母音のa《ア》、i《イ》、u《ウ》、e《エ》、o《オ》と組み合わせて使用する方法だった。不十分な点もあったが南部義籌《よしかず》や西周《あまね》らローマ字論者たち(2)がその普及に努めた。

同じくローマ字論者で物理学者の田中館愛橘《あいきつ》は一八八五年に日本の五十音図を重視し、規則的に一つの子音と一つの母音からなる日本式ローマ字の使用を提案している。ローマ字論者の中でもそれを支持する動きが見られ、ヘボン式を推奨するグループと対立することになった。この時期に書かれた石川啄木の『ローマ字日記』(一九〇九年)や物理学者の寺田寅彦が発表した『Umi no Buturigaku』(一九一三年)は日本式ローマ字で書かれた書籍として有名である。(3)

一九三七年、ローマ字を統一する目的で近衛文麿内閣で採用された訓令式(公式)ローマ字は日本式ローマ字を元にしたものであった。戦後はGHQが再びヘボン式ローマ字を推し進めたため混乱を招いた。(4)そして一九五四年に採用された現在の訓令式ローマ字は日本式の綴り方を公式としながらも例外的に一部ヘボン式の綴りを認めるものとなった。

旅券を申請する時に記入するローマ字——パスポート式——はこれに倣ったものである。

アメリカでも公文書に名前を記入する時「ローマ字で記載のこと」と注意書きが添えられていることがある。ここでいうローマ字とは即ちAからZの二十六文字で構成されるローマ式（ラテン式）アルファベットのことである。そしてこのことに関して多くのアメリカ人が気付いていないことがある。

英語以外の言語には å、ç、é、ñ、ø、ü などダイアクリティック（diacritic）と総称される発音区別符号が存在し、名前に使われることがある。昔のクラスメートにもAndré（アンドレ）やGarcía（ガルシア）という名前の友人がいた。ところがこの符号付きのアルファベットは公文書に使用可能なアルファベット二十六文字には含まれていないのである。このことは運転免許証やパスポートを申請する時にはじめて知る人が多いそうだ。

大学を卒業して研修二年目が始まるころ、パスポートを更新するために有楽町にあるパスポートセンターへ行った。受け取った申請書に必要事項を記入していたら、名前を記入する欄のすぐ下にローマ字綴りを記入する欄があり、その脇に「ヘボン式ローマ字活字体大文字で記入して下さい」と記載されているのが目に入った。

――あぁ、またか。

うんざりである。

ところが何気なく申請書をひっくり返して裏面を見ると、条件付きながら名前をヘボン式によらないローマ字――つまりラテン式アルファベット――で表記することも可能であるという記載を見つけた。

幾度もその箇所を読み返し、条件が合致していることを確認してTAROHと表の欄に記入して書類を提出した。

後日、受け取ったパスポートを見てつい口元が緩んだ。

苦節十数年。欠けていた「えいち」をようやく取り戻すことができたのである。

（1）臥薪嘗胆が足りなかったようで今となってはこれが誰だったかさっぱり思い出せない。
（2）ローマ字論とは日本語をローマ字で表記すべきだとする明治初期に登場した考え。
（3）啄木の日記の大半は日本式であったが、途中でヘボン式を使用していた時期もあった。

（4）　ＧＨＱは日本語は複雑だから国民の識字率が低いであろうと先入観を持っていたようで占領当初、日本語の完全ローマ字化を検討していたそうだ。しかし全国調査を行ったところ、識字率がアメリカよりも高く、世界最高水準であることが判明してこれを断念している。のちにその調査結果を知った白洲次郎がＧＨＱの担当者に対して識字率を改善するためにアメリカ人は日本語を勉強すべきだと皮肉たっぷりに提案したという逸話があるが、その真偽は定かでない。

（『埼玉県医師会誌』七九三号　二〇一六年四月）

後の十三夜

三年程前の話になるが『ハート・ロッカー』というイラク戦争を題材にした映画が米国アカデミー賞を受賞したことがある。女性が監督した作品としては初めての最優秀作品賞で、しかもそのキャサリン・ビガロー監督が同賞の受賞候補であった『アバター』のジェームズ・キャメロン監督の元妻であることなど、話題が豊富で各種メディアに取り上げられていたのをおぼえている。

この映画を初めて知ったのは当時テレビで放映されていた全国上映を予告するコマーシャルからであった。イラク戦争における米軍爆弾処理班の活動に基づいたストーリーであることは分かったが特に興味が湧くでもなく、題名について考えることもなかった。それからしばらくして、たまたま友人とその話になった。

「何か感動する映画らしいよ」と友人が教えてくれた。

「へ〜。心揺さぶるから〈Heart Rocker〉か。戦争映画らしくないな」

「いや、そうじゃないんだ。棺桶を意味する米軍スラングらしいよ」

「ふ〜ん。聞いたことないけど〈Heart Locker〉かな。心を埋める箱とか」

「違うよ。〈ハート〉って痛みの〈Hurt〉だよ」

「……そっちかぁ。」


心底意外だった。

原題をカタカナ表記しただけなのに返って分かりづらくなってしまっている。「ロッカー」はともかく、カタカナで「ハート」とあればほとんどの人は「heart」を連想するに決まっている。十中八九そうだ。せめて『痛みの棺』とか副題を付ければ良かったのに。

とはいえ映画を配給する条件の一つとして原題を変更しないことを契約書に謳う制作会社もあるそうなので、細かい事情を知らず一方的にダメ出しするのは不公平かもしれない。

昔は外国語に馴染みがまだ薄いという理由で外国から入ってきた書籍や映画、音楽などに邦題を付けていたそうだ。原題を翻訳したものや作品の内容に触れるものがほとんどで、中にはシリーズ物だと分かる工夫をした邦題も存在する。

いずれもより多くの人に作品を知ってもらうために分かりやすい言葉や表現が使用されていた。邦題にカタカナが使われるのは固有名詞や周知された外来語に限られていたのである。

外国映画の邦題

例1：原題を翻訳したもの

『大脱走』：原題『The Great Escape』

例2：作品の内容に触れるもの

『ミニミニ大作戦』：原題『The Italian Job』

トリノ市内で銀行強盗がミニ・クーパーに乗ってイタリアの警察とカー・チェイスを繰り広げるアクション映画。

例3：シリーズ物であることを示したもの

『007　ドクター・ノオ』：原題『Dr. No』

ジェームズ・ボンド・シリーズには「007」と表記される。

一九八〇年代後半からカタカナ表記の邦題が増えてきて和製英語もたくさん「発明」されるようになった。横文字や略字が盛んに使われるようになったのもこの頃からだったと思う。業界用語のように本来ならば仲間内でしか通用しない符丁じみた表現をあらゆる場面で目にしたり、耳にしたりするような時代だった。バブル経済の影響もあり、みんな強気だったのであろう。

国立国語研究所は一九九〇年代前半に和語や漢語などの非外来語までカタカナ表記にしてしまう風潮が現れ、新聞や若者雑誌を中心にカタカナ語が増えたことを指摘している。さらに最近の調査では非外来語のカタカナ表記は教科書や白書では避けられているもののインターネットが普及したこともあり、新聞、雑誌、知恵袋、ブログなどではむしろ好まれて使用されていることが判明している。

昨年こんなことがあった。

日本には旧暦八月十五日の満月を中秋の名月として祝い、そのひと月後の十三夜を「後《のち》の月」もしくは「栗名月」として愉しむ独自の風習がある。昨年は三年に一度訪れる旧暦の閏月が九月となったため、一七一年振りに十三夜を二回迎えることになった。十五夜が九月八日、十三夜が十月六日、そして二回目の十三夜が十一月五日であった。

昨年九月中旬に配信された記事で二回目の十三夜を「後《のち》の十三夜」と呼ぶことを知った。そして十月上旬に観た報道番組でも同様に「後の十三夜」を詳しく紹介していた。ところが驚いたことに十月末になってそれが突然「ミラクルムーン」と名称を変えていくつかのメディアで紹介されていたのである。

本来あたらしい表現が定着する為には、それが浸透するきっかけとなる背景が存在し、適切な場面でそれが繰り返し使用されることが必要である。ところが最近、適当に思いついた表現をそのような経緯を踏まえないで、あたかも周知された表現であるかのように紹介し、流行らせようとする事例を見かけることがある。

このようなものは脆弱ないきさつで出現するため、記録はされても広く定着することはない。しかし余程荒唐無稽でない限り、一時的に一部の集団に対して良くも悪くも何かしら影響を及ぼすことがあるのだ。

「ミラクルムーン」という表現が一体どこから降って湧いてきたのだろうか。不思議に思ってその出所を自分なりに調べてみると、どうやら十月二十九日に配信されたあるブログの記事が発信元であることが分かった。

記事を書いた方は「一生に一度しか見られない奇跡的な現象」という意味で「ミラクル」という言葉を使用していたが「ミラクルムーン」という一般受けしやすい表現がツイッターを中心に拡散されてしまったのである。そしてツイッターのトレンドに反応したメディアがそれをそのまま紹介してしまったようだ。

しかし十三夜はもとより日本でしか定義していない現象である。スーパームーン、ブラッドムーン（皆既月食）、ハーベストムーン（中秋の名月）、ブルームーンなどとは異なるのである。せっかく一七一年振りに伝統的な日本語表現を復活させる良い機会だったのに大変残念である。次回は九十四年後の二一〇九年だそうだ。僕自身がそれを目にするようなことがあったらさすがに「ミラクル」を連発するかもしれないが、世間一般の方々には是非、冷静に伝統的な表現――「後の十三夜」――を使っていただきたい。

（『埼玉県医師会誌』七八〇号　二〇一五年三月）

言葉の障壁

二〇一二年にロサンゼルス空港でツイッター上の発言を理由に二十六歳のイギリス在住のアイルランド人男性と二十四歳イギリス人女性がアメリカ国土安全保障省（Department of Homeland Security：ＤＨＳ）の局員に身柄を拘束されるという変わった事件があった。二人は観光目的でイギリスから直行便でロスに渡ってきたそうだ。

ＤＨＳは九・一一アメリカ同時多発テロをきっかけに、自然災害を含むあらゆる脅威から国土の安全を守ることを目的として編成された組織である。防衛省と退役軍人省に次ぐ規模で運営され、ＦＢＩやＣＩＡを含む各政府機関が収集した情報を元に国内におけるテロ行為を未然に察知し、対応を行っている機関だ。

そこが出っ張ってくるとは、観光客を装った二人はどんな極悪な犯罪を計画していたのだろうか。みんなが注目する中ＤＨＳが発表した拘束理由はちょっと意外だった。

どうやら男性がイギリスを出発する一週間前の一月十六日に友人宛につぶやいた《ツイートした》内容が問題視されたようだ。

free this week for a quick gossip/prep before I go and destroy America?

直訳すると「僕がアメリカを破壊しに行く前に今週会ってお話できない?」である。
「アメリカを破壊しに行く」とは何とも物騒な話である。
だがこの「destroy〜」という表現はイギリスの若者が使う俗語《スラング》で「〜で大騒ぎをする」という意味なのだそうだ。

一つの表現がところ変われば意味がまるっきり違うことは不思議なことではない。共通認識がなければ誤解や勘違いが生じてしまうのは当たり前の話だ。しかし、今回の件ではＤＨＳの対応は極めて融通の効かないものであった。表現の真意はさておき、「destroy America」とつぶやいた事実を本人が認めたという調書を作成し、それを根拠に同行者ともども国外追放してしまったのである。

一三〇年ほど前にイギリスの作家、オスカー・ワイルドは著書の中で「昨今、我々はまさに全ての面でアメリカと共通点がある――ただしもちろん、言語を除いて」と記している。また同時代の劇作家、ジョージ・バーナード・ショーも同様に「言葉の障壁さえ無ければイギリスとアメリカは仲良くやって行ける」と両国の関係について述べたそうだ。今回の出来事で一〇〇年以上経ってもなお、両国の間には言葉の障壁が存在することが証明されてしまったのである。

言葉は通じても意味が正しく伝わらず問題になることはスペイン語圏でもある。

南米のチリではビジネス用語で「a calzón《ア カルツォン》 quitado《キタード》」という表現があるそうだ。状況を無視して言葉だけ直訳すると「下着を取っ払って」という意味である。

ビジネス用語らしからぬが、チリでは「忌憚なく」もしくは「包み隠さず」という意味で使われる表現だそうだ。だが無防備にチリに出張し、取引先の担当者から「ここから先はお互い下着を取っ払って話し合いましょう」なんて言われたらぶったまげること必至である。

一般的に、会話の最中に相手が脈絡なしに突然妙なことを口走ったとしたら、それは自分の耳がおかしいか、相手の頭がおかしいか、言葉の認識が異なるか、いずれか一つである。だが情熱的な南米の方は唐突にそういうことを平気で口走ることもありそうなので判断はむずかしく、悩むところだ。

我々はもとより周囲に氾濫する様々な情報をすべてそのまま受け入れているわけではない。興味、知識、経験などをフィルターとして必要だと判断した情報を選出し、それぞれに対して自分なりの「重み」や「価値」を付加して蓄積しているのである。情報のすべてに何らかのバイアスが掛かっているのだ。そして不安や恐怖、緊張などの心理的ストレスはバイアスの程度に影響を及ぼすのである。それはすなわち、キーワードもしくはキー・イベントに強く反応してしまう状況を招くことになる。

以前クリニックに慢性頭痛を訴えて来院された患者さんがいた。しばらく前に友人が悪性脳腫瘍で亡くなっており、自分自身も脳腫瘍ではないかと大変不安がっていた。撮影した脳のＭＲＩを診察室で詳しく説明し、頭痛の原因となりそうな頭蓋内病変はないことを伝え、最後に「ご心配されておられましたが脳腫瘍もありませんね」と締めくくった。

すると驚いたことに「やはりもう手遅れなんですね」と悲痛な面持ちで肩を落とされてしまったのである。

なんとも不可解な反応に慌ててしまった。僕の説明のどこをどう解釈したらそんな結論に至るのか。いや、もとより僕の説明は聞いていたのだろうか。ともかく気を取り直して、脳に全く異常はないことをあらためて丁寧に説明すると、ようやく杞憂であったことを理解されたのでお互いホッとすることができた。

後に分かったのだが、どうやら僕が口にした「脳腫瘍もありませんね」が「どうしようもありませんね」と聞こえたのだそうだ。

ＤＨＳが「destroy America」に過剰反応したのも「脳腫瘍もありません」が「どうしようもありません」と聞こえてしまったのも、それぞれの背景に強い不安があるからだと思われる。

ネガティブなキーワードに敏感になっているがため、与えられた数多くの情報からつい、それっぽいものを拾いあげてしまうのだ。

しかし言葉の障壁でpersona non grata（好まざる人物）のレッテルを貼られてしまった二人組はとんだとばっちりだ。まさか「自由の国」アメリカで母国の作家、ジョージ・オーウェルが『１９８４』で描いたような監視社会と容赦のないビッグ・ブラザーに遭遇するとは思いもしなかったであろう。

その反面、ネット上の些細な発言もきちんとチェックしていることを国内外にアピールできたＤＨＳからすれば、世間に頭が固いと言われたとしても、この話題が世界中に配信されたことは好都合だったかも知れない。

言葉の障壁はこういう利用の仕方もあるようだ。

（『埼玉県医師会誌』七七三号　二〇一四年八月）

昭和三十八年、東京タワーのふもとにて

―母の話、父の話―

王貞治が公式戦で初めて一本足打法を披露した年、父と母は医学部を卒業した。母校、東京慈恵会医科大学附属病院で一年間のインターン生活を経て昭和三十八年に医師国家試験に合格。母は国分義行教授の小児科教室に入局。父は上田泰教授の腎臓・高血圧内科、通称上田内科に入局した。

都内のどこからでも富士山と東京タワーを眺めることが出来た時代である。翌年に東京オリンピックを控え全国からたくさんの人々が東京に集まり、東京全体が活気づいていた。

―母の話―

慈恵の小児科は全国で初めて国が認可した未熟児センターを開設したばかりであった。

都内の産院・産科で二五〇〇グラム以下の低出生体重児が生まれるとセンターが引き受け、全身状態が安定するまで新生児の管理を行ったのである。とはいえ、低出生体重児の治療・管理方法が世界的にも確立しておらず、センターのスタッフも手探り状態で対応していたそうだ。母は入局早々、そこに配属が決まった。

母から聞いた話だと当時、新生児を未熟児センターに搬送する手段が大分変わっていた。産院・産科から受け入れ要請の連絡が入るとセンターの当番医師が運搬用クベース（保育器）を持ってタクシーで要請先へと向かうのである。運搬用クベースは上半分が透明な岡持の形をしていて、小型ボンベを使って酸素を数時間供給できる仕組みになっていたそうだ。

要請先で新生児を受け取ると先ほど乗って来たタクシーを使って大学病院に戻るのだが、驚くことに帰り道はパトカーが先導してくれるのである。おそらく搬送が決まった段階で国分教授が所轄の警察署長に要請して便宜を図ってもらっていたのであろう。

要請先が離れていて、いくつかの管轄を跨いで移動する時はパトカーのリレーである。管轄が変わるごとに所轄のパトカーが先導役を引き継いでくれるのだ。当然タクシーの運転手さんも大興奮である。

神風タクシーが厳しく取り締まられている時勢だ。そこを合法的にスピードを出して都内を駆け抜け、しかもパトカーを何台も追いまわすのだから実に気持ちよかったのに違いない。大学に到着してタクシーを下車する際、「是非またご利用くださいっ！」と嬉しそうに声を掛けてくることもあったそうだ。

でもせっかくパトカーの出動要請をしたのなら何故それに乗って帰ってこないのか。そもそも、どうして救急車を使わないのか。よくわからないが、それはそれで〈昭和的〉な時代の良さが感じられる。

——父の話——

上田内科に入局した父はあるとき健診医として検診車に同行するアルバイトを医局から斡旋された。

レントゲン技師や他のスタッフ数人と検診車に乗り込んで移動中、ある踏切をガタガタ越えたところで運転手が「何だ、あれ」と言って道路の端に車を寄せて停めた。車を降りてみんなで先ほど渡った踏切まで歩いて戻ると、線路脇にムシロにくるまれたマグロが転がっていた。大人ほどの大きさであった。

築地からそう遠くない場所だったので、市場で買い付けされたものだということはすぐ理解できた。おそらくトラックで運搬中、踏切を通過する際、荷台が跳ねて落下してしまったのであろう。しかし、それをみんなで山分けという訳にもいかない。

——どうしよう……。

運転手の話だともう少し先に交番があるというので、そこへ運ぶことになった。そして数人でムシロにくるめたままマグロを検診車に積み込み、交番へと向かった。

交番の前で検診車を停めると中から若いお巡りさんが出てきた。事情を説明するため父が車から降りた。

「あっちの踏切の脇にマグロが転がってましてて……」

「ひゃあ！　そうですか。ごくろうさまです」

「ムシロにくるんでここまで運んできたんですけど、どこに置きましょうか」

「えーっ！　持ってきちゃあだめでしょう！」

「でも置いとくわけにはいかないし。近くに交番があると聞いたんで運んだんですよ」

「だってあなた、現場検証とか色々あるでしょう。動かしちゃあだめですよ！」

「何だか良く分からないけど、車が生臭くなるから取り敢えずおろしますね」

「イヤイヤイヤ。勘弁してくださいよ。本官そういうの苦手なんだから」

「好き嫌いの問題じゃないでしょ。後はそっちでうまくやっといて下さいな」

そう言って、嫌がるお巡りさんの声を無視して他のスタッフと一緒にマグロを下ろした。

すると、ムシロにくるまれたマグロを見て再びお巡りさんが意外そうに言った。

「あれっ、ホントにマグロだ……」

「だからさっきからマグロだと言ってるでしょ」

「いやぁ、てっきり――」

お巡りさんの話によると「マグロ」は警察や鉄道職員の中で礫死体を意味する隠語なのだそうだ。救急車みたいな車から医療関係者が降りてきて「踏切でマグロが……」というので早とちりしてしまったのだ。


昭和三十八年、僕が生まれるちょっと前の時代。まだまだ面白い話が転がっていそうだ。

(『深谷寄居医師会報』一七六号　二〇一五年一月)

ドライ・マティーニ　ウィズ　オニオン

父は今ではワイン好きだが僕らがアメリカで暮らしていたころ飲んでいたのはもっぱらウィスキーであった。

渡米する前に父が所属していた慈恵医大上田内科（腎臓・高血圧）の上田泰教授は日頃から「医師たるもの、角瓶以下の酒は飲むべからず」と語っていて、医局員のほとんどがその影響でウィスキーを飲む習慣がついたそうだ。

子供のころ、父が書斎でウィスキーをロックで飲みながら論文を読み書きしている姿はよくおぼえている。


アメリカでは当時、子供のいる家庭の多くは定期的に一家揃ってきちんとしたレストランで食事をする風習があった。子供達に食事の作法を身につけさせることが目的である。

我が家も同じように数ヶ月ごとに一家五人（僕には姉と妹がいる）でレストランに出かけて食事をすることがあった。そして父はそんな時、決まって食前にドライ・マティーニを注文したのである。

ドライ・マティーニはジン・ベースのカクテルで、ドライ・ジン四十五ミリリットルにベルモットを十五ミリリットル加えて撹拌《スター》し、カクテルピックにオリーブを一つ二つ刺したものを飾りに添えて提供するのが一般的なスタイルだ。父はこのオリーブをかじりながらちびちびやるのが好きだったようである。

だがそもそも何故ドライ・マティーニだったのか。当時のことを思い出して、訊ねてみたが本人もその理由を忘れてしまっていた。父のことだからおそらくフランク・シナトラやヘミングウェイが好んで飲んでいたカクテルだと知って彼らに倣ったのであろう。

ある晩、いつものように家族で外食に出掛けた時の話である。

係に誘導されテーブルにつくと間もなく担当のウェイターがメニューを持って挨拶にやってきた。父は差し出されたメニューを受け取りつつ、食前のカクテルを注文した。

「dry martini with olive」（ドライ・マティーニ。オリーブを添えて）

「my pleasure, sir」（かしこまりました）

ウェイターは愛想良く返事をして店の奥にいるバーテンダーに注文を伝えにいった。みんなの料理が決まった頃、父のカクテルを載せたトレイを持って先ほどのウェイターが再び現れた。カクテルを父の前に置くと我々の注文をメモに記し、メニューを回収して厨房へと消えていった。

しばらくしてカクテルグラスを持ち上げた父が「あれっ？」と言った。

見ると白くて丸いものが一粒、カクテルピックに刺して添えてあった。オリーブと同じぐらいの大きさだが見慣れないものである。皮を剥いた白ブドウのようにも見える。なんだろう、と父が首をかしげながらそれをすくいあげ、かじった。

「……オニオンだ」

オリーブの代わりに小さな玉ねぎ（カクテル・オニオン）が添えてあったのだ。

――はて、この店はドライ・マティーニにオニオンを添えるスタイルなのか。しかし父は確かに「with olive」と指定したはずである。何かの勘違いか。

「もともとドライ・マティーニにオリーブは付き物なのに――」

母が指摘した。

「――下手な発音で『ウィズ　オリーブ』なんて言うから注文を受ける方も混乱してしまったのよ」

特別発音が悪いとは思わなかったが、いわれてみれば他に理由はなさそうだ。

父は不満そうにドライ・マティーニを数口で飲み干した。カクテル・オニオンはひとかじりしたっきり口に運ぶことはなかった。

しばらくしてから「dry martini」とお代わりを注文すると普通にオリーブを添えたものが出てきた。


「下手な発音」と言われたのがよほど気に食わなかったのか、父はそれから外食の度に敢えて「ドライ・マティーニ、ウィズ　オリーブ」と注文するようになった。

だが不思議とそうした場合、なかなか希望通りのものが出てこないのである。カクテル・オニオンだったり、オリーブ抜きだったり、一緒にオードブルが出てきたり、何かしらアレンジがなされているのだ。

――今度は何が出てくるのか……。

父以外の四人は毎回楽しみにしていた。

ドライ・マティーニと一緒にオリーブが十数個ほど小さなボウルに盛られて出されたときは「おぉっ」と感心したものである。

――たしかに「ウィズ　オリーブ」だ。

しかし父はやはり発音を気にしていたようだ。ある日、レストランで食事をしながら子供たちから「オリーブ」の正しい発音を習得しようと思いついた。僕ら一人ひとりに「olive」を発音させ父がそれを真似る。これを幾度も繰り返したのである。

「オォリブ」、「オッリィブ」、「アーリヴ」、「アォーレヴ」、……

父が真顔でオットセイのような声をだしながら一心に練習しているのがおかしかった。

ふと隣のテーブルに座っている客が目に入った。老夫婦が二人、我々を哀れむ表情で眺めていたのである。

――幼い子供を三人も抱えていて旦那さんがああだとは……

……奥さん、気の毒に――

きっとそう思っていたのに違いない。

父がいつしか食前にワインを飲むようになったのはきっと、この「ドライ・マティーニウィズ　オニオン」のせいだと思う。

（補足）大人になって、ドライ・マティーニに似たカクテルに「ギブソン」というのがあることを知った。ジンとベルモットをドライ・マティーニと同じ割合でシェイクしてカクテル・オニオンを添えたものだそうだ。

（『深谷寄居医師会報』一七八号　二〇一六年一月）

違う違う、違いますよ

「先生は学生の頃、ポジションはフォワードだったんでしょ」

診察中の雑談で患者さんに尋ねられた。

「へ〜、よくわかりますね。誰かから聞いたんですか」

「みんな言ってるよ。だって先生、がっしりしてるじゃない」

「……もしかしてラグビーの話ですか」

「えっ、違うん？」

「今の体型で判断しないで下さいよぉ。僕ぁサッカー部ですよ」

「てぇっ、サッカー部かぁ。……センセ、痩せた方がいいよ」

「そらお互い様でしょ」

「だいね」

「ガッハッハ……」

――まるで立ち飲み屋の一景である。

知らないところで自分が話題に上がっていて、みんなの思い込みで実際と異なるイメージが定着してしまうことは良くあることだ。思い違いがあっても何となく理屈が通ればそれっぽく感じてしまうものである。


いま振り返ると大学院のころ利用していた病院の売店のおばさんも僕のことを大きく勘違いしていたかも知れない。

僕は当時、動物を使う実験をしていた。ネズミに麻酔をかけて手術を行い、一定期間飼育したのち組織の採取と分析をするのである。このような実験では手術や組織を採取する際の出血、術中に漏れる試薬や還流液、飼育中にケージの底にたまる糞尿など、汚れの処理が一つの悩みである。また使用した手術台や解剖台の他、手術用の機材は使用後に速やかに洗浄して乾燥させておかないとカビたり錆びたりして切れ味や使い勝手が悪くなってしまうのだ。実験室には乾燥器はないので洗浄してから一つひとつウェスやペーパータオルで水分を拭き取り、風通しのよいところで乾燥させなければいけない。

最初の頃は気にならなかったが、しばらくするとこの時間がもったいなく感じるようになった。簡便に後片付けの時間を節約する方法はないかとあれこれ模索していたら、先輩が大人用のオムツを利用すれば良いと提案してくれた。試しに使ってみると確かに良い。オムツを三等分に切って手術台や解剖台の上に敷いたり、ケージの底に敷いたりしておけば、使用後に汚れごと丸めてポイすれば良いのである。また効率よく水を吸ってくれるので洗った器具をその上に置けば後で拭く時、手間が減って効率良く片付けられた。それからはちょくちょく病院の売店で大人用のオムツを購入するようになった。

そのころ僕は普段から当直着で一日を過ごすことが多かった。当直着といっても医局で揃えた手術《オペ》着である。外に出るときはネームプレートを付けっぱなしにした白衣をその上に羽織るだけである。もともと容姿に頓着する方ではないので無精髭を生やして髪の毛ボサボサのまま売店に出掛けることもあった。

そんなある時、売店で大人用のオムツを会計に持って行くとレジ係のおばさんが「大変ね」と声を掛けてくれた。そしてレジ横の袋からレモンドロップを一個取り出して釣り銭とともに握らせ、「頑張ってね」と励ましてくれたのである。ちょっと面食らったが、礼を言ってありがたく頂いた。

その後も彼女がレジを担当している時に同じようなことが幾度かあった。

だがよくよく考えると不思議なのだ。白衣のネームプレートを見れば僕が脳外科に所属していることは判るのだが院生だということを彼女が知るはずもない。ましてや僕がオムツを購入する理由の見当がつくはずがないのである。

もしかしたら彼女は脳外科が忙しくて大変だという噂か何かを耳にして、僕が着替えを取りに家に帰る暇もなくパンツの代わりにオムツを履いて朝から晩まで患者さんと向き合っているのだと勝手に思い込んでいたのかも知れない。

それからしばらくして実験の内容が変わり、売店でオムツを購入する必要がなくなった。でもそれまでの実験を同じペースで続けていたら、おそらく売店のおばさんはいつか「大変ね」と僕にＴ字帯（ふんどし）をそっと渡してくれたに違いない。そう考えると話のネタにもう少し売店に通っておけば良かった。――今更ながら、実に惜しいことをした。


僕はむかし、浅はかな思い込みでとんでもない失敗をしたことがある。

医局棟の一階でエレベーターを待っている時のことである。そこに先輩の女医、Ｓ先生がやって来た。学年は違うが、彼女は僕と同じ帰国子女で同じ付属校（彼女は高校、僕は中学）に帰国子女枠で編入したという縁があった。

僕が大学に入学した時、彼女から声を掛けてくれて、その後も何かと可愛がってくれた尊敬する先輩である。

「先生、ご無沙汰しております」

「あぁ、タロちゃん。元気?」

学生の頃と変わらない呼び方をされ嬉しかった。しばらくお会いしていなかったけど以前より少しふくよかになられた様子だ。あぁ、そういえば――しばらく前に妊娠されたという話を耳にしたのを思い出した。

エレベーターの扉が開きS先生と僕が乗り込むと、もう一人あとから乗って奥の方に移動した。僕が向かう脳外科医局は五階、彼女が所属する内科医局は八階である。もう一人の先生も八階で降りるようだ。

エレベーターの扉が閉まると僕はS先生に尋ねた。

「そういえば、予定日はいつですか」

S先生はギロッと睨んだ。

「もう産んだわよ!」

「えっ、あ、いや……」

奥にいる先生が「ぷっ」と吹き出すのが聞こえた。

気まずい雰囲気の中、五階まで長いこと、長いこと。

五階で降りてから振り返り、軽く会釈をした――Ｓ先生の顔は直視できなかった。

うしろの先生が「オマエ、やっちまったな」という表情でにやついていたのが見えた。

後日、病棟飲み会でこの話をしたらＳ先生を知る男性陣にはウケたが女性軍からは非難轟々であった。

「え〜っ、無神経」

「ありえなーい」

「太郎先生サイテー」

――違う違う、違いますよ。あぁ、武勇伝のつもりじゃなかったのに……。


（『深谷寄居医師会報』一七九号　二〇一六年九月）

見えたら負け

近所のオバケより遥か彼方の火星人。

ちまたに溢れる心霊写真なるものには普段まったく興味がないくせに、火星探査機が撮った画像に奇妙なモノが写っていると聞くと、つい「どれどれ」と野次馬のように身を乗り出してしまう。子供の頃ブラッドベリーの『火星年代記』(1)を読んでから僕は火星に対して特別な憧れを抱き続けているのである。太古に栄え、滅びてしまった火星文明の跡がいつか見つかるのではないだろうか。火星にはそんなロマンを感じるのだ。

何しろ地球以外の天体で最も写真撮影が行われているのが火星である。一九七六年にバイキング1号が着陸に成功してから現在稼働中のキュリオシティまで、数々の探査機によって無数の画像データが地球に送信されてきた。中には探査機による自撮り写真や火星から撮影した地球——ある意味これも一種の自撮り写真か——など興味深い写真が沢山ある。

そして数は少ないがシドニアの人面岩や火星の人魚姫像など、変わった画像も発見されている。これらは結果的に光の加減でそう見えたり奇岩だったりするのだが[2]、火星文明の遺物ではないかと想像するとワクワクしてしまう。

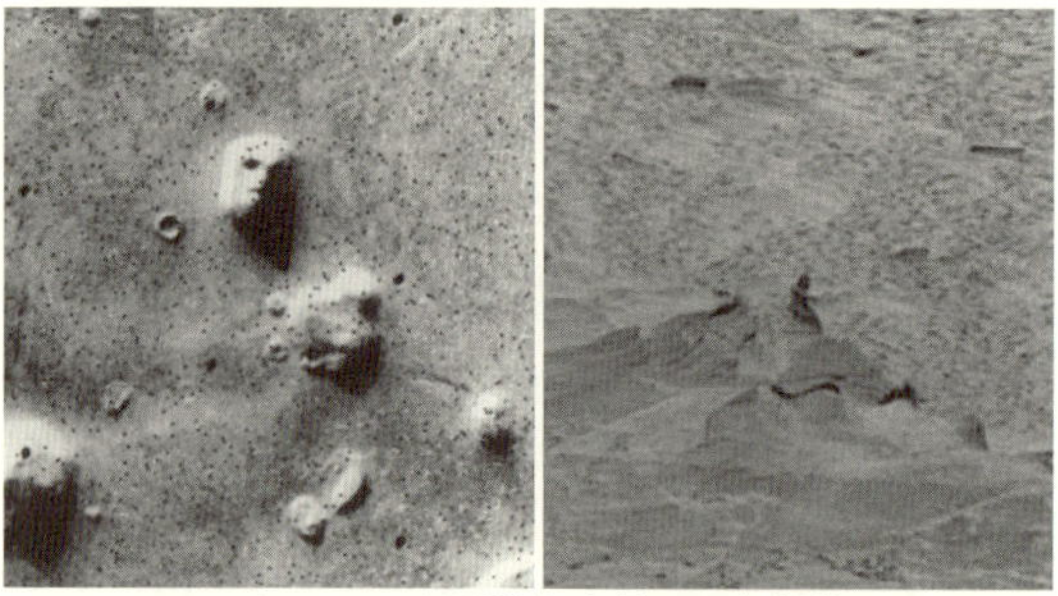
シドニアの人面岩と火星の人魚姫像

我々はランダムの情報の中に適当なパターンを見つけ出し、それに意味を持たせようとする性質がある。これはアポフェニア（apophenia）と呼ばれるもので、混沌の中に秩序を見出すことにより安定と安心を得ようとする本能だと考えられている。必然的に不安やストレスが強い人ほど誘発されやすい。ところが、困ったことにアポフェニアの強い人はこの偽りの安定を真の安定と誤解してしまうことがあるのだ。そして根拠が極めて乏しいにも関わらず、存在すると信じた秩序を元に自らの行動を決定してしまうのである。博奕打ちが良い例かもしれない。

——丁半丁半と続いたから次は丁だ。

もっともらしい理由をつけて大勝負にでるあれだ。

アポフェニアに関連してパレイドリア（pareidolia）と呼ばれる現象がある。これは複雑な情報の中に馴染みのあるパターンを認識してしまうというものだ。ギリシア語のpara（偏心した）とeidolon（形態、イメージ）を語源としており、本来はロールシャッハ・テストとか心霊写真や前述の火星の写真など視覚的な現象を示すが、広義では聴覚的な現象――外国人の会話や歌の中に意味ありげな日本語が聞こえてしまう「空耳」――も含む。

パターン認識は本来、大量の情報を効率良く処理するために存在する能力である。これを鍛えることで状況を素早く正確に判断したり、鋭い記憶力を身につけたりすることが可能となるのだ。だがその反面、度が過ぎてなんにでもパターンを認識するようになってしまうと思い違いや幻覚・幻聴の傾向が強くなり問題が生じてしまうのである。

むかし出張病院で当直をしていて、こんなことがあった。

ある晩、投薬指示の問い合わせで病棟に呼ばれた時の話である。

ナース・ステーションで指示内容の確認を済ませ、そのまま夜勤のスタッフたちとだべっていると近くの病室からベッド柵をガタガタ揺らしながら患者さんが大声で話しているのが聞こえてきた。スタッフに尋ねるとそこは本来四人部屋なのだが、その日は二人しかいないとのことである。

一人は大腿骨頸部骨折の術後の方で認知症のある七十代男性のAさん。もう一人は胆嚢炎疑いで数日前に外科入院となった慢性アルコール中毒の六十代男性Bさん。二人とも夜間は不穏になるため、家族の了承を得て体幹抑制帯を着せてナース・ステーションに近い部屋を利用することになったのだそうだ。

病室に行って中をのぞいてみると二人のベッドは隣り合わせで、間にある仕切りのカーテンは開かれていた。スタッフが巡回する時に見渡せるようにそうしているのであろう。

にぎやかにしているのはBさんで、何かをブツブツ言いながら時々ベッド柵を揺らしていた。Aさんは目を開いてモソモソ手を動かしていたが大人しくしていた。特に異常はないようだ。そう判断して当直室に戻ろうと思ったその時、Bさんがやにわに声を上げた。

「ほらっ、キリンだ！　キリンが出た！」

ベッド柵がガタガタッと音をたてた。

「……いや、あれはゾウだな」

「むぅ……」

Aさんが指摘するとBさんが不満げに唸った。

僕は首をかしげた。

――Bさんの幻覚にAさんが駄目出しするとは不可解な。

それとも幻覚ではなく、何か長いものが見えるのだろうか。確認するために病室に入って二人の向い側にあるベッドの周辺を探ってみた。だがコードや棒状のものなどそれらしいものはなかった。

——もしや見る位置か。

そう考え二人のベッドの間に行って左右のベッド柵に手を添えてしゃがんだ。

しかし、その高さから向かいの壁を眺めても特に変わったものは見えない。

すると再びBさんが声を上げた。

「あっ！　また出た！」

これにAさんが同意した。

「あ〜、本当だ」

「え、どこ？　どれ？」

僕も彼らの視線を追った。

タイミング悪く、そこに巡回中の看護婦さんがやってきた。

「太郎先生まで一緒になって、何バカやってんですか」

「いや、なんか長いものが見えるらしいんだけど……」

「気持ち悪いからやめて下さい」

結局なにが見えたのか判らぬまま一回りも年下の看護師に叱られ、病室を後にした。

アポフェニアは一九五〇年代後半にドイツの心理学者コンラートが提唱した概念である。[3] そしてそれは当時、精神疾患の前駆症状として扱われていたものだ。パレイドリアに関しても同様である。そう考えるとあの病室で二人が見たモノを僕が認識できなくて良かったのかも知れない。手品の仕掛けのように見えて得した気持ちになるものもあるが、世の中には「見えたら負け」というものもあるのだ。

（1） Ray Bradbury (1950)『The Martian Chronicles』
（2） 公式見解では一応そういうことになっている。
（3） Klaus Conrad (1958)
"Die beginnende Schizophrenie. Versuch einer Gestaltanalyse des Wahns"

（『埼玉県医師会誌』七九八号　二〇一六年九月）

目の色

「ちょっと待っててね」

彼女が席を立ち、ハンドバッグを持って店の奥の化粧室に向かった。

コーヒーを飲んで待っているとしばらくして彼女は目の色を変えて戻ってきた。

「どうしたの？」

「うん。昨日買ったの。似合う？」

「青いのも悪くないね」

「でしょ」

彼女は笑った。


なんだか奇妙な文章である。

彼女がなぜ目の色を変えて戻って来たのか、説明がないままダイアローグが進んでいることに違和感をおぼえるのではないだろうか。様子の変化に「どうしたの」と問われているのに彼女の応答は淡々としていて的外れである。

だが彼女が化粧室で青色のカラーコンタクトレンズを装着してきたと考えると「どうしたの」に続く会話は決して不自然ではない。本来、心情的な描写である〈目の色を変える〉という表現が新しいファッション・アイテムのおかげで言葉通りに解釈することが可能となったのである。

僕がカラーコンタクトを初めて見たのは一九八一年。まだアメリカで生活をしていた中学二年生の頃だ。高校生の姉が親友に唆されて購入したもので、瞳が青く見える種類だった。発売されて間もない頃だったのできっと安くはなかったと思う。

調べると、現在のように角膜の上に乗せるコンタクトレンズ（角膜レンズ）が実用化されたのは一九五〇年である。それ以前のものは強膜（白目）まで覆うガラス製の大きいもの（強膜レンズ）で使用感はあまり良くなかったらしい。

コンタクトレンズが一気に普及したのはソフトレンズが廉価に製造できるようになった一九七一年以降である。その後開発が進み、今では数日間連続装着可能な製品まである。

カラーコンタクトは映画やテレビドラマの特殊メイクの一つとして一九五〇年代後半からアメリカでは使われていたそうだ。おしゃれを目的としたものが一般消費者向けに販売されるようになったのは一九八〇年からである。

当時は視力を補正しないカラーコンタクトは医療機器とみなされず、医師の診察や処方箋が不要で製造会社が消費者に直接販売できた。安全性は二の次で、使用上の注意が周知されぬまま販売されるケースも少なくなかったそうだ。そのため利用者が不衛生な環境でレンズの装着や保存をしたり、適正時間を超えて使用したり、知人同士で共用したりするケースがしばしばみられた。さらに廉価で粗悪な製品まで流通するようになり、眼疾患が増えて問題視されるようになっていった。

その結果、アメリカでは二〇〇五年以降カラーコンタクトは医療機器に指定され、その製造販売はアメリカ食品医薬品局の許可が必要となった。そして購入するためには医師の検眼と処方箋が必要となり、使用に関する指導も義務付けられたのである。

日本でカラーコンタクトが初めて使われたのはテレビドラマの中である。

一九六八年の十月から翌年の三月まで放映された手塚治虫原作、『バンパイヤ』の実写版で俳優の水谷豊が狼男に変身する時に特殊メイクとして使用したのである。

おしゃれ用カラーコンタクトが日本で販売されるようになったのは一九九〇年代に入ってからである。アメリカと同じように当初は規制がなく、しばらくして健康被害が報告されるようになった。厚生労働省はそれを受けて二〇〇七年に注意喚起を発表し、法整備に向けて調査を開始した。そして現在は製造承認と医療機器販売許可がなければ国内でカラーコンタクトの販売は出来なくなった。だが購入規制はないので、使用者は一度も医師の診察を受けず、処方箋がなくても非対面式の通販で購入することが可能である。購買層の若年化に伴い、非適正使用による健康被害をどう予防するべきか。今後の対策が気になるところである。

中世ヨーロッパでも〈目の色を変えて〉自らをより魅力的に見せるファッションが女性たちの間で流行したことがある。イタリア語で「美しい婦人」を意味する毒草、ベラドンナ（bella donna）の実から抽出したエキスを妙齢の婦人たちは点眼して瞳孔を散大させたのである。黒目を大きく見せることが目的であったが、エキスの主成分はアトロピンである。使い方を間違えれば失明はもちろん、命をも危険にさらす行為である。

安全性を度外視して美を追求する人の気持ちは今も昔も変わらないようだ。

先日、やけに黒目の大きい二十代前半の女性が外来を受診した。眼科で散瞳して来たのかと思い、確認したらサークルレンズを装着していると教えてくれた。

サークルレンズはカラーコンタクトの一種で、黒目が強調されるようにレンズの縁までくっきりと色がついているものである。十年程前に韓国で登場し、お人形のように目を大きく見せるメイクとともに若い女性を中心に広まった人気のメイクアップ・アイテムである。


——de gustibus et cloribus non est disputandum——


「味覚や色覚、人の好みについて議論はできない」というラテン語の格言だ。

ファッションの好みもやはり人それぞれなので文句をいうつもりはないが、職業柄ちょっと気になったことがある。

サークルレンズ装着中に災害に巻き込まれて怪我をしたという状況を想定する。

レンズが片方はずれてウンウン唸っているならともかく、両眼にレンズが入ったまま気を失っていたら「意識不明。両側瞳孔散大」と災害時の大混乱の中、救命の可能性が低いと判定されてしまうかもしれない。すると速やかに適切な救護措置を受けられぬまま現場に放っておかれてしまう可能性がある。

そう考えると、サークルレンズの注意書きに次の一文を追記した方が良さそうである。

――災害時には正しくトリアージ（注）されない可能性があります――

（注）　トリアージ：災害時に負傷者の重症度によって治療の優先順位を選別すること。

（『埼玉県医師会誌』七九一号　二〇一六年二月）
（『熊医会報』一五八九号　二〇一六年三月）

げて装と伝統技術

手元に少し変わった古本がある。

戦後間もない東京で愛書家向けに限定一九〇部発行された『当世豆本の話』という私家版だ。横長の小型本で表紙に銅板製の題簽《だいせん》が貼付けてある。

著者は少雨荘こと斎藤昌三。造本と装丁は青園荘こと内藤政勝。当時の愛書家の誰もが知っている書痴と造本小僧のコンビだ。奥付には昭和二十一年六月二十日刊行とある。終戦から一年も経っていない。そんな時代に青園荘はこの本を浅草海苔で装丁したのである。いわゆるげて装と呼ばれる書籍だ。[1]

浅草海苔で装丁された書籍

古今東西さまざまなげて装本があるが、食材を使用した物は大変珍しく、海苔装本に関しては他に例を聞いたことがない。強度と耐久性を出すのに苦労したようで、青園荘も後年の著書で、海苔の上からニスを塗るなどをしたがそれでもひび割れてしまい工夫が足りなかったと書いている。所蔵本は確かに表紙にひび割れとわずかな欠けがあるが全体として状態は良い。刊行されて七十年近く経っていることを考えると工夫は十分だったと思う。さすが造本小僧だ。

海苔は家康の好物だったこともあり、江戸時代の早い時期から内海《うちつうみ》（東京湾）で海苔の養殖は確立されていた。はじめの頃は採取した海苔を一枚ずつ広げて乾燥させる展延法《てんえん》で加工したものが主に食されていたそうだ。江戸中期に浅草で板海苔が作られるようになると今度はそれが評判となり、浅草海苔として全国に広まっていったのである。

浅草海苔の加工は展延法と全く異なる、漉《す》き製法という技術が用いられていた。原料の海苔を細かく刻み、叩き潰したものを水に溶かす。それを四角い枠に挟んだ簀《す》の子（海苔簀）に流し込み、均一に広げる。水を切って海苔簀ごと天日干しをすればシート状の板海苔の完成である。漉き製法はすなわち紙漉きの原理を応用した加工法なのだ。

江戸時代の浅草界隈では漉き返し、すなわち古紙のリサイクルが盛んに行われて浅草紙が製造されていたことを考えると、紙漉きをヒントに板海苔を製造するようになったのは決して不思議ではないことである。

余談だが、漉き返しの原料を準備する時、繊維をほぐしやすくするために古紙を水に浸しておく「ふやかし」もしくは「冷やかし」と呼ばれる工程がある。古紙の種類によって数時間から丸一日かけて行われることがあり、その間は何もできない。時間つぶしに職人達は近所の吉原遊郭へと繰り出すのだが悲しいかな、暇があれども金はない。格子越しに遊女達を見るだけである。買う気もなく暇つぶしに店先の商品を眺めに来る人を「冷やかし」と呼ぶのはそういう風景の中で生まれた表現である。当時、紙漉き産業が浅草の人々の暮らしと文化に影響を与えていたことがうかがい知れる。

紙漉きといえば、二〇一四年十一月に「和紙　日本の手漉き和紙技術」がＵＮＥＳＣＯの無形文化遺産に登録されたのが記憶に新しい。登録されたのは島根県浜田市の石州半紙、岐阜県美濃市の本美濃紙と埼玉県小川町と東秩父村の細川紙の三種である。いずれも国産の楮《こうぞ》を原料とし、流し漉きという技法で製作されているところが共通している。

和紙の原料は楮以外に三椏《みつまた》や雁皮《がんぴ》などもあるが、楮は他に比べて繊維が長く、薄くても丈夫な和紙が漉けるのが特徴である。漉き方は浅草紙や浅草海苔のように一回の工程で適度の厚みの紙を作成できる「溜《た》め漉き」という方法と今回登録された「流し漉き」という二つの方法がある。「溜め漉き」は中国から伝わってきた技法で(2)「流し漉き」は平安時代に我が国で編み出された独自の技法だ。原料を細かく潰したものをそのまま使う溜め漉きと異なり、流し漉きは繊維同士が絡みやすくなるように原料にネリ(3)を混ぜた紙料液を用いる。これを漉き簀ですくい上げ、大きく前後に揺らしながら均質な紙層を作り、余分な紙料液を流し捨てる。この操作を繰り返すことで紙の厚さの調整が可能で、粘りのある紙料液を揺り動かすことで繊維同士が複雑に絡み合って耐久性のある丈夫な紙が漉き上がるのだ。

和紙は破れにくく変色しないので痛んだ古書の補修にも使用される。海外の図書館や博物館でも書物の他、絵画や彫刻など文化財の保存に和紙を用いることがあり、その性能は高く評価されている。

ページ破れには薄く透き通る石州半紙や薄美濃紙、地図や証書の裏打ちには厚手の黒谷《くろたに》楮紙、ヴェラム（上級皮紙）の補修には手触りの近い雁皮製の和紙など、種類を細かく指定するほど和紙を熟知している学芸員《キュレーター》もいるそうだ。

薄い和紙で補修された
ページの破れ

和紙は日本人の生活のあらゆる場面であまりにも長い間さりげなく存在していたため、却って我々はその凄さやありがたみに対して極めて鈍感になってしまっている気がする。海外には和紙に魅了された愛好家や個人研究家が大勢いて、関連書籍もたくさん書かれている。これらは和紙と洋紙の違いや他国の手漉き紙との違いが国内の解説本よりも分かりやすく詳細に説明されており、和紙の素晴らしさも伝わってくる。

今回、無形文化遺産に登録されたことによってあらためて和紙に興味を持った人々がいると思う。昔から後継者不足が言われている業界である。これをきっかけに日本の手漉き和紙技術が脈々と後生へ継承される流れが築かれることに期待したい。

（1）ゲテ装、下手装とも。柳田国男の命名。奇抜な素材を用いた装丁。斎藤昌三がこれを好み、ミノ虫、蛇皮、使用済みの葉書、番傘など様々な素材で装丁された書籍がある。
（2）後漢時代に中国の蔡倫《さいりん》が紙作りの技術を確立したとされる。
（3）ネリはトロロアオイやノリウツギから採取した粘液を使用する。

（『埼玉県医師会誌』七七九号　二〇一五年二月）

版元シュリンク

まいったな。またやっちまった。

買ったばかりのコミックスを手にため息が漏れた。

たまたま入った書店で平積みにされていたので最新巻だと思って購入したのだが、家に戻って確認したらもうすでに持っているヤツだった。

最近のコミックスのシリーズ物は各巻、似たようなカバー・デザインを採用することがあるので表紙だけ見て最新巻かどうか判別するのは難しくなった。昔のように買う前に本を開いて確認できればいいのだが今ではそれが簡単にできない。どの書店も立ち読み防止と汚れ防止のためコミックスは透明なビニールに包まれているからだ。

しばらく前にこれについて書店の人に尋ねてみたところ、たまたま話し好きの方だったようで色々詳しく教えてくれた。

この透明ビニールはポリプロピレン製で熱を加えると縮む（shrink）ことからシュリンクと呼ぶのだそうだ。そしてこれで書籍を包む作業はシュリンカーという機械を使って書店ごとに行うのが一般的だという。全国の書店に置いてあるシュリンカーのほとんどがダイワハイテックス社製だということまで教えてくれた。シュリンク掛けは全自動で、書籍を束ねてシュリンカーの取り込み台にセットすればあとはコピー機のように一冊ずつ機械の中に送り込まれ、あっという間に包装された状態で排出されるのである。

シュリンカーには予めサランラップのようにロール状に巻いたシュリンク（シュリンク・ロールという）を取り付けておくのだが、その際に書籍に合わせて適切なサイズのロールを選ぶのがポイントなのだそうだ。

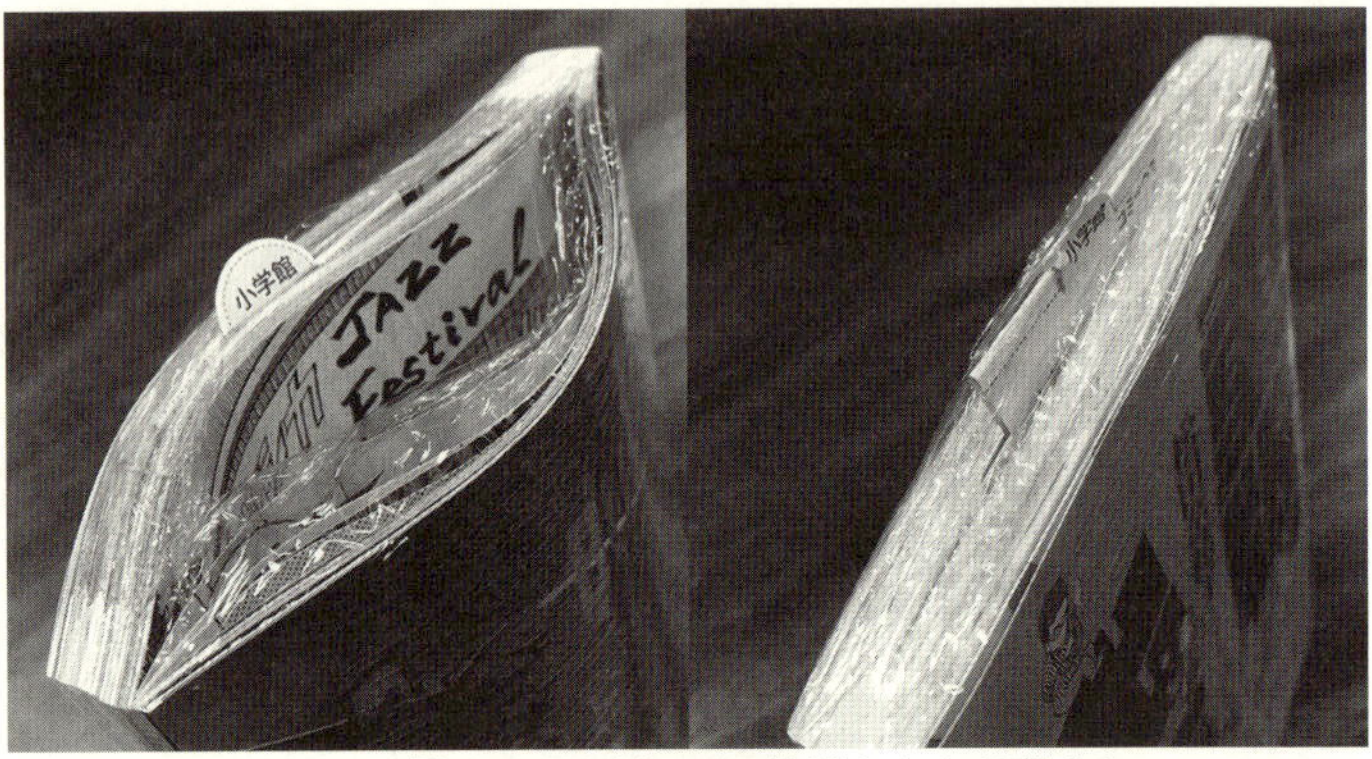

左）正しくシュリンク掛けされた例。天の隙間から中が覗ける。
右）悪い例。天に隙間がなく、短冊も抜けない。

書籍よりも大きいロールを取り付けてしまうと、シュリンク掛けした時に天と地の余剰部分が大きくクシャクシャになって美しくないのだ。そうなるとかさばって書棚の収まりが悪くなるし、会計の時に売上スリップ——通称「短冊」——を隙間から引き抜けなくなる不都合が生じるのである。

僕が間違えて既に持っているコミックスを再び買ってしまった一因がここにある。シュリンクが掛かっていても通常は上の隙間から中身を少し確認することができる。しかし、シュリンクがけが丁寧でないものにはそのような隙間ができないので実に不都合である。

四、五年前から非常に美しくシュリンク掛けしてあるコミックスを見かけるようになった。天も地も含めピシッと全面にビニールがかかっていて隙間は一切ない。

このようなコミックスは最初からシュリンク掛けされており、この状態で各書店に配本されている。そして版元で包装されていることから通称「版元シュリンク」と呼ばれているそうだ。(1)

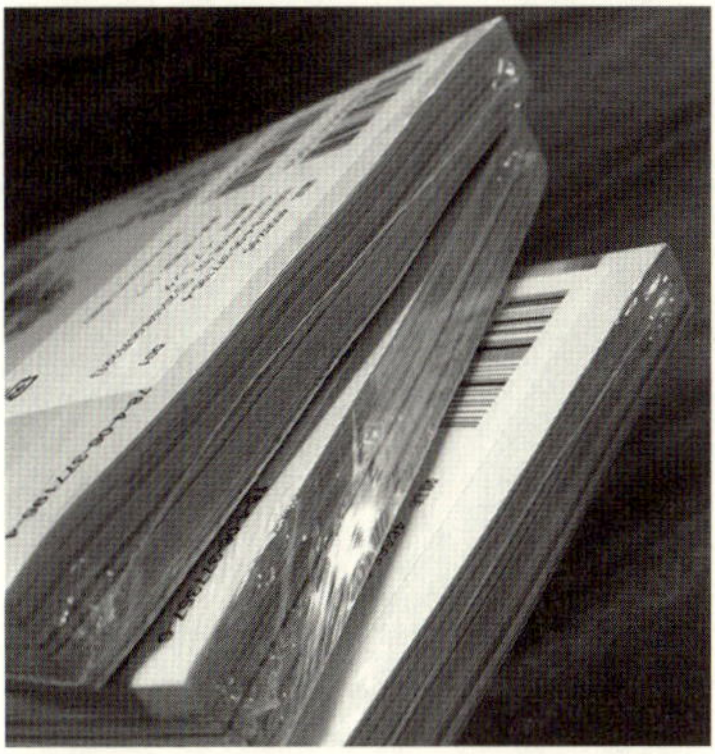

版元でシュリンクされたコミックス

書店側からすれば、配本されたコミックスをシュリンク掛けする手間と材料費が節約できる利点がある。ただし版元シュリンクは開封してしまうと、たとえ書店で通常のシュリンクを掛け直したとしても取次に返本することはできない決まりがあるそうだ。これはすなわち書店としてもお客さんが開封したコミックスは乱丁・落丁以外の理由で返品に応じることは難しいということだ。

版元シュリンクは天も地も閉ざされているので短冊はどうするんだろうと思っていたら、最初から入っていないので構わないのである。その代わり表面に書籍情報が印刷されたシールが貼ってあるのだ。そこにはバーコード、ISBN（国際標準図書番号）、日本図書コード、定価、そして刊行日が記載されている。書店側は書籍管理をバーコード（すなわちコンピューター）で行うことになるわけだが、書店によってはこれが負担になる場合も考えられる。

購入する側からすると版元シュリンクされたコミックスは刊行日がわかるので最新巻かどうかの判断がつきやすく大変便利である。しかし実際購入すると分かるのだが、版元シュリンクは極めて開封しづらいという欠点がある。

通常のシュリンクは天地が開いているのでその部分に指を掛けて引き裂くことができる。だが版元シュリンクに使用しているビニールはとても頑丈でいくら引っ張ってもなかなかちぎれないのだ。結局ハサミやカッターで切れ目をどこかに入れないと開けられないので面倒である。

似たような経験を古書蒐集の時に味わうことがある。雑誌類の場合が多いのだが、古書店の中には書籍を透明な袋に入れて陳列しているところがある。袋の中で書籍が動くと表紙が擦れて傷んでしまうので、隙間ができないように袋の余った部分を丁寧に折り畳み、セロハンテープで固定するのである。

包装して間もないものはそうでもないかもしれないが、その状態でしばらく保存されたものはセロハンテープが剥がせなくなってしまう。するとやはりハサミやカッターがないと開けられないのである。興味のない方にはどうでもいい話だが、ようやく探し当てた貴重な書籍に刃物を近づけるというのはあまりいい気がしないものである。

神保町の靖国通り沿いにある雑誌専門の古書店、ブンケン・ロック・サイドはその心理を良く分かっているようで、刃物を使わなくても袋を開封できるような工夫をしている。

書籍を包む透明袋の中央部にホールパンチで開けた穴があり、どんなにきつく包装してもその部分から袋を容易に裂くことが可能なのだ。これが独自のアイデアかどうか分からないが素晴らしい工夫だと思う。

版元シュリンクもブンケン・ロック・サイドのようにすれば剥がしやすいのに——おこがましくも書店員さんに進言して見たところ、意外なことを教えてくれた。

実は版元シュリンクにはもう似たような工夫がされていて、表面をよく見れば針で刺したような小さな穴が縦に等間隔で並んでいる箇所があるというのだ。そして、その部分を左右に引っ張れば簡単にシュリンクが裂けるのだと教えてくれた。

版元シュリンクのミシン目(2)

そういわれて確認してみると、見づらいけどたしかに小さな穴が縦に並んでいる個所があった。幅の広いミシン目である。(3)

家に帰ってさっそく言われた通りにそこを中心に左右に引っ張ってみるといとも簡単にシュリンクを外すことができた。

——なるほど、やはりこういうことはプロに聞いて見るものだ。ひとつ経験値があがった。

(1) 講談社が二〇一三年十一月に始めたことで、講談社しかやっていないことから「講談社シュリンク」とも呼ばれている。

(2) 木城ゆきと(2016)『銃夢火星戦記3』講談社。ちなみに表紙のキャラクターがミシン目を指し示している構図となったのは単なる奇跡である。

(3) ミシン目の間隔と位置は一種類ではなくバリエーションがあるようだ。

(『埼玉県医師会誌』八〇〇号 二〇一六年十一月)

悩むも愉しい雑誌蒐集趣味

「雑誌の創刊号ってのはだいたい手に入るもんですよ」

タバコの煙をくゆらせながらカウンター後ろのO氏が語った。

その日、僕は取り置きをお願いしていた古本を購入しに神保町にある古書店、R舎にやってきていた。O氏はそこの主である。

彼はしばしば店の客に「探索は順調ですか」と声をかけることがある。大抵の人はこれを初めてやられるとうろたえるが、これは単なる挨拶であって本気で蒐集具合を詮索しているわけではない。

いわば大阪商人の「どないでっか」的なものだ。

問われた方も「ぼちぼちでんな」的な言葉を返すのがここでは妥当なのである。

この日もO氏は頼んでおいた古本を取り出しながらいつものように「探索の方は順調ですか」と声を掛けてくれた。しかし僕はそのとき思わず愚痴をこぼしてしまったのである。

実はこの数日前、僕はある雑誌の創刊号を手に入れ損なっていた。

それは雑誌といっても元々は同人誌みたいなもので、発行部数は少なく、古本屋でも滅多に見かけないほどマイナーな代物であった。ずいぶん前に出合って蒐集するようになったのだが、創刊号に関しては書影を見かけることはあっても実物はなかなか探し当てることができずにいた。それを偶然ある古書店の目録に掲載されているのを見つけ「やった！」と大喜びで購入希望のメールを送ったのである。ところがしばらくして「残念ながら……」と、すでに別の購入希望者に譲ってしまったという文面のメールが返ってきて愕然とした。

通常、古書店は目録を発送してから十日ほど掲載図書の購入希望者を募る期間を設けるものである。[1] 一冊に複数の購入希望者がいる場合は抽選で購入者を決めるのだが、どうやら今回の古書店は先着順で処理していたようだ。

ガッカリもしたが、自分以外にこんな雑誌を蒐集している「ライバル」が存在することを知って焦りと不安を少なからずおぼえた。

そのような経緯があってＯ氏の挨拶に僕は「いやぁ、実はですねぇ……」と僅差で創刊号を入手し損ねたことの無念をつい口に出していたのである。[2] 冒頭の言葉はそれに対するＯ氏の答えである。

彼によると蒐集家でなくとも雑誌の創刊号をそれと知って、容易に捨てたり手放したりする人は多くないのだそうだ。巡り巡って最終的に古本屋に持ち込まれる可能性が他の号よりも高いのでアンテナを張っていればいずれは見つかるというのだ。

実際それまで以上にアンテナを広く張っていたら、しばらくして他県の古書店で創刊号を見つけ出し、手に入れることに成功したのである。結局Ｏ氏の言うとおりだった。

古書の中でも雑誌蒐集は一味ちがった難しさと面白さがある。

いつの時代でもそうだが、やはり雑誌類は他の書籍にくらべ雑に扱われがちだ。判型が小さく、薄ければ薄いほど、安ければ安いほど、そして写真が少ないほど、粗末に扱われてしまうのが雑誌なのである。さらに紙質が悪いものも少なくないので、スレ、ヤケ、シミ、ヤブレ、カケなど「難アリ」は当たり前だ。

そういうものの中からコレクター達はより状態の良いものを探して出して取り合うのである。それゆえ全刊揃えたときの達成感は例えようがないものだ。

思うに雑誌は創刊号よりも終刊号を見つけ出す方が大変かもしれない。季刊「銀花」[3]や「幻影城」[4]のように全国に読者やファンをたくさん残したまま、惜しまれつつ終刊を迎える雑誌は例外である。雑誌が廃刊してしまうのは大体その人気がなくなるからだ。購入されなくなり売上が落ち、それに伴い発行部数は減らされ、しまいには打ち切られるのである。すなわち終刊号は発行部数が少ない上、購入者もわずかなので必然的に残っている数が少ないのである。

戦後、出版が自由化されカストリ雑誌がたくさん刊行された時期がある。カストリとは戦後出回った密造酒（焼酎）のことで、飲めば悪酔いして三合で潰れてしまうほど粗悪なものだった。それにもじって創刊しても三号で潰れてしまう粗悪な雑誌のことを「カストリ」と総称したのだ。

近年そんな企画の弱い雑誌を見かけることは稀だが十数年前までは「次号終刊」と誌面で発表しながらそれを発行せず打ち切られてしまう雑誌はあった。また「マルコ・ポーロ」のように予告なしに突然、廃刊が決まってしまう雑誌だってある。[5]

雑誌を蒐集する際にはそういう情報をしっかり把握していないと存在しない幻の終刊号を追い続けることになる。

雑誌の創刊号は確実に存在するが、終刊号は存在しないことだってあるのだ。

十数年ほど前に「Interplay」という雑誌を蒐集していたことがある。

これは一九六九年三月に日本楽器（現：ヤマハ楽器）渋谷店がＰＲ誌として創刊した小型のジャズ月刊誌である。編集には評論家の岩浪洋三、ピアニストの八城一夫やサックスの渡辺貞夫が携わっていた。

今から読んでもその内容は面白いと思うのだが、なにしろ一店舗のＰＲ誌ゆえ広く普及せぬまま廃刊となったようだ。

僕は長らく一九六九年の十月号を最後に打ち切られたと思っていた。ところが昨年の夏、ある古書店で偶然その十一月号を発見してびっくりした。もちろんその場で購入したが、おかげで「Interplay」がいつ廃刊したのか分からなくなってしまった。

表紙を飾る若かりし頃のジャズプレーヤーたち

こういうことがあるから雑誌蒐集は愉しくてやめられない。

（1）元々は地方と都市部で郵便物が届く日数が異なったため、地方の愛書家にも目録掲載図書を入手する機会を与えるための配慮であった。

（2）目録買いに失敗した時に「僅差で逃した」と語るのは蒐集家の悲しい性である。

（3）「銀花」文化服装学院出版局。一九六七年十一月から二〇一〇年七月まで全一六一冊。

（4）「幻影城」絃映社（後に幻影城）。一九七五年二月から一九七九年七月まで別巻を合わせて全六十九冊。その後も関係者による同人誌が数冊刊行されている。

（5）「Marco Polo」文藝春秋。一九九一年創刊。一九九五年二月号に掲載された記事が国際問題となり突然廃刊となった。

（『埼玉県医師会誌』八〇一号　二〇一六年十二月）

ストロベリー・デカダン

「〇〇さん。〇〇××さん、診察室にお入りください」

問診票を見ながら診察室のマイクで初診の患者さんを呼び出すとしばらくしてコンコンと扉を叩く音がした。顔を上げ「どうぞ」と促すと扉が開き女性が軽く会釈して診察室に足を踏み入れた。彼女のすぐ後ろには何故か怪訝そうな表情を浮かべて立っている男女二人が見えた。

「あのぉ、いま呼ばれたの私なんですけど」――後ろの女性が声を掛けた。

「あれっ、私では……」――扉を開いた女性が戸惑いながら振り向いた。

どちらかが聞き間違えたのではないか。そう思い、改めてカルテに記載された名前を繰り返した。

「……お呼びしたのは〇〇××さんですが」

「あ、それは私です」――後ろの女性の付き添いだと思っていた男性が答えた。
あまりにも意外だったので面食らったが女性たちはさらに驚いていた。
「私も○○××です」――二人とも口を揃えて言った。

確認したら綴りは異なるものの三者とも名前の発音は○○××であった。なんたる偶然だろう。名前の発音が同じ男女三人。お互い面識がないにも関わらず同じ日の同じ時間帯に新患として外来を受診したのである。その確率がどんなものなのか想像がつかないが奇跡に近いのではないだろうか。何だかすごく得した気持ちだった。

ちなみに受付のスタッフはカルテを作る段階で気づいていたようで、三人のうち女性二人のカルテには「同姓同名注意」と付箋が貼ってあった。正確には同姓同名ではないのだがこうるさく思われるのも嫌だったのでそこは敢えて指摘しなかった。

発音が同じでも綴りが異なれば「漢字が△の方ですね」と区別することが可能であるが、同姓同名の場合は注意が必要だ。例えば同姓同名の女性が二人いらした場合。生年月日を確認して「あぁ、若い方ですね」と決して口走ってはならない――生年には触れず「何月何日生まれの方ですね」とするのが無難である。

幸い今のところ同姓同名で誕生日も同じというケースに遭遇したことはないが、万が一そういうことがあったら住所で区別するのが妥当だと思う。あとは保険証番号やマイナンバーか。場合によっては海外でたまに問題になっているidentity theft――なりすまし――でないかどうかの確認が必要かも知れない。

以前勤めていた病院で病棟の看護師がある日、ニヤニヤしながら「小暮太郎」という少女漫画のキャラクターがいることを教えてくれた。『ストロベリー・デカダン』という作品で、現代の光源氏ともてはやされる美男子の設定だという。「太郎先生とは大違い」とまで言われてしまった。失敬だなと思いつつ、気になったので後日調べてみた。

作者は本橋馨子という方で、同作品は『幻想薔薇都市』で始まる「兼次おじさまシリーズ」の一つであった。(1) 耽美系もしくはBL(ボーイズ・ラブ)系と呼ばれる美男子の同性愛を描くジャンルに属し、一部コミカルな内容の作品であることも判明した。

話のネタにこれを入手しようと検索したところネット・オークションで「兼次おじさまシリーズ」の揃いもの――全六冊――が出品されているのを見つけた。せっかくなので入札してみると、すんなりと落札できてしまった。

しばらくして出品者から取引連絡のメールが届いたので返信の際に本名を明かすと予想通り相手の方は驚かれていた。それはそうだ。出品した書籍の登場人物が落札したのである。事情を説明すると滅多にない経験だと喜ばれていた。

数日後、届いた書籍のページをめくると早速「小暮家の病んだ関係」という題名が目に入った。——フフッ。そして小暮太郎はタカラジェンヌのような美男子であった。

……なるほど、たしかに僕とは大違いである。

小暮太郎(2)
(注:筆者ではありません)

小説の中に自分と似た名前の登場人物を発見して自らの名前を変えてしまった偉人がいる。野口英世である。彼は元々「清作」という名前だったのだが医学生のころ坪内逍遥の『当世書生気質』を読んで「英世」と改名してしまったのだ。

『当世書生気質』は戊辰戦争で孤児となった芸妓と小町田という書生の恋愛を中心に明治時代の書生風俗を描いた物語で、中にはだいぶ不真面目な若者が描写されている。その第六話「詐《いつわり》は以て非を飾るに足る　善悪の差別《けじめ》もわかうどの悪所通ひ」の冒頭で夕暮れ刻の町を歩く書生が登場する。

——年の頃は二十二、三、ある医学校の生徒にして、もう一、二年で卒業する。
　野々口精作といふ田舎男——

学問を疎かに見栄えばかり気にする学生が多い中、服装は派手ではなく「今の時勢に、さりとは珍しい感心書生」と紹介している。だが話が進むにつれ野々口は真面目そうに装っているだけで実はかなりの放蕩者であることが判明する。知り合いから借金を繰り返し、仮病を使って実家から入院治療費をだまし取り、それをお酒や女遊びに浪費していたのだ。

立派なろくでなしである。

野口清作もまた医学生のころ、あれこれ策を練って人から金を引き出しては女遊びで散財するなど身勝手で無計画な生活を送っていた。清作を知る人が見れば逍遥の野々口精作は間違いなく彼をモデルにしたのだと思ってしまうほどキャラクターが被っていたそうだ。

だが逍遥が『当世……』を書き始めたのは明治十八年頃からである。野口清作は明治九年生まれなので、野々口精作が登場する第六話が執筆された時点ではまだ十歳そこそこである。さすがにモデルであるはずがない。それでも野口は恩師である小林栄に相談して改名するに至るのである。


今でもそうだがお役所はそう簡単に改名を認めてはくれない。そこで野口はわざわざ同じ村の清作という名を持つ青年を説得して野口家に養子に入ってもらい、同姓同名の者が同じ村にいるのは紛らわしく、不都合という理由をこじつけて役所に改名を承認させたのである。そこまでするとはよほど野々口精作と同一視されることが嫌だったようである。

僕の場合、実害もないので少女漫画の登場人物と同姓同名だからといって不快感はない。

むしろ愉快だとすら思っている。ただ漫画を知る方が初診でいらした場合、診察室の名前を見て美男子による診察を期待されてしまうのは困る。ダンテの地獄門ではないが、診察室の扉を開けた瞬間そこには失望しかないのだから。(3)

（1）本橋馨子「兼次おじさまシリーズ」：（1986）『幻想薔薇都市』、（1987）『たゆたうとも沈まず』、（1988）『ストロベリー・デカダン』、（1989）『薔薇のダンディズム』、（1990）『ストロベリー・デカダン2』、（1992）『ストロベリー・デカダン3』いずれも白泉社

（2）本橋馨子（1988）『ストロベリー・デカダン』白泉社、九十二ページ

（3）ダンテが著した『神曲』の中で地獄の門には「lasciate ogne speranza, voi ch'intrate」（この門をくぐる者、一切の希望を捨てよ）と刻まれているとある。

（『埼玉県医師会誌』七九九号　二〇一六年十月）

もう一人のディラン

スウェーデン・アカデミーが二〇一六年度ノーベル文学賞をボブ・ディランに与えると発表したのは昨年の十月十三日のことである。

　歌手が同賞を受賞するのは初めてことで賞の行方に注目していたみんなが驚いた。おそらく予想していた人はほとんどいなかったのではないかと思う。

　ところが発表から数日経っても受賞したことに対してディラン側から何の声明も出てこなかった。しかも選考委員会によると「努力はしているのだがボブ・ディランと一切連絡が取れず困惑している」とのことであった。その後も状況は変わらず、しまいには彼らは匙を投げ、選考委員会側から積極的に連絡を取ろうとすることは諦めたと発表した。また、選考委員の一人であるペール・ベストベルグがボブ・ディランについて「失礼で傲慢」だと漏らしたことが記事になり、これも前代未聞のことで大きな反響を呼んだ。

もしかしたらボブ・ディランは受賞そのものを辞退するのではないか。ボブ・ディランの無反応ぶりはファンたちから、権威におもねることを嫌う彼らしい対応だと喜ばれた。

ボブ・ディランは本名をロバート・アレン・ジマーマン（Robert Allen Zimmerman）という。「ボブ」は「ロバート」の愛称で「ディラン」というのは彼が敬愛するイギリスのウェールズ地方の詩人、ディラン・トーマス（Dylan Thomas）からきている。

日本ではほとんど名前を耳にすることのないこのもう一人のディラン、つまりディラン・トーマスの作品を僕が知ったのはマイアミにいた中学生の頃である。紹介してくれたのは英文学を教えていたブレイディ先生だ。

当時、僕は学校が配布した推薦図書リストに掲載されている書籍を片っ端から読み漁っていた。授業や宿題などの課題とは全く関係なく、純粋に読書が好きでやっていたのだ。ブレイディ先生はそのことを知っていて、読んだ本ごとに読書感想文を提出すれば特別にエクストラ・クレジットとして成績に加算してくれると僕に言っていた。でもそんなもの書いている時間があったら読書に充てたいと思っていたので、その提案に応じることはほとんどなかった。

しかしジョン・ガンサー作の『Death Be Not Proud』(死よ驕るなかれ)を読んだ時は違った。進んで感想文を書いたのである。読んだ時の感動を誰かに伝えたかったのだ。

この本はジャーナリストのガンサーが一九四七年に悪性脳腫瘍で亡くなった十七歳の息子、ジョニーについて記した回想録である。聡明な男子高校生が脳腫瘍に侵され身体機能がどんどん損なわれていく中、高校を卒業して憧れのハーバード大学に入学すること目指し、気丈に学業をこなしていく様子が描かれている。

自分と同年代の少年が死を目前に周りを気遣い、大きく取り乱すこともなく、やるべき目的を決めてそれに向かって励む様子に激しく心を打たれた。読了後、一気に書き上げた読書感想文はブレイディ先生に見てもらった。その中で本のタイトルの元となったイギリスの詩人、ジョン・ダンの同名のソネットについても言及し、それを読んで「it made me feel stronger」――少し強くなった気がする――と結んだ。

感想文を読んだブレイディ先生は後日、僕にディラン・トーマスの詩『And Death Shall Have No Dominion』(そして死は支配することなかるべし)を読むことを勧めてくれたのである。これもまた素晴らしい詩だった。

ジョン・ダンとディラン・トーマスの二つの詩。

先日、探し出してあらためて読んでみたが中学生の頃に味わったような感激はなかった。

いろんなことを経験するうちに当時ほど心が純粋でなくなってしまったのであろう。少し悲しかった。

中学生の頃の僕はボブ・ディランよりもサイモン&ガーファンクルが大好きで一時、ほとんどの曲の歌詞を暗記していたことがある。

ファンの方ならご存知かもしれないが、彼らの名曲「スカボロー・フェア」が収められているアルバム『Parsley, Sage, Rosemary and Thyme』の中に一つだけ趣向が異なる曲が存在する。「A Simple Desultory Philippic」(簡単で散漫な演説)がそれだ。聴くと判るのだが、この曲はボブ・ディランを意識してポール・サイモンがお遊びで作曲したものである。曲調も歌い方もボブ・ディラン風で歌詞もディランの曲から引用しているところが数箇所ある。

その歌詞にこういうくだりがある。

"He's so unhip, that when you say Dylan, he thinks you're talking about Dylan Thomas"
(奴は全然イケてなくてね、〈ディラン〉といやぁディラン・トーマスのことだと思ってんのさ)

ブレイディ先生との一件の後、同じくサイモン&ガーファンクルが好きな友人とこの曲を聴く機会があった。そこで、歌詞に出てくるディラン・トーマスがどういう人物でどんな詩を書いたか、少し自慢気に教えてやった。すると、友人は笑った。

——Oh, Taroh! You are so unhip!——

「おい、太郎！　お前、全然イケてないぞ！　〈ディラン〉といやぁボブ・ディランしかいないさ。もう一人のディランなんかどうでもいいよ」

——いわれてみりゃあ、そうだな。

くだらない知識をひけらかした自分が恥ずかしかった。

冒頭のボブ・ディランの話に戻るが、彼はベストベルグの「失礼で傲慢」発言から一週間後の十月二十九日に沈黙を破り「大変な栄誉だ」、「受賞のニュースを聞いて言葉を失った」と声明を発表している。そして授賞式にも可能な限り参加したいと表明した。

この原稿は会誌に掲載される二ヶ月前の二〇一六年の十一月中旬に書いている。ノーベル賞の授賞式は十二月十日なので実際にボブ・ディランが式典に参加したかどうかは執筆の段階ではわからない。

だが、彼のことである。きっと式典で何かしらの話題を提供してくれたことであろう。

今回の受賞をきっかけに今までボブ・ディランの曲に耳を傾けたこともないような人達が、彼の代表作（歌詞）を読もうと思って普段手にしないジャンルのCDを購入している様子を想像するとなんだか愉快である。
そうさせてしまうボブ・ディランがやっぱり一番イケてるんだと思う。

（『埼玉県医師会誌』八〇二号　二〇一七年一月）

――結局、彼は来なかった――

消せるインキ

最近良く見かける変わった筆記具にFRIXION（フリクション）ボールというボールペンがある。ご存知の方もおられるかと思うが、このペンに使われているインキは加熱すると消えてしまう性質を持っている。書き損じた箇所を付属するシリコン製の消しゴムでこすれば摩擦熱で容易に消すことができるのだ。PILOT社が二〇〇七年に国内で販売を開始してから若者を中心に様々な場面で使われる人気文具となっている。

実際使ってみると思っていた以上に書き味は滑らかですらすら書ける。そして書いた文字をペンの尻についている消しゴムでこすると、これもまた気持ちよくインキが消えてくれるのである。しかも消しカスもでない。

不思議なインキだが色が消える原理は決して複雑ではない。

フリクション・インキの粒子は発色剤（染料）、顕色剤（発色させる成分）、そして変色温度調整剤の三つの成分を含むマイクロカプセルで構成されている。常温では発色剤と顕色剤が結合した状態にあり染料が発色する。だがこれに60℃以上の熱を加えると顕色剤が変色温度調整剤と強く結びつき、発色剤から離れる。顕色剤の結合を失った染料は発色できず消えてしまうのだ。

変色温度調整剤を変えることによってインキが消える温度を変えることも可能である。市販されているフリクション・インキが60℃で消えるように調整されているのはシリコン製の消しゴムと紙面の間に発生する摩擦熱が65℃以上になることが根拠になっていると思われる。

現在はフリクション・シリーズとしてサインペン、蛍光ペン、スタンプ、色鉛筆などが用意されている。

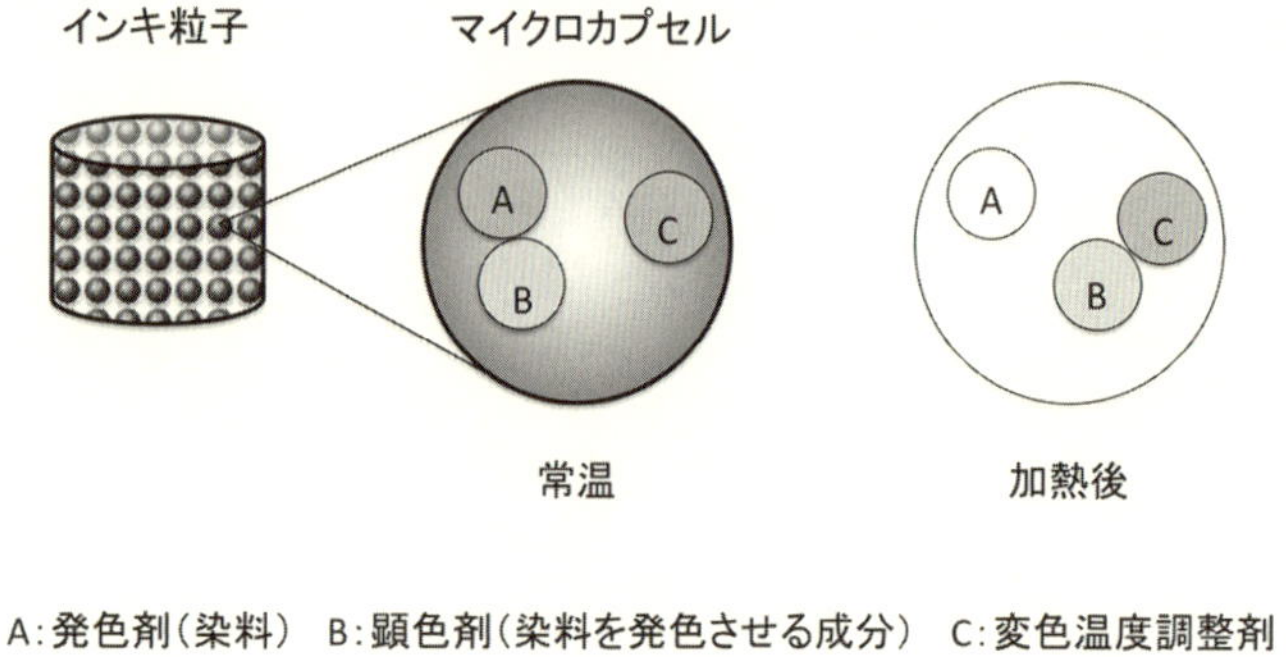

フリクション・インキが消える原理（PILOT社の説明より）

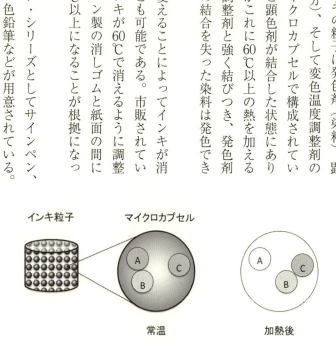

色鉛筆はやり過ぎの感があるが、フリクション・シリーズの色鉛筆は他の色鉛筆よりもキレイに消すことが可能で、消しカスもでないという利点がある。

このような筆記具は記録をきちんと残さなければいけない業務での使用には適さないが、いろんな方面で便利な使い道がたくさんありそうだ。


ところでだいぶ前の話になるが、原理がまったく違うタイプのインキが消せるボールペンをアメリカで暮らしていた中学一、二年生の頃に愛用していたことがある。

アメリカのペーパー・メイト（Paper Mate）社が一九七九年に販売したイレイサー・メイト（Eraser Mate）というボールペンがそれで、おそらく消せるインキはこれが元祖だと思う。

消すときは鉛筆と同じように普通の消しゴムを使用した。しかし時間が経つと消しにくくなる性質があり、二日程で消すことができなくなるのである。当時は青色のインキしか無く、紙質によっては充分に消すことができない場合もあった。(1) 不完全ながら人気は高く、当時のクラスメートのほとんどが持っていた。

こちらの仕組みも簡単である。

通常のインキは紙の凹凸や繊維に浸透する性質があるが、イレイサー・メイトのインキは粘度が非常に高く紙の表面に乗っかっているだけである。時間とともに徐々に紙に浸透して行くが、そうなる前に消しゴムでこすると消しゴムに粘着して紙面から剥がれるのである。喩えるならばアラビア糊である。アラビア糊は塗ったあと、完全に乾く前にこするとポロポロ剥ける——それと同じである。

当時、近所のおじさんがイレイサー・メイトはクロスワードパズルを解く時に便利だと話していたのを覚えている。フリクション・シリーズも同じようにクロスワードやナンクロなどパズル愛好家たちに重宝されているのかも知れない。

消せるインキは近年の発明だがインキを消す行為は古くからある。

紙が普及する以前の中世ヨーロッパでは、ヴェラム（vellum）もしくはパーチメント（parchment）と呼ばれる動物の皮を薄くなめした羊皮紙が書籍に使用されていた。しかし高価だったため、既存の不要な写本——主に聖書以外の書籍——をバラしてページを再利用することもあった。異教の教えや異国の言葉などが記載されたページを一枚ずつミルクとオート麦の籾殻で作った洗剤でインキを洗い流し、漂白したのである。

再生された羊皮紙はパリンプセスト（palimpsest）と呼ばれ、数多く確認されている。

パリンプセストの中には繊維の間にインキ成分が残存しているものがあり、時間とともにそれが変性して浮かび上がってくることがあった。これをラテン語でscriptio inferior（下書き）と呼び、中には貴重な記載が発見されることもある。

有名な物では十三世紀のキリスト教の祈禱書から見つかったアルキメデス・パリンプセストがある。それまで存在が知られていなかったアルキメデスの「ストマキオン」（十四枚の異なる形状をした板からなるパズル[2]の群論的考察）や「機械学的定理に関する方法」（機械学を利用して幾何学定理を発見する方法を記したエラトステニスに宛てた序文）が下書きから発見されたのである。

しかし我々にとって資料的価値の高い下書きも当時の人たちからすれば単なるヨゴレである。十三世紀以降は羊皮紙を再生する際、下書き現象を予防する目的でインキを洗い流してから繊維の間に入ったインキ成分を軽石や刃物で削ぎ落とす行程を加えるようになった。そのため、中世後記のパリンプセストで下書きが判読できるものは少ないそうだ。

実は冒頭のフリクション・インキも消した文字を復元することが可能である。顕色剤は零下20℃ぐらいで変色温度調整剤との結合がはずれて発色剤と結合し直すので一般的な冷凍庫で(3)一晩ほど冷やせば消したものが浮かび上がってくるのだ。人に見られたら都合が悪いことをフリクション・インキを使って記載した場合、綺麗に消したからと言って安心はできない。当該箇所を切り取るかパリンプセストのように表面の一層を削ぎ落とすことも検討すべきである。

（1）粘度の高いインキでも滑らかに書けるようにインキ・カートリッジは加圧されており、そのため逆さまにしても書けるという特徴もあった。現在販売されているものはより消しやすく、色も青以外に赤と黒も用意されている。

（2）ストマキオン（stomachion）は胃痛という意味。胃が痛くなるほど難しいことから。

（3）JIS規格で微生物が増殖できない零下18℃以下であることが定められている。

（『埼玉県医師会誌』七九四号　二〇一六年五月）

はらぺこあおむし語

都内を運転中、赤信号で停車していたら隣の車線前方に白地に黒帯塗装の国産ワンボックスが停まった。現金輸送車だ。

白く塗りつぶされたリアウインドウには青と黄色のロゴと「ALSOK」の文字が。そして黒帯部分には白抜きで「ALways Security OK」と表記されていた。

――「always」か。いつでも、どこでも……なるほど「総合的」ね。「security」はそのまんま「警備」だな。すると「OK」はなんだろう。軽いノリで「オッケー、大丈夫！ 保障しまぁす！」かな……フフフ。

文字を追いながら、それらが「綜合警備保障」の会社名を大まかに訳したものだと（勝手に）理解した。

――でも頭字語の中に頭字語の「ＯＫ」を含めるのはどうだろう。

……あぁ、そういやぁ昔は「ＳＯＫ《ソーケー》」と標榜していたな。

するとその三文字は残したかったのか……ナルホド、ナルホド。

信号が青に変わり、車列が動き出して現金輸送車が見えなくなってからもしばらくそんなことを考えていた。


「ＯＫ」は「okay」と綴ることもあるので一般名詞の省略形だと勘違いされがちだが、専門家によるとこれは二百年以上前にアメリカの一都市で流行した言葉遊びから派生した頭字語なのだそうだ。[1]

一八三〇年頃、ボストン市民の間で日常的に使用頻度の高いフレーズを略して表現する言い回しが流行した。「no go」（不可）を「ＮＧ」、「our first men」（裕福な市民）を「ＯＦＭ」とするなど、いわゆる「in joke」――仲間内でしか通用しない、我が国では「符丁」とか「ギョーカイ用語」と呼ばれる内輪ネタ――である。それがさらにエスカレートして、本来のフレーズをわざと誤った綴りで表記したものを略して使用するようになった。「ＯＫ」はその一つで、元は「間違いなし」を意味する「all correct」を「oll korrect」と誤表記したフレーズの頭文字なのである。

限られた地域の一時的な流行から生まれたものなので、他に登場した多くの表現と同様に「ＯＫ」もそのまま廃れていくはずだった。ところが一八四〇年の米国大統領選をきっかけに全国に知れ渡り、定着してしまったのである。

当時、再任の意思を表明した現職大統領のヴァン・ビューレン(2)は出身地にちなんだ親しみやすい愛称の「Old Kinderhook」（キンダーフックの親っさん）を掲げて選挙を戦うことにした。そして選挙期間中、ありとあらゆるところに「Vote for O.K.」（O.K. に一票を）の標語が出現したのである。陣営側からすればボストンで流行中の表現に掛けて「O.K. is oll korrect」――O.K. に任せておけば大丈夫――と印象づける狙いもあったのかもしれない。目論見ははずれ、ヴァン・ヒューレンは再任を果たせなかったが「ＯＫ」の二文字を拡散し、世間に認知させることには成功したのである。

頭字語は英語でアクロニム（acronym）という。「acro」は先端、「nym」は名称を意味する。二つを合わせて「先端にある文字（もしくは文字列）から作った名称」という意味である。

ここ最近目にした頭字語で印象深いのがSCROTUSの七文字だ。これも偶然ながら「ＯＫ」のようにアメリカ大統領選がきっかけで広まった表現である。

昨年末のアメリカ大統領選では民主党のヒラリー候補と共和党のトランプ候補が最後まで大接戦を繰り広げ、国内外で大きな話題となった。結果的に初の女性大統領は成立せず、不動産王のドナルド・トランプが第四十五代アメリカ大統領に就任した。

通常、アメリカ合衆国大統領は「President Of The United States」の頭文字を取ってPOTUS《ポータス》という愛称で呼ばれる。(3) ところが今回トランプ氏の資質と品格を疑い、国の代表として認めたがらない人々は彼のことをSCROTUS《スクロータス》と呼んでいるのだ。これは「So Called Ruler Of The United States」(いわゆるアメリカ合衆国の支配者)の頭字語で、同時に「scrotum」すなわち陰嚢――ここはあえて金玉袋と訳したほうが妥当かもしれないが――にかけている。よくもまぁこんな意地の悪い呼称を考えつくものだ。

カタカナ表記だとさらにわかりにくいが、スキューバやレーダーのように広く周知されて、本来それが頭字語であることが忘れられている名称は案外多い。スキューバ(SCUBA)はSelf Contained Underwater Breathing Apparatus――自給式水中呼吸装置――でレーダー(RADAR)はRAdio Detection And Ranging――電波探知測距――の頭字語である。

またその逆のケースで頭字語のような文字列が実は違うということもある。例えば、分娩直後の新生児の状態を評価するのに用いるアプガー(APGAR)スコアがそうである。

「APGAR」はその評価項目――「Appearance」(皮膚の色)、「Pulse」(脈拍)、「Grimace」(顔しかめ：刺激に対する反応)、「Activity」(四肢の動き：筋緊張)、そして「Respiration」(呼吸)――の頭文字からなる頭字語になっているが、本来は発案者、ヴァージニア・アプガー(Virginia Apgar)の名前なのである。

このように既存の表現に対し、それが頭字語となるように語句を当てはめた状態をバクロニム(backronym もしくは bacronym)と呼ぶ。本来の頭字語の成り立ちと逆なので逆さ(backward)の頭字語ということで「back」と「acronym」で「backronym」だ。

俳句で言えば「折句」、大喜利で言えば「あいうえお作文」みたいなものである。

数年前から気になっているのだが学術論文に登場する調査や研究の名称の中には頭字語のようでいて、そう呼ぶにはだいぶ無理があるものを目にすることがある。

例えば次のようなケースだ。

・STELLA-ELDER：Specified drug use resulTs suvEy of ipragLifLozin treAtment in ELDERly type-2 diabetic patients

・PROGRESS：　Penndopil pROtection aGainst REcurrent Stroke Study

これらは決して頭字語ではない。

では、このように虫食い状に文字を拾って見栄えの良い名称を造ることを何と呼べばいいのだろうか。あれこれ可能な限り調べてみたがどうやら適切な表現はないようである。

……ならば勝手に命名させてもらうことにする。

虫食い状であることから世界的に有名な絵本『The Very Hungry Caterpillar』の主人公「hungry caterpillar」にかけてハンカニム（huncanym：HUNgry CAterpillar + nym）なんかはどうだろう。同書の邦題は『はらぺこあおむし』なのでハンカニムは日本語で「はらぺこあおむし語」にしよう。なかなか良いじゃないか。

しかしあらためて考えると、研究にカッコイイ名前をつけたいのならば勝手にそうすれば良いのである。過去に発表された研究の名称の多くが頭字語だからと言ってそれに倣って無理に文字を拾ってみせる必要はないのではなかろうか。それぞれ事情もあるかもしれないが、なんだか不思議である。

（1）Allan Metcalf (2011) "OK - the improbable story of America's greatest word"
Oxford University Press.

（2）第八代アメリカ合衆国大統領マーティン・ヴァン・ビューレン（Martin Van Buren）。
ニューヨーク州 Kinderhook 出身。

（3）大統領夫人には FLOTUS（First Lady Of The United States）という愛称がある。

（『埼玉県医師会誌』八〇七号　二〇一七年六月）

点字の天地

先日、缶ビールを開けてコップに注いでいる時にプルトップの手前に刻印された点字がふと目にとまった。いつもは気にしないのだが、話のネタに何が記載されているのか調べてみることにした。

缶に刻印された点字

「⠛⠊⠑」と点字で三文字。おそらく、炭酸が入っているので「フルナ」とか、プルトップを「アケル」などと記載されているのだろう。もしくは「キリン」や「アサヒ」などの社名かもしれない。さっそく日本語点字表をスマホで探し出し、それを参考に点字を墨字に書き直した。（二八五ページ参照）そしてそこに現れた「マキヲ」の三文字を見て首をかしげた。

……なんだこれ。

何かの符丁だろうか。予想外な結果にモヤモヤしつつ、しばらく「マキヲ」の意味をビールを飲みながらあれこれ考えてみた。そしてコップに注いだビールがなくなる頃になってようやくあることに気付いた。アルコールで頭が柔らかくなったようだ。机に置いた空き缶をクルリと回して反対側から改めて点字を眺めてみた。

「⠑⠚⠳」――やはりそうだ。今度はちゃんと「オサケ」と読めた。つまり、目の不自由な方が缶ジュースと誤って口にしないようにお酒であることを点字で表示していたのだ。

――なるほど。すっきりした。

我が国でアルコール缶飲料の容器にこのような点字を刻印したのは宝酒造が一九九五年に発売した「タカラ缶チューハイ」が最初である。これは宝酒造が自主的に始めたものでその後、自然と業界の中で広まったそうだ。とくに定まった規格はないが「オサケ」の三文字だけは各社共通しているようである。

点字の配置は製品によって異なる。近所の酒屋さんに行って調べたところ、前述のように注ぎ口を右にした時に正しく読めるように点字が刻印されているものが大多数であったが、反対側から読ませる製品も幾つかあった。

同じメーカーでも製品によって点字の配置が異なる場合があることも確認できた。

当然ながら海外の缶ビールやノンアルコールビール（ビールテイスト飲料）には点字は刻印されていない。

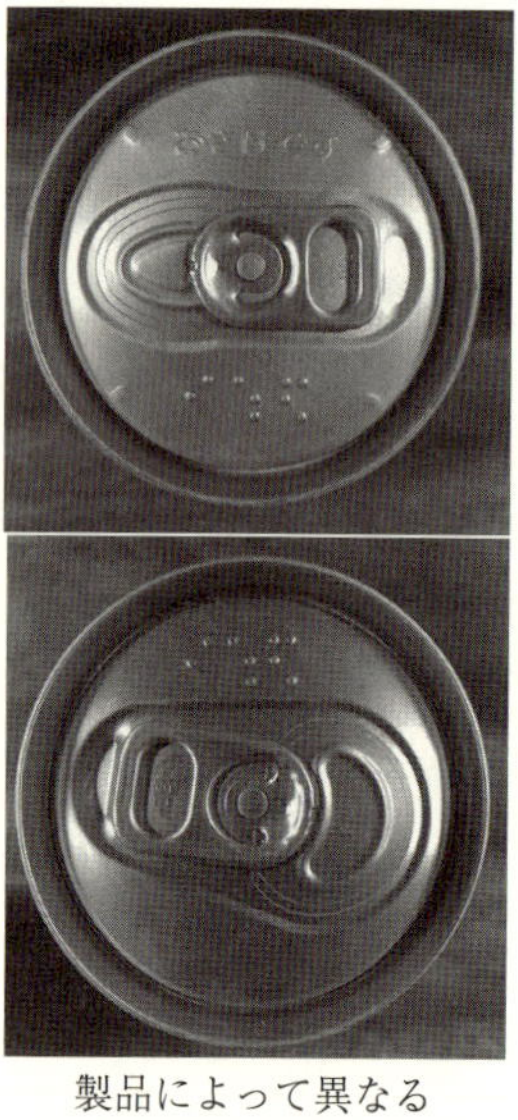

製品によって異なる
点字の配置

ところで今回、「マキヲ」と「オサケ」の関係を見て気になったことがある。晴眼者は文字の上下はすぐに判別できるが、視覚障害者は点字の天地をどのようにして見当をつけているのだろうか。

わかる範囲で調べたところ、どうやら点字をなぞって文字として認識できなければ逆さまであると判断するのが一般的なのだそうだ。つまりトライアル・アンド・エラーである。

アルファベットの場合、上下逆さまにしても文字として成立する点字は四つしかない。一八〇度回転しても同形――点対称――のＴ（⠞）とＸ（⠭）、そしてお互い鏡像――線対称――の関係にあるＲ（⠗）とＷ（⠺）だ。つまり点字をなぞってこの四文字以外の文字に触れた時点で上下の見当がつくわけである。だが日本語の場合はもう少し複雑である。

⠁	⠃	⠉	⠙	⠑	⠋	⠛	⠓	⠊	⠚
A	B	C	D	E	F	G	H	I	J
⠅	⠇	⠍	⠝	⠕	⠏	⠟	⠗	⠎	⠞
K	L	M	N	O	P	Q	R	S	T
⠥	⠧	⠭	⠽	⠵					⠺
U	V	X	Y	Z					W

アルファベットの点字表

⠁	⠡	⠱	⠕	⠅	⠥	⠵	⠌	⠑	⠄	⠒
ア	カ	サ	タ	ナ	ハ	マ	ヤ	ラ	ワ	長
⠃	⠣	⠳	⠗	⠇	⠧	⠷		⠓	⠆	⠂
イ	キ	シ	チ	ニ	ヒ	ミ		リ	ヰ	促
⠉	⠩	⠹	⠝	⠍	⠭	⠽	⠬	⠙		⠐
ウ	ク	ス	ツ	ヌ	フ	ム	ユ	ル		濁
⠋	⠫	⠻	⠟	⠏	⠯	⠿		⠛	⠖	⠈
エ	ケ	セ	テ	ネ	ヘ	メ		レ	ヱ	拗
⠊	⠪	⠺	⠞	⠎	⠮	⠾	⠜	⠚	⠔	⠴
オ	コ	ソ	ト	ノ	ホ	モ	ヨ	ロ	ヲ	ン

日本語点字表

五十音の点字は五つの母音に子音を組み合わせる方法で作成されている。そしてそれらの半数以上が上下を逆さまにしても文字として判読できてしまうのである。点対称の六文字、カ（⠡）、シ（⠣）、ト（⠞）、フ（⠭）、メ（⠿）、ヤ（⠌）、そして線対称の関係にある十五対三十文字の合計三十六文字である。すなわち和文では点字をなぞるだけではなく、文字列の意味も確認しないと上下が判別できない場合があるのだ。

試しに一つ、こんな文章を作ってみた。

「田崎の子が勝ったよサキ子」

何の変哲もない文章だが、これを点字にすると上下どちらからでも同じように読めるのである。いわば点字限定の回文だ。かなり強引な例文かもしれないが、このように点字を指でなぞり、その意味を確認してもなお上下の見当がつかない文章は存在しうるのである。

⠕	⠱	⠣	⠎	⠪	⠐⠡	⠡	⠂	⠕	⠜	⠱	⠣	⠪
タ	サ	キ	ノ	コ	ガ	カ	ッ	タ	ヨ	サ	キ	コ

上下逆さまにしても同じように読める点字の回文

十年程前に日本経済新聞に「点字案内ミス多発」（二〇〇五年六月十三日夕刊）という記事が掲載された。日本盲人社会福祉施設協議会が二〇〇二年に視覚障害者約二〇〇人に行ったアンケートの結果を抜粋したもので、公共の標識や案内板に刻印された点字にミスが多いことを紹介している。アンケートによると点字が上下逆さまに設置される誤りを対象者の43％が体験されているそうだ。他にも誤字（36％）や表記の誤り（29％）、分かち書きがされておらず読みづらいなどの回答があった。

原因として晴眼者が点字表現の正しいルールを知らずに標識を作成し、校正を通さずにそのまま設置してしまうことにあると考察が加えられていた。現在は公共施設や設備における点字の表示方法が規格化されているので以前よりはミスは少なくなったと思われる。

標識や案内板と異なり、固定されていない物に刻印された点字に関しては天地を判別するのにトライアル・アンド・エラーがやはり必要である。だが先ほどの回文と同じようなことも想定しなければいけない。例えばバーベキュー・パーティー用に準備した箱にその中身を説明する点字のシールが貼ってあったとする。それが「サ（⠱）ケ（⠫）」（酒）なのか「マ（⠭）キ（⠣）」（薪）なのか、シールの上下が分からなければ箱の中身も判別できない状況が考えられる。

そこで従来よりも効率よく、正確に点字の天地を判別する方法はないだろうか。考えてみたところ、良さそうな案が二つ浮かんだ。

一つは点字の上段を丸ではなく、菱形などに変更するというものである。点字の五十音を見ると上段は「ワ」、「ヰ」、「ヱ」、「ヲ」、「ン」以外の全てに使われているので有効な手段だと思われる。

もう一つは点の形を正円にせず、右三分の一を平たくするというものだ。上下が正しければ左から右へなぞった時は滑らかである。しかし上下が逆になって平たい側が左になると、なぞった時にざらつくので天地が違うことが判るのだ。

将来、点字の規格を改訂するようなことがあるならば、いずれかの提案を採用していただけると光栄である。

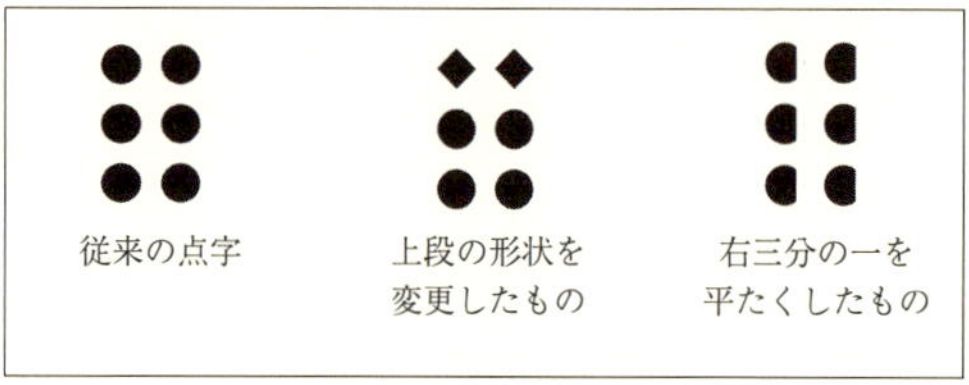

天地が分かる点字の提案

（『埼玉県医師会誌』七九六号　二〇一六年七月）

雨の音、土の香り

僕は雨が降り出しても、すぐに傘を差さなくても平気なたちである。
霧雨はもちろん、小雨がサラサラ降るぐらいなら全く気にせずにいられる。
ポツポツと雨粒が大きくなってきてもまだまだ大丈夫。
雨がパラパラといよいよ勢いづいてくれば目的地に向かって少し足早になるくらいだ。
基本的に「かまわぬ、かまわぬ」の姿勢である。

ものぐさ太郎——傘を差すことすら面倒くさいんだろう——
大学時代の友人にそう言われたこともある。
だがそうじゃない。
ただ単に、人よりも雨に対して寛容でいられるだけだ。

実際、雨がザーザー降ったところで僕はそれが傘を差す絶対条件だと全く捉えていない。そうすることが世間一般の常識だと一応わきまえてはいるので差すには差すが、本心では頭のてっぺんから靴の中までびしょびしょになって『雨の中に唄えば』のジーン・ケリーのように豪放磊落《らいらく》に街中を歩き回ってみたいと思っているのである。

アメリカに住んでいた頃の友人にこの話をしたら、マイアミの豪雨を幾度も経験しながら育った人はみんなそうだよ——と笑っていた。そしてしばらく前にSNS経由で入手したという「フロリダ出身者の見分け方」と記載されたチェック・リストのコピーを送ってきてくれた。見るとその項目の一つに「土砂降りでも傘を差さない」というのがあって苦笑した。やはりみんなそうなんだ。

台風や嵐の日は雨や風の音がザーザー、ガタガタ気になってしょうがない。雷もコワイ、コワイ。そう話す人は周りに多い。だけど僕はどちらかと言うと、そういう時の方が色々と作業がはかどるし心地よい眠りにつけてしまうのである。

我々のような変わり者をプルビオファイル（pluviophile）と呼ぶそうだ。「pluvio」はラテン語で雨を意味する「pluvia」の変化形。「～phile」は「～を好む」という接尾辞だ。

直訳すれば「雨好き」である。しかし本好きのことを「bibliophile」や「bibliomania」と呼び、それを「愛書家」や「愛書狂」と訳すのと同じように「愛雨家」もしくは「愛雨狂」とする方がニュアンスが伝わるかも知れない。

数年前に海外の消費者行動研究の専門誌にこんな興味深い論文が掲載されたことがある。(1)

Is noise always bad?
Exploring the effects of ambient noise
on creative cognition

雑音はすべて悪か？
背景雑音が創造的認知機能に
及ぼす影響を探求する

それによると、中等度の背景雑音があるような場所では集中力が低下して情報処理に時間が掛かってしまうが、抽象的な思考は活発となり創造力は高まるのだそうだ。

なるほど——論文を読んだら合点がいった。

僕は子供の頃から「一たす二たす三はなあに」という問題を解くよりも「犬たす虹たすパンケーキはなあに」というような抽象的な問題について想像を膨らませるのが好きだった。どうやら空想癖と雨は抜群の相性だということが証明されたようだ。

雨が好きな理由がもう一つある。

しばらく晴天が続き、そよ風がやんわり吹く、乾いた夏日。そんな時に雨がポツリポツリと降り始めると、むせるほど濃厚な土のにおいが辺り一帯に充満することがある。

僕はこの香りがたまらなく好きなのだ。

最近になってこの香りにペトリコール（petrichor）という名称があることを知った。その成分を分析したオーストラリアの研究者二人が一九六四年にその結果を『Nature』誌に掲載する時にそう命名したのである。(2) 石を意味する「petra」と神の血を意味する「ichor」を繋げた造語で通常は「石のエッセンス」と訳されるようだ。

ペトリコールが大気に拡散する機序は当時から不明とされていたが、二〇一五年にマサチューセッツ工科大学の研究グループが高速カメラを用いてこれを解明している。(3)

雨が地面に当たると、その衝撃で雨粒と地表の間に気泡が生じる。それが勢いよく水滴の中を上昇し、水面で破裂して中身がエアロゾルとなって大気中に放出されるのである。地表の温度が高く、そこに緩やかな風が吹いていると舞い上がったエアロゾル粒子がより広範囲に拡散されるわけである。大気圏のかなり高いところの空気サンプルから地表の雑菌が採取されることがあるそうだが、それもこれで説明できてしまう。

これら雑菌のほとんどは通常無害だとされているが、拡散の原理を知ると僕のように雨が降り出した時、ペトリコールを嗅ごうと必要以上に鼻から息を吸い込むのはあまり健康に良くないのかも知れない。前述したマサチューセッツ工科大学のグループがつい先日発表した論文でも地表に堆積した病原菌が同原理によって空気中に拡散する可能性を提示している。(4)

マスクをすれば大丈夫だろうか——それを読んだ僕は咄嗟に思った。そして「吸わない」という選択肢をハナから設けていないことに気づいてニヤニヤしてしまった。

まるで中毒者だ。


たまにこんな質問をされることがある。

「先生はどんなことに癒やされます？」

「心が疲れた時はどうしていますか？」

不意に聞かれるとつい趣味の話でごまかしてしまうことが多いが、あらためて考えると僕がほんとうに癒やされるのは雨の音と土の香りだ。


雨の音を聴きながら土の匂いに包まれ、思いに耽ること。

至高のひとときである。

"Some people feel the rain. Others just get wet"

——Bob Marley——

（1） Mehta R., Zhu R., and Cheema A. (2012)
“Is noise always bad? Exploring the effects of ambient noise on creative cognition”
Journal of Consumer Research Vol. 39 (4) pp 784-799

（2） Bear I.J. & Thomas R.G. (1964) “Nature of argillaceous odour”
Nature Vol. 201 pp 993-995

（3） Joung Y.S. & Buie C.R. (2015) “Aerosol generation by raindrop impact on soil”
Nature Communications Vol. 6 pp 1-9

（4） Joung Y.S., Ge Z., and Buie C.R. (2017) “Bioaerosol generation by raindrops on soil”
Nature Communications Vol. 8 pp 1-10

（『埼玉県医師会誌』 八〇六号　二〇一七年五月）

お人好し

先日、久し振りに匂いつき消しゴムを手にする機会があった。

顔に近づけ、ゆっくりと鼻で息を吸い込むと甘くて美味しそうな香りが鼻腔いっぱいに拡がり、懐かしい匂いにしばらく忘れていた子供の頃の記憶が甦った。

当時住んでいたフロリダ州のマイアミでは日本の匂いつき消しゴムはどこにも売っていなかった。だが〈山梨のおばあちゃま〉と呼んでいた母方の祖母が日本から時々送ってくれた小包の中にそういう文具も入っていたのである。日本の消しゴムは小学校の同級生が使っていたピンク色の消しゴムに比べ綺麗に文字を消すことができて、いい匂いがするので一時愛用していた。

三年生の頃、上級生たちの間でステッドラー（STAEDTLER）の製図用プラスチック字消しが流行りだした。

大人っぽいデザインで、良く消せるので人気があったようだ。クラスメイトにも何人か影響されて使っている子がいて、僕も彼らを真似て愛用するようになった。でも筆箱の中にはいつも匂いつき消しゴムを入れていて、たまに取り出しては匂いを愉しんでいたのである。

ある日、授業の間の休憩時間にトイレに行って教室に戻ってくると机の上に出しっぱなしにしていた筆箱の中から消しゴムが一つなくなっていた。ステッドラーではなく匂いつきの方だ。

——はて、どこに落としてしまったのか。

席の周りやカバンの中を探してみたが出てこなかった。

——まぁ、そのうち見つかるだろう。

そんな軽い気持ちでいた。

ところが数日後、授業中にたまたま隣に座ったジョーイ（Joey）がポケットから僕の匂いつき消しゴムを取り出して使っていたのである。

「Hey, that's mine」（あ、それ僕の）

声を掛けるとジョーイが固まった。それを見て僕は瞬時にすべてを理解した。

彼は僕の筆箱から消しゴムを抜いていったのだ。

「いや、コレ叔母さんに買ってもらったんだ」

何を考えたかジョーイはめちゃくちゃ苦しい言い訳をした。繰り返すがマイアミではこんなもの売っていないのである。せめて「拾った」とでも言っておけばまだ逃げ道があったのに。

――コイツ、とんでもなく嘘が下手だな。

よく見ると消しゴムの一角がキレイな歯型を残してなくなっていた。噛じられているのだ。多分ジョーイが腹を空かせて美味しそうな匂いの誘惑に負けて食べようとしたのであろう。そんな姿を想像したら不憫になって消しゴムのことなんかどうでも良くなってしまった。結局ジョーイの言い訳に「ふーん」と冷ややかに答え、ソッポを向いた。

授業が終って帰る支度をしていると、ジョーイが恐る恐る歯型のついた消しゴムを僕の前にコトッと置いた。僕はそれを一瞥してそのままスーッと押し返した。

「It's cool. It's yours」（いいんだ、これは君のだよ）

そう言ってその場を離れた。いまさら歯型のついた消しゴムを返されても困るという気持ちがそこにあった。

教室を出るとき振り返るとジョーイが消しゴムを持ったまま、どうしたら良いのか分からず立ち尽くしていた。

似たようなエピソードを父から聞かされたことがある。

父が医学生の頃、下宿していた目黒のアパートに空き巣が入った。この時、実家に内緒で仕送りの一部を月賦に回して購入したステレオが盗まれてしまったのである。

すぐに目黒警察に被害届けを出すとしばらくして近所の質屋さんでステレオが発見された。そしてそれを手掛かりに、間もなく犯人も捕まったと警察から連絡があった。署に行くと担当の刑事さんは犯人の男に合わせてくれた。

「この度はご迷惑をおかけして申し訳ございません」

犯人が神妙そうに謝罪の言葉を並べた。

男は背が低く、不健康な痩せ方をした姿勢の悪い中年であった。背広を着ていたがサイズが合っておらず、気の毒なほど不格好であった。

「……あっ、その背広っ！」

男は気まずそうに視線を足元に落とした。

ステレオのことばかり気になって盗られたことに気づかなかったが、男が着ていた背広はまさに父のものであった。警察の人に襟の内側を確認してもらうとやはり「小暮」と刺繍されていた。


結果的に背広も戻ってきたが父としては複雑な気持ちだったそうだ。素直に「良かった」と思えなかったのである。あんな貧相な犯人が袖を通した背広など、ゲンが悪い気がしてもう着用する気になれなかったのだ。

いまさら返してもらっても困るので犯人にくれてやってもいい――担当の刑事にそう持ちかけると、犯人が調子に乗るからそういうわけに行かないと諭されたそうだ。


刑事の言うこともよく分かる。

たしかに盗まれたと分かっているものを盗んだ本人にあげてしまうのは人がよすぎるかもしれない。だが僕や父のように「いまさら返されても嫌だなぁ」と思うのは決して珍しい感情でないはずだ。

そして「捨てるぐらいなら欲しい人に」という感情に「面倒だから早く決着をつけたい」という感情が加わると「目の前の犯人にくれちまえ」となるのである。まあ「人が好い」というよりは極端にものぐさなのかもしれない。

ビクトル・ユーゴの名作『レ・ミゼラブル』の冒頭でミリエル司教という人物が登場する。彼は怪しい風貌のジャン・バルジャンを周囲の反対を押し切って教会に招き入れ、食事と寝床を与えた。そしてその後ジャン・バルジャンが銀の食器を持ち出して捕まった時、彼は警官に食器はジャンに与えたものだと説明した。さらに忘れ物だと言って残っていた銀の燭台までジャンに渡してしまうのである。まさに盗人に追い銭だ。

彼もまた、とんでもないお人好しである。

だが、ミリエル司教のこの行為がきっかけでジャン・バルジャンが改心したことは忘れてはならない。

実はジョーイの話には続きがある。

あの消しゴムの一件があってからジョーイは教室では何かと僕の隣に座ることが多くなった。そのうち休憩時間も一緒に遊ぶようになり、いつしか大親友の一人になっていた。

残念なことに、僕は五年生の時に私立に転校したのでそれ以降はジョーイとは疎遠になってしまった。だが家の近所に住む共通の友人からジョーイのことは良く耳に入っていた。楽しくて面倒見の良い、信頼できる凄くいいやつだとジョーイは高く評価されていた。そしてそれを聞いた僕も何だか嬉しかった。

振り返ると、あのとき僕が消しゴムを突き返したことがジョーイの中の何かを変え、僕らのあの楽しい日々が生まれるきっかけになったのではないだろうか。

まるでO・ヘンリーの物語のようだ。

（『深谷寄居医師会報』一八〇号　二〇一七年一月）

重いコンダラ

先日ヨメさんが近所に新しく出来た石窯のあるピザ屋さんのことを教えてくれた。

友人に連れられてランチを食べに行ったそうで、アットホームな雰囲気でスタッフも明るく、出来たてのピザは美味しく値段もリーズナブルだと絶賛していた。


「＊＊会館のある坂を降りていって、大通り手前の道を右に曲がった角にあるのよ」

場所を説明しながらショップカード（お店の名刺）を財布から取り出した。

「お店の名前はアルファベットでT、E、T、……テトテと読むのかしら」

そう聞いて僕はハハァと思った。

「それ、たぶんフランス語の"tête-à-tête"（テ・タ・テ）じゃないかな。英語で"head to head"——打ち解けて、親密になるという意味だよ」

フランス語には他にもvis-à-vis（ビ・ザ・ビ：向かい合わせ）とかdos-à-dos（ド・サ・ド：背中合わせ）というように体の一部（têteは頭、visは顔、dosは背中）を重ねた表現がある。

後から考えると石窯が置いてある本格ピザ屋さんがフランス語の店名を掲げる道理はないことに気づくべきであった。しかし、近所に「vis-à-vis」という名前のお店（美容室）があるのを知っていたので「tête-à-tête」という名前のお店があってもおかしいとは思わなかったのである。

「僕が好きなアルトサックス奏者のアート・ペッパーが脳出血で亡くなる二ヶ月前に収録されたアルバムのタイトルにも使われていてね。ピアニストのジョージ・ケーブルズとのデュオなんだけど、その中の〝Body and Soul〟という曲がまた泣かせるんだ……」

店の名前からジャズへと話題を拡げようとしたらヨメさんが遮った。

「……でも綴りは違うみたいよ」

ショップカードを見せてくれると、そこには「TETOTE」と記載してあった。確かに違う。これはフランス語じゃなく、単に「手と手」をローマ字表記したものだ。

あらら、またやっちまった。

普段から気をつけてはいるのだが、僕はたまにこうやって思い違いをしたまま話を拡げていってしまうことがある。大抵は途中で気付くのだが、時には指摘されるまでどんどん話があさっての方へ向かってしまうこともある。なかなか抜けない悪いクセである。

今回もヨメさんが止めていなければ、ジャズの名曲について説明をしたのち「dos-à-dos binding」という特殊な装丁方法について語りはじめていたかもしれない。

むかし同じことを文章を読む時にやってしまい、我ながら呆れてしまったことがある。『万葉集』に「雨降らず　日の重なれば」ではじまる「雨乞い」と呼ばれる大伴家持の長歌がある（巻十八-四一二二）。僕が目にしたのはそこから抜粋された次の六行である。

植ゑし田も
蒔《ま》きし畑も
朝毎に
凋《しぼ》み枯れゆく
夫を見れば
心を痛み

長歌は五・七・五・七とミしばらく続いて最後は五・七・七で終わる形式の和歌である。ところが当時、僕はこの六行が長歌の一部だとは知らず、五・七・五・七・七・七という変わった形式の短歌だと思い込んでしまったのである。

五行目の「夫を見れば」を僕は七音の「おっとをみれば」と読んだため、この歌は働き者の夫の健康を気遣う良き妻が詠んだものだと解釈していた。

——田には苗が植えられ、畑には種が蒔かれている。
全ては順調だが日々痩せ細っていく夫を見ると悲しくなる——

「夫を見れば」は「そをみれば」と読むのが正しいと知ったのは大分後になってのことである。「凋み枯れゆく」のは「夫」ではなく田畑の作物だった。そして「心を痛み」の後は「みどり子の　乳乞うがごとく　天つ水　仰ぎてぞ待つ」と続き、最後は「との曇りあひて　雨も賜はね」——空を一面曇らせて雨を降らせてください——と願うのである。

「読書百遍意自ら通ず」と良く耳にする。最初のころは意味が解らなくても何回も読んでいるうちに自然と意味が伝わってくるということである。

たしかにそうかもしれないが、雨乞いの歌のように最初の段階で誤った読み方をしてしまうと、そのあと百遍読んだとしても本来の意味にたどり着くことはないのだ。しかも誤読してもそれなりに文脈が通じてしまうことだってあるので困ってしまう。そう考えると読書百遍するよりも儒学者の荀子《じゅんし》の言葉に耳を傾けた方が良さそうだ。

吾嘗終日而思矣
不如須臾之所学也

——吾かつて終日にして思へども、
須臾《しゅゆ》の学ぶところにしかざるなり——

一日中あれやこれやと一生懸命考えていることも、ちょっと教わるだけですぐに理解できてしまうということである。

百見は一聞にしかず——さっさと人に聞いたほうが良い場合もあるのだ。

友人から昔ラジオ番組でも取り上げられた有名な笑い話を教えてもらった。

野球漫画『巨人の星』のテレビアニメのオープニングで主人公の星飛雄馬がローラーを引っ張ってグラウンドを整備しているシーンがある。バックを流れるテーマ曲がちょうどそこで「思い込んだら、試練の道を〜」と流れるため、整地ローラーがすなわち「重いコンダラ」という名称だと視聴者が誤って理解してしまったというものだ。

こういう話を聞くと何となくホッとする。

思い違い、早とちり、誰にでもあるようだ。

（『埼玉県医師会誌』八〇八号　二〇一七年七月）

ラベルの貼り替え

休みの日に書類を整理していたらテレビから聞こえた音楽に気を取られた。画面に目を遣ると何かのドラマのエンディングが流れていた。

ビリー・ジョエルの『ピアノ・マン』のようなスイング感のある弾き語りで「ねぇ、僕は人間じゃないんです……」とキャッチーな歌詞で始まる曲だった。

――『ピアノ・マン』はワルツだけどこれは八分の六拍子だな。

そんなことを考えながらテレビを観ていた妻に尋ねた。

「この曲いいね。誰？」

「そうね。わからないけど『フランケンシュタインの恋』というドラマの主題歌よ」

そう聞いて、早速ネットを検索するとすぐにドラマの公式サイトが見つかった。

主題歌はRADWIMPSの『棒人間』という曲だった。

——ホホウ、そうなんだ……。

RADWIMPSはメジャー・デビューした頃からその曲風や歌詞が好きだったので彼等の曲だとすぐに気付けなかったことがなんだかくやしかった。おそらく少し前にヒットした映画、『君の名は。』の主題歌に使用されたドライブ感のある『前前前世』という彼等の曲と雰囲気がまるっきり違うのでボーカルの野田洋次郎の声をすぐに認識できなかったのだと思う。


公式サイトを眺めながら、ふと『フランケンシュタインの恋』という題名の意味が気になった。

サイトの解説によると、百年以上身を隠して孤独に暮らしてきた不老不死の怪物がある女性に恋をして現代社会と交わるようになり、友情と世界を知っていくという内容のストーリーであった。

——あぁ、やはり思った通りだ。

題名にある〈フランケンシュタイン〉は怪物の意味で使われていた。

メアリー・シェリー原作の怪奇小説『フランケンシュタイン、あるいは現代のプロメテウス』(Frankenstein, or The Modern Prometheus)に登場するあの有名な怪物(人造人間)は作中、名前が付与されていなかった。

原作で〈フランケンシュタイン〉というと怪物を創造したスイス人科学者、ビクター・フランケンシュタインのことである。なので我々が「フランケンシュタイン」と聞いて思い浮かべる怪物は本来「フランケンシュタインの怪物」と呼ぶべきなのだ。シェリーの小説が周知され、名を持たぬ怪物がいつしかその創造主の名前で呼ばれるようになり、それが定着してしまったのである。いわゆるラベルの貼り替えだ。

ラベルの貼り替えは決して珍しいことではない。ちょっと探せば他にもみつかる。例えば「ボイコット」という言葉もそうだ。

ボイコットをサボタージュと同義で使用するケースをたまに見かけるが、提供すべきサービスを特定の対象に提供しなくなるのがボイコットである。すなわち、授業をボイコットできるのは教員で、学生はそれをサボタージュすることしかできない。

ボイコットの語源は一九世紀のアイルランドにある。

当時アイルランド西部のマイヨ郡のある村で土地差配人（不在地主の代わりに土地の管理を一任されている人）のチャールズ・C・ボイコット大尉（Captain Charles Cunningham Boycott）が管理地の地代を値上げしたことがきっかけだった。

土地を借りていた村人や小作人たちはこれに猛反発をした。そして村全体でボイコット大尉に対しサービスを一切提供しないことを決めたのである。

大尉がパブに入っても酒は出さない。食事に訪れても注文すら取りに行かない。食材も売らない。畑の手伝いもしない。まさに「一人で勝手にやってろ」である。

村人の思惑通り、居心地悪くなった大尉は村から逃げ出してしまった。

そしてこの事件はイギリスで広く知れ渡るようになったのである。

語源から分かるように「ボイコット」は本来、地代を値上げした人のことであり、村人の行為には名称がなかった。衒学的な物言いをすると「ボイコットする」（to boycott）という表現は「地代を上げる」という意味になるはずである。

サービスを提供しないことを村人の行為に喩えて言うならば「ボイコット扱いをする」（to treat like Boycott）とすべきなのだ。

ビクター・フランケンシュタインと彼が創造した怪物。

チャールズ・ボイコットと彼に対する村人の仕打ち。

名称を持たないモノをそれらに関連して登場する名前（ラベル）を代用して表現しているのである。おそらく固有名詞を語源に持つ言葉の多くはこのようなラベルの貼り替えが行われているのではないだろうか。


酒の席でそんなことを友人と話していたら彼は面白い指摘をした。

「ちょっと違うかもしれないけど……パブロフというとさ、大体の人は犬を連想するよね。これってさ、条件反射みたいなものだよね」

「フフフ、たしかにね。パブロフ博士もまさか自分の名前が条件付けにされるとは思ってもいなかっただろうね」

彼の言う通り、このような連想ゲームみたいな経緯でもラベルの貼り替えは行われるかも知れない。

友人は続けた。

「そのうちラベルの貼り替えで〈パブロフ〉がヨダレを出す犬を意味するようになるんじゃないかな」

「そこは〈博士を喜ばすためにヨダレをわざと垂らす一枚上手の犬〉にしたらどうだろう」

「ハハハ。被験者が観察者をコントロールしてしまうことか。そりゃ面白い」

その後も思いついた固有名詞で似たような言葉遊びをしながら盛り上がった。

くだらないことが面白く感じてしまうことは酒の席ではよくあることだ。

ところで観察者が被験者の観察対象になってしまうことは臨床の場で案外多いのではないだろうか。

例えば、処方された薬が十分に効いていないにも関わらず、処方してくれた担当医を気遣って薬が効いたと患者さんが偽る場面である。薬が効いているのに効いていないという逆のケースもありえるが、これは「患者さんが医師をパブロフした」状況だ。

痛みや不安、めまいなど、客観的なデータでその程度を評価しにくい病状ではありそうなことである。

パブロフされた医師は薬の効き具合を誤って認識してしまう可能性があるので注意が必要だ。

「パブロフする」

こんなラベルの貼り替えが実際に普及したら、きっとパブロフの犬も尻尾をパタパタ激しく振ってくれることであろう。

（『埼玉県医師会誌』八〇九号　二〇一七年八月）

ジェットストリーム

今ではインターネットを利用して異国のテレビやラジオ番組を視聴することは決して難しくはないが、昔マイアミに暮らしていた頃はどんなに頑張っても日本の放送局の電波を受信することは叶わなかった。日本に暮らす同世代の人たちが親しんできた番組に触れる機会が全くなかったので、最近のバラエティーで当時の映像や音声が流れても懐かしいという感覚は僕にはない。当然といえば当然である。当時の僕から見れば日本は遠く離れた外国だったのだから。

しかし、それでもＦＭ東京の深夜放送「ジェットストリーム」だけは子供の頃から知っていた。というのも、この番組は母のお気に入りで、数回分の放送を録音したオープンリール・テープを渡米する時に持参していたからである。週末の夜、夕食後にリビングルームでくつろぎながら皆でそれをＢＧＭ代わりに聴いていたのだ。

――夜のシジマの何とジョーゼツなことでしょう――

幾度も耳にしているうちに機長（司会者）の城達也が冒頭で述べるナレーションの一部を意味もろくに知らぬまま諳んじることが出来るようになっていた。

ある時、日本から送られてきた白土三平の忍者漫画を読んでいたら「シジマ」という名のキャラクターが出てきた。どんな意味があるのだろうか。父に訊ねたところ、シジマは「静寂」と書き表すこともあると教えてもらった。

――へぇ～。

忍びの者に「静寂《しじま》」というカッコイイ名前を付けた作者のセンスに感心しつつ、ジェットストリームのナレーションの意味を初めて知って心を打たれた。

「饒舌な静寂」――何とロマンチックな表現だろう。

中学二年の時に家族とともに帰国してしばらくしたある晩、たまたま遅くまで起きていたらラジオからジェットストリームのオープニングが流れてきて感激した。

何と、あの城達也がリアルタイムでナビゲートしているではないか。

その頃は新しい生活環境に馴染むのに必死で不安だらけの日々を送っていたので、文字通り流れ着いた異国で古い知人に遭遇したような安堵感をおぼえた。

日本で日本のラジオ番組を聴いてマイアミの生活を思い出すというのも妙だが、僕はそこにオアシスを見つけたのである。

こう振り返ると、母はＪＡＬの国際便でジェット気流に乗って海を渡り、ＪＡＬがスポンサーするＦＭ東京のジェットストリームをはるばるマイアミまで運んだのだ。ちょっと洒落が効いた話じゃないだろうか。

番組名の由来となったジェット気流は一九二四年頃に日本の気象学者、大石和三郎が発見した気象現象である。

大石は一九二〇年に茨城県に設立された高層気象台の初代台長に就任後、富士山の近辺から観測気球を飛ばして高層気流（ジェット気流）の性状、季節変動を詳細に観測したのだ。そしてその観測結果は一九二六年の『高層気象台報告第一号』に掲載された。

ところが大石はこれを英語ではなくエスペラント語で発表したため、それが国際的に知れ渡ることはなかった。

実際、ジェット気流の名称も大石が付けたものではなく、ドイツのハインリッヒ・ザイルコフ（Heinlich Seilkopf）が一九三九年に発表した論文の中で使われたStrahlströmung――ドイツ語でジェットストリームに相当――が語源となって戦後普及したものである。

ジェット気流を利用することを最初に考えたのは日本の陸軍で、太平洋戦争中に実行したプロジェクトが二つ存在する。

一つは一九四五年二月二十七日に達成した速度記録である。

ターボ・チャージャーを搭載した一〇〇式司令部偵察機の試作機（キ46-Ⅳ型）二機がジェット気流を利用して北京-東京（福生）間を三時間半ほどで飛行したのだ。

総距離二二五〇キロメートルを空冷式の双発プロペラ機で当時としては驚異的な平均時速七〇〇キロメートルで飛行したことになる。

もう一つは「フ号作戦」と呼ばれたアメリカ本土爆撃計画である。

作戦で使用したのは「風船爆弾」――丈夫な小川和紙とコンニャク糊で製作した直径約十メートルの気球に高度調整用の機器とバラストを組み込み、十五キロ爆弾一つと五キロ焼夷弾を二つから四つ搭載した兵器である。

これを水素ガスで高度一万メートルまで上昇させてジェット気流に乗せ、アメリカへ送り込んだのだ。
アメリカまでの約八〇〇〇キロメートルを高度を自動的に調整しながら三十から六十時間で横断し、バラストを使い切った時点で爆弾を投下して自爆する仕掛けであった。

余談になるが、僕が風船爆弾を初めて知ったのは子供の頃に読んだ貝塚ひろしの『ゼロ戦レッド』という漫画の中である。特攻命令を拒否した六名の少年飛行兵がゼロ戦ごと部隊を離れ、洋上の秘密基地から独自の作戦で敵に打撃を与え活躍するという内容だ。シリーズ後半で風船爆弾が登場するのだがそれが実在した兵器だと知ったのは大分あとのことである。

アメリカで発見された風船爆弾の数とその被害に関してはロバート・C・ミケシュ（Robert C. Mikesh）が一九七三年に著した『Japan's World War II Balloon Bomb Attacks on North America』（Smithsonian Institution Press）に詳しくまとめられている。
それによると一九四四年の十一月から一九四五年の四月まで約九三〇〇個の風船爆弾が日本を飛び立ち、終戦までの間に二八五個がアメリカとカナダで発見されているとある。

報告されている被害は四件。そのうちの一件は民間人が犠牲となってしまった。

オレゴン州の山中に落下した風船が不発弾だと気付かず、山に遊びに来ていた六名（妊婦と児童五人）が近づいて調べているうちに暴発してしまったのである。その他は小さな山火事が二件と電線に絡まって停電を引き起こしたものが一件だった。

ミケシュはあとがきで、記録されたものはすなわち発見されたものであって、人里離れた場所にはまだ見つかっていない不発弾が眠っているかもしれないと注意を促している。

実際、そのような場所で風船爆弾の残骸と思われるものが一九七〇年ごろまで十数個発見されている。最近も二〇一四年の十月にカナダのバンクーバーから約三〇〇キロメートル内陸の山中で風船爆弾から投下された不発弾が発見され、爆破処理されたというニュースがあった。

来歴不明の金属片がアメリカとカナダの森や山の中で見つかったという話は昔からある。

上空を飛ぶ航空機から落下した部品だとか、動物が人里から運んできたものだという説明をよく聞くが、案外それらの中には大戦中に日本からジェット気流に乗ってやってきたものもあるかも知れない。

先日、久し振りにラジオでジェットストリームを聴く機会があったが、そこに懐かしさはなかった。機長は代わり、オープニングの雰囲気も僕が記憶しているものと違う。寂しかったが、番組で流れる音楽はやはり心が休まる。

今年はジェットストリームの番組生誕五十周年だそうだ。かつての僕にとってそうだったように、きっとこれからもこの番組は誰かのオアシスであり続けるのであろう。

（『埼玉県医師会誌』八一〇号　二〇一七年九月）

良訳口旨し

翻訳された海外小説はたくさん目にしてきたが、あらためて良訳について考えるきっかけを作ったのはポルトガルのノーベル文学賞作家、ジョゼ・サラマーゴ（José Saramago）の作品を翻訳したマーガレット・J・コスタ（Margaret Jull Costa）である。読んだのは『Ensaio sobre a cegueira』（全盲に関するエッセイ）を英訳した『Blindness』だ。同作品は『白の闇』という邦題で和訳されている。

サラマーゴの文章は極めて独特である。

まず一文が長い。文節をコンマ（読点）でつなぎ、ピリオド（終止符）をあまり使わないのだ。ダイアローグ（対話）ではクォーテーションマークを全く使用せず、切り替えは大文字で表すのみである。

『血と暴力の国』（No Country for Old Men）や『ザ・ロード』（The Road）などの作品で知られるコーマック・マッカーシー（Cormac McCarthy）もクォーテーションマークを使わないことで有名だが、話し手が変わる度に行を変えてくれるので読みづらさを感じない。サラマーゴは行すら変えないのだ。

例えば――

The doctor said,“Stay here, I'll go.”
“I'm coming with you,” said his wife.

と書くべきダイアローグをサラマーゴの作品ではこう記してある――

The doctor said, Stay here, I'll go, I'm coming with you, said his wife.

また『Blindness』では登場人物が決して少ないわけでもないのに関わらず、固有名詞を一切使っていないのも大きな特徴である。慣れないと読みづらい文体だが慣れてしまうと没頭できる。サラマーゴはこうやって皆が持っている「読書のリズム」（日常）を崩し、物語の世界（非日常）に読者を引きずり込むのである。

――これを英訳した人は只者ではない……。

夢中になって読んでいるうちに気づいて、コスタの名前を知った。
それまで英語や日本語に訳された書籍を読んでも全く気にかけることがなかった翻訳者に興味を持ち、その名前をしっかり覚えたのはこれが初めてだった。彼女はその後も数多くのポルトガル文学の翻訳を手がけ、翻訳者としていくつもの賞を受賞している。どうやら彼女の英訳をスバラシイと感じたのは僕だけではなかったようだ。

――翻訳とはわかりづらいものである――

英文学者で翻訳家の戸川秋骨（明治三年~昭和十四年）は『翻訳製造株式会社』という随筆の中で、外国語の文章をわかりやすく翻訳すると精度が落ち、精度の高い翻訳をするとわからないものになってしまうと書いている。秋骨は前者を「気分訳」、後者を「逐字訳」と表現している。

気分訳と逐字訳の違いは実際に訳したものを比べてみると理解しやすい。
例えば「don't cry over spilt milk」というフレーズの場合。逐字訳は「こぼれた牛乳のことで泣くな」である。文字を一つひとつ訳しており、精度は高い。だが実際に牛乳をこぼした場面で使われていなければ文脈から逸脱した一文となってしまう。

このフレーズの適切かつ常識的な訳は「覆水盆に返らず」だ。簡潔でわかりやすい表現ではあるがこれは原作者が選んだ言葉を無視した「気分訳」である。わかりやすい反面、時には作者が伝えたい情景が正確に伝わらないリスクを含むものなのだ。

――善き翻訳は創作である――

萩原朔太郎は『詩の翻訳』の中で、詩は原作者が言葉を厳選して創り上げたものなので基本的に翻訳できないと忠告している。訳詩とはすなわち原作のイメージを元に翻訳者が創作した、原作に似て非なる詩なのだ。

萩原はこれを翻訳ではなく「翻案」とよんでいる。そして原作のイメージをより多くの人に理解してもらえる翻案がすなわち良訳だと述べている。

広辞苑を編纂した新村出はかつて野田書房の『随筆雑誌　三十日《みそか》』三月号（昭和十三年二月発行）の中で菅原道真が残した七言二十八韻の長詩「読楽天北窓三友詩」（楽天の「北窓三友」の詩を読む）の訓読に関する話を書いている。

楽天とは白楽天、すなわち中唐の詩人、白居易のことである。北窓は書斎を意味し、白居易の三友は琴と酒と詩のことだ。

左遷されて息子たちと引き離された道真は「北窓三友」を読んで自分の楽しみはもはや詩しか残されていないと詠んでいる。そしてそこに次の有名な二行が登場する。

東行西行雲渺渺

二月三月日遅遅

多くの人はこれを次のように訓読したそうだ。

トウカウ　セイカウ　クモ　ベウベウタリ

ジゲツ　サンゲツ　ヒ　チチタリ

しかしこれを聞かされても何を伝えようとしているのか、わかりにくい。

この二行の訓読に関する話は『江談抄』や『今昔物語』にも登場する。それらによると、北野天満宮を参詣したある人の前（もしくは夢の中）に天神様――菅原道真――が現れ、次の読み方を教示したというのである。

トザマニユキ　カウザマニユキ　クモ　ハルバル
キサラギ　ヤヨイ　ヒ　ウラウラ

新村は「二月三月日遅遅」を大和言葉の「如月弥生　日うらうら」としたところが実に嬉しいと讃えている。たしかにそれまでのものよりはるかにイメージが伝わる訓読だ。新村はこの訓読を「人口に膾炙《かいしゃ》」するものだと記している。つまり膾（なます）や炙（あぶりもの）のように誰もが「うまい」と思ってもてはやすものなのである。

翻訳は生活背景の異なる原作者の言葉を自分たちの生活背景にもとづいた言葉に変換する行為である。それゆえ言葉を一対一で変換する逐字訳よりはイメージを伝える翻案の方が多くの場合、より現実的となる。

イソップ物語の『アリとキリギリス』が良い例だ。
原作のギリシア語では『アリと蝉』だった寓話が蝉のいない北部ヨーロッパに渡って主人公のすげ替えが行われたのである。蝉を見たことのない人に蝉を説明するよりは容易にイメージが伝わるキリギリスを主役に起用したのだ。

良訳はこのように、誰もがわかる表現で原作のイメージを忠実に伝えるものである。そして時には『アリとキリギリス』のように原作よりも翻訳の方が馴染み深くなってしまうことだってある。

良訳もまた人口に膾炙するもの——良訳口旨し——なのだ。

（『埼玉県医師会誌』八一一号　二〇一七年十月）

晴耕雨医の村

地球温暖化はフェイクニュース（嘘のニュース）だと言い張る大国の長もいるが、異常な気象が続いていることに関して異論はないのではなかろうか。アメリカではテキサス州を襲ったハリケーン「ハーヴィー」(Harvey)はかなりリアルな傷跡を残していったのは記憶に新しい。その数日後、史上最大のハリケーン「アーマ」(Irma)に続いて「ホセ」(Jose)と「カティア」(Katia)がカリブ海からメキシコ湾にかけて一直線に並んでいる気象衛星画像が発表された。このような現象は珍しいことだと専門家が述べていたが、たしかに尋常ならぬ様相だ。

一直線に並ぶハリケーン Katia、Irma と Jose

カリブ海はその後も大型ハリケーン「マリア」(Maria)に襲われ、特に今年五月に財政破綻したプエルト・リコが壊滅的なダメージを受けてしまった。

我が国では七月に九州北部で集中豪雨による土砂災害があったが、関東方面は空《から》梅雨に戻り梅雨——梅雨時に雨の降らない暑い日が続いたかと思えば、梅雨が明けてからほぼ毎日雨が降り続けるという状況だった。まるで梅雨と夏の順番が逆転したかのようだ。また七月二十一日に発生した台風五号はその後、歴代二位の長寿台風(八月九日まで十八日と十八時間勢力を維持)となったが、むしろその迷走ぶりがみんなの印象に残った。

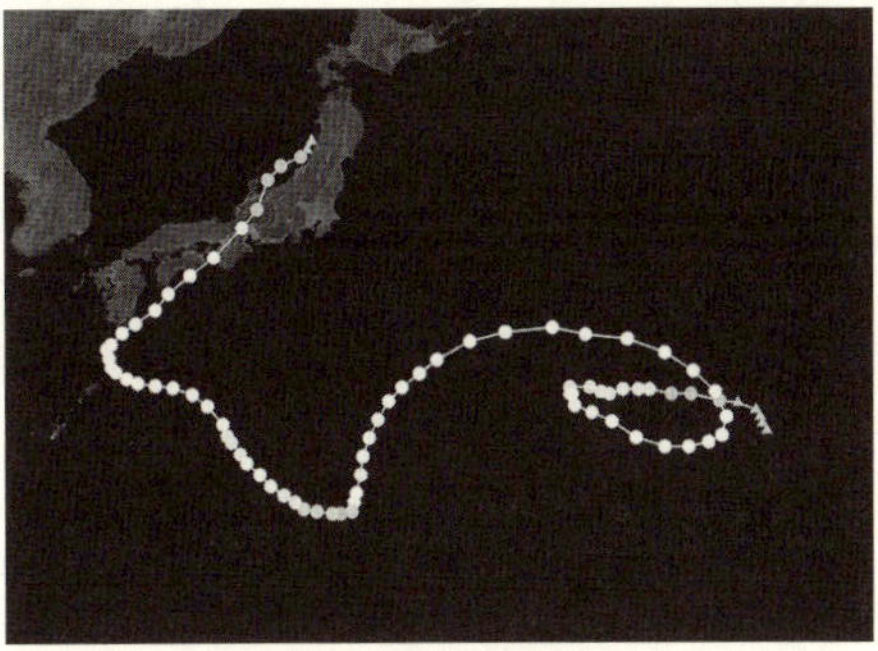
迷走した台風五号

そんなこんなで、今年は診察中に天気のことで患者さんと雑談になることが多かった。

「むかし聞いたんだけど、あれは女性の名前を付けるんだってね……」

つい先日も冒頭のハリケーンに関して患者さんからこんな話題があがった。

「……手に負えないヒステリックな現象ということかね」

「いやいやいや。そんなこと言ったらそれこそヒステリックな反撃を喰らいますよ」

——思わず声を潜めて忠告した。

「……第一、この前テキサスを襲った『ハーヴィー』は男の名前ですよ」

とりあえずツッコミを入れてから命名方法を分かりやすく説明してあげた。

実はマイアミに暮らしていた小学校六年生の頃に命名のルールが改定されて、当時授業で取り上げられたのでたまたま知っていたのである。


ハリケーンに人名を付けるようになったのは戦後からで、当初は女性の名前ばかりだったが一九七九年のルール改定以降は男性の名前も付けるようになった。名前はハリケーンが発生する都度決めているわけではなく、あらかじめ用意されたリストからアルファベット順に付与していくのである。

改めて確認すると、世界気象機関が用意しているリストは六つあることが分かった。各リストにはQ、U、X、Y、Zで始まるものを除き、男女の名前が交互にアルファベット順で二十一個用意されている。リストは六年ごとに再利用されるが、大きな被害をもたらしたハリケーンの名前はリストから外され、新しい名前が加えられることになっている。

すなわち、今年のリストは六年後の二〇二三年に再利用されるが、猛威を奮ったHarveyとIrmaとMariaはそこから除外されることになるのだ。

2017	2018	2019
Arlene	Alberto	Andrea
Bret	Beryl	Barry
Cindy	Chris	Chantal
Don	Debby	Dorian
Emily	Ernesto	Erin
Franklin	Florence	Fernand
Gert	Gordon	Gabrielle
Harvey	Helene	Humberto
Irma	Isaac	Imelda
Jose	Joyce	Jerry
Katia	Kirk	Karen
Lee	Leslie	Lorenzo
Maria	Michael	Melissa
Nate	Nadine	Nestor
Ophelia	Oscar	Olga
Philippe	Patty	Pablo
Rina	Rafael	Rebekah
Sean	Sara	Sebastien
Tammy	Tony	Tanya
Vince	Valerie	Van
Whitney	William	Wendy

2020	2021	2022
Arthur	Ana	Alex
Bertha	Bill	Bonnie
Cristobal	Claudette	Colin
Dolly	Danny	Danielle
Edouard	Elsa	Earl
Fay	Fred	Fiona
Gonzalo	Grace	Gaston
Hanna	Henri	Hermine
Isaias	Ida	Ian
Josephine	Julian	Julia
Kyle	Kate	Karl
Laura	Larry	Lisa
Marco	Mindy	Martin
Nana	Nicholas	Nicole
Omar	Odette	Owen
Paulette	Peter	Paula
Rene	Rose	Richard
Sally	Sam	Shary
Teddy	Teresa	Tobias
Vicky	Victor	Virginie
Wilfred	Wanda	Walter

用意されたハリケーン名のリスト

おそらくどんな職種でも天気の影響を何かしら受けるのではないだろうか。

東京の葛飾区にある母校の付属病院に勤務していたころ感じたのは、天気が崩れると新患の受診者数が減るということだった。また、受診を予定しているかかりつけの方からも受診日を変更したいという電話が外来受付にかかってくることが多かった気がする。きっと悪天の中を外出するのを嫌って、多少の症状は我慢してしまうのであろう。

天候に関係ないが、当時こんなこともあった。

たまたまスタッフが不在で外来にかかってきた外線電話を受けたら、その日に予約が入っていた患者さんからだった。体調を崩してこられないと話されていた。

「体調が悪いならついでに診ますのでいらしたらどうですか」

老婆心ながら誘ってみたら、

「いえ、ご迷惑をおかけしますので……元気になったらまた伺います」

と断られてしまった。

フフフッ。電話を切りながらニヤついてしまった。

元気になったら受診する——はてさて……。

どこへ向かうにせよ、人が出掛ける時は「動機の強さ」と「都合の悪さ」が実際の行動を支配しているのであろう。


我がクリニックは埼玉県北、深谷市のさらに群馬寄りの農村にあり、すぐ近くには僕の名前の由来の一つでもある坂東太郎（利根川）が流れている。このあたりは利根川のおかげで肥沃な土壌に恵まれ、ねぎ栽培が盛んな地域である。

隣村には珍名で有名な血洗島《ちあらいじま》があり、そこには明治の実業家で日本資本主義の父とも呼ばれる渋沢栄一の生家、通称「中の家《なかんち》」がある。今年九月に天皇皇后両陛下が御訪問されたことで再び注目されるようになったのではないだろうか。

天候によって外来受診者数が変動するのはここも同じである。ただし、晴れた日にくらべ雨の日は新患の数が増えるという点が大きく異なる。東京にいた頃と逆なのだ。その理由は簡単である。雨が降ると農作業が出来ないからだ。臨時の暇ができるので諸々のやり残しのついでに外来を受診される方が増えるのである。


——半年前の健診結果に「要加療」とあったので来てみた。

——しばらく前に手がしびれて丸一日動かなかったことがあったけど、何だったんだろう。

暇ついでゆえ、そんなのんびり屋さんに遭遇することもある。

「もっと早くきないね」（もっと早くいらしてくださいよ）——ついこぼしてしまう。

しかし彼等は決してものぐさで病気をほったらかしにしているのではない。むしろ働き者であり過ぎて医者にかかる暇がないのである。

多少調子が悪くても「まだ動けるし……」と働いてしまうのだ。

晴れた日は畑で汗をかき、雨の日にはクリニックに行く。
「晴耕雨読」ならぬ「晴耕雨医《ドック》」である。

基本的に元気な方が多いので、つい雑談が増えてしまう。
僕は元々この村で生まれ育ったわけではないので、雑談の中でこの地域のことを色々と教えてもらっている。

ねぎや他の作物の出来具合、ねぎ苗の保存の仕方、土壌を改良するコツ、芯食い虫などの害虫の被害と対策についてなどなど。そんなことまで教わってしまう。
ねぎ坊主を初めて目にした時「でっかいタンポポ」と発言してみんなを呆れさせてしまったことがあるが、おかげでその頃よりは大分ましになったんじゃないかと思う。

坂東太郎が流れる晴耕雨医の村。ここで学ぶことはまだまだたくさんある。

（『埼玉県医師会誌』八一二号　二〇一七年十一月）

最後の種字彫刻師

二〇一八年は十五世紀のヴェネツィアで活躍したフランチェスコ・グリッフォ（Francesco Griffo）の死後五〇〇周年にあたるそうだ。とはいえ、彼の名を耳にしたことのある人は一部の業種に所属する方以外、そう多くないと思われる。

当時のヴェネツィアには学術出版の父と呼ばれるアルドゥス・マヌティウス（Aldus Manutius）が古典文学の散逸を懸念して立ち上げたアルド印刷所（Aldine Press）があった。[1] グリッフォはそこで出版された数多くの書籍に使われたローマン体（ヒゲ飾りのあるいわゆるセリフ書体）活字をデザインした活字職人である。

とくに一四九六年に出版したピエトロ・ベンボ（Pietro Bembo）の小旅行記『De Aetna』（エトナ山について）で使用された書体（通称De Aetna書体）はその後のタイプ・デザインに大きな影響を及ぼしたことが良く知られている。

現在ある「オールド・ローマン」と総称される書体（Bembo・Garamond・Palatinoなど）はDe Aetna書体を参考にデザインされたものである。

しかしグリッフォの一番の功績は筆記体をヒントにイタリック体を考案したことである。イタリック体は小柄ながら判読性が高く、より多くの文字を組んで印刷することを可能としたため、書籍の小型化にも貢献したと考えられている。

実際グーテンベルグ以降、それまで出版された書籍は持ち運びに適さない大型のものが一般的であった。これらは大きな紙の裏表に二ページずつ印刷し、二つ折りにしたものを束ねて製本したもので、フォリオ（folio）と呼ばれる大きさであった。

アルド印刷所では「editio minor」（小型版）と呼ばれる、携帯できる大きさの書籍を提供したのである。これにより、書籍のあるところに人が行くのではなく、人が赴くところへ書籍を持っていくことが可能となったのだ。

小型版は片面に八ページずつ印刷して三回折る、オクタボ（octavo）――八つ折り――と呼ばれる大きさだった。そしてその携帯性からマヌティウスを「ペーパーバックの父」と呼ぶこともあるそうだが、決して一般大衆が容易に購入できるほど書籍が廉価になったわけではない。

グリッフォの生地であるボローニャではその業績を称える目的で二〇一四年に「Griffo – la grande festa delle lettere」(グリッフォ・文字の大祝祭)と称するプロジェクトが立ち上げられた。(2) それはグリッフォや活字と印刷に関する展示会や講演会などを二〇一八年まで企画とプロデュースをするというものである。

二〇一六年の六月に彼らがプロデュースしたショート・フィルム、『The last punchcutter』——最後の種字彫刻師——が動画共有サイトのVimeoにアップロードされた。

約七分弱の動画の中では作業着に着替えた老人が金属柱の先端をヤスリがけして形を整え、ルーペを覗き込みながら先の細い彫刻刀で「G」の鏡文字を彫っている作業風景が映し出されている。時折、手を休めてエスプレッソを口にしたり、煙草を手にして煙をくねらせたりする風格ある姿は職人そのものである。

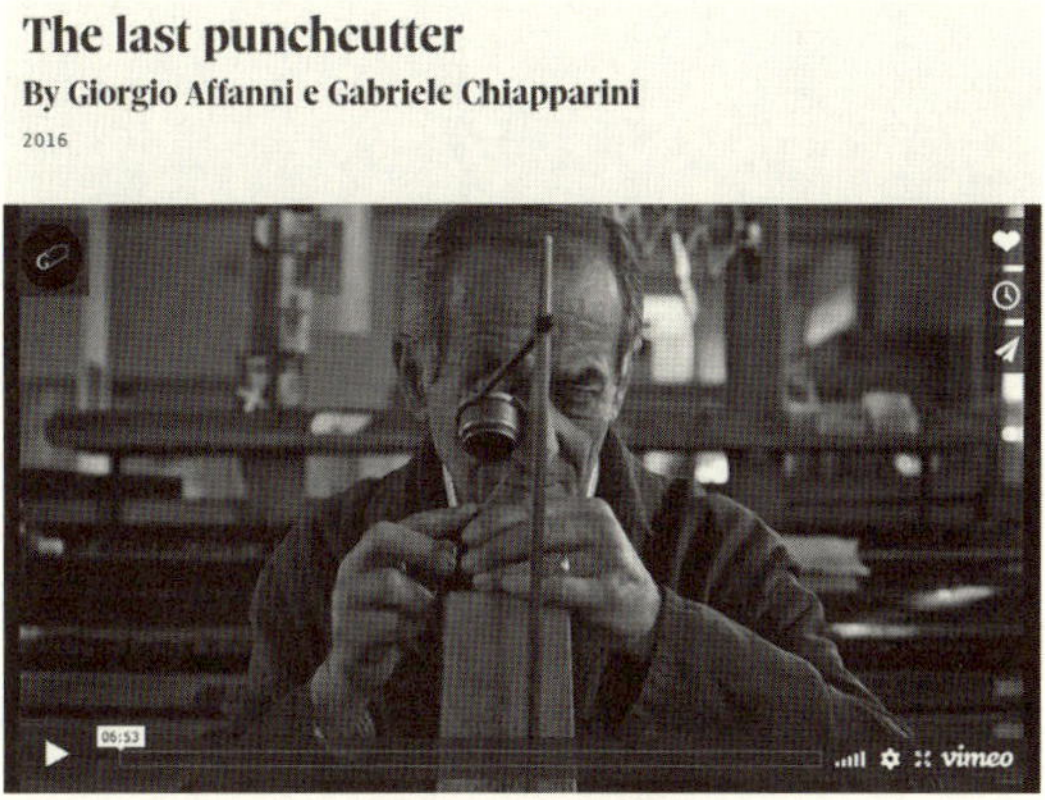

イタリアの種字彫刻師

老人の名はジュセッペ・ブラッキノ（Giuseppe Bracchino）。かつてトリノ市にある活字鋳造所の主任彫り師を務めた方だ。そして彼が彫っているのは活字の種字と呼ばれる物である。

活版印刷で使用する金属活字はかつて手作業で鋳造されていた。銅や真鍮でできた凹型の鋳型を鋳造機にセットして溶解した鉛合金（鉛にアンチモンと錫を加えたもの）を流し込んで必要な活字を一つずつ製作するのである。

活字の鋳型はマトリックス（matrix）――活字母型――と呼ばれている。そしてこの母型を作るために必要なのが凸型の種字である。

金属板を打刻（パンチ）して母型を製造することから英語で種字のことをパンチ（punch）と呼ぶが、マトリックスに対応する表現としてパトリックス（patrix）――活字父型――と呼ぶこともある。

昔は動画のように職人が地金《じがね》（種字の素材となる金属ブロック）を彫って種字を製作していたのである。さらにグリッフォの時代は書体のデザインから種字彫刻、母型製作、そして活字鋳造まで、全ての工程を活字職人が一人でこなしていたそうだ。

実は僕はこの動画が配信されるよりも五年ほど前に我が国最後の種字彫刻師の技を間近で拝見させて頂いたことがある。

縁があって二〇一一年の七月十七日に大田文化の森という東京の大田区にある施設で開催されたある出版記念イベントに参加した時のことである。


上梓されたのは『活字地金彫刻師　清水金之助』という書籍で、大正十一年生まれの清水金之助という職人の半生をまとめたものである。(3) 題名にある「地金彫刻師」とはすなわち種字彫刻師のことだ。

会場では出版を記念してその清水氏の実演会が予定されており、実際に地金を彫って種字を製作する様子を見学できるとのことであった。


当日、開始時刻から三十分遅れぐらいで会場に到着するともうすでに製作は始まっており、清水氏の周りには人が集まっていた。

清水氏は座卓の上に置いた木製の作業台に覆いかぶさるようにして固定したルーペを覗き込みながら右手に持つ彫刻刀を小さく動かしていた。静かに近づいて手元をよく見ると地金は左手の指先でつまむようにして持っていた。

——はぁ、固定していないんだ……

欧文よりも形状の複雑な漢字なのに地金を万力《バイス》などで固定せず、指先でクルッ、クルッと回して角度を変えながら彫っているのが意外だった。

文字の大きさは9ポイントほどであろうか。1ポイントは0・35ミリメートルなので地金の一辺は3・15ミリメートルより少し大きいくらいだ。

見ている方が息を止めてしまうほど細かい作業にも関わらず、会場からの質問に顔を上げて答える清水氏の表情は拍子抜けするくらいリラックスしていた。

その姿もまた、職人そのものであった。

地金を指で回しながら彫刻刀で種字を彫る清水金之助

今回『The last punchcutter』を観て、はからずも日本と西洋の種字製作の違いを知ることができた。作業台の形状、作業中の姿勢、地金の固定の仕方、彫刻刀の先端の形状など。欧文と漢字、彫る文字によってそれぞれの職人が辿り着いたものが異なるのは面白い。

ところで最近あまり見かけないが、印刷物で電話番号の頭に付ける電話マーク「☎」は清水氏の考案だそうだ。(4) 戯れで彫った種字が思いのほかウケて、いつの間にか広まったとのことで、特許を申請する発想が当時なかったことを残念がっていた。

清水氏は二〇一一年の十二月二十六日、九十歳の誕生日を目前に逝去なされてしまった。大変残念である。出版記念会では大変元気そうにされており、その後もご本人が実演会をまた開催したいと話されていたということを耳にしていただけに訃報を知って驚いた。

現在、種字彫刻の技術を継承されている方がおられるか分からない。だが戦前戦後、出版業界に活気があって文字通り活字が飛び交う時代を生きてきた清水氏こそが我が国最後の種字彫刻師だったのではないだろうか。

あらためて六年前にその謦咳に触れることができたのは得難い経験であった。

（1）人文主義の学者でもあったマヌティウスはギリシアとローマの古典文学およびそれらを探究するための参考書（ギリシア語とラテン語の辞典や文法書）を出版した。
（2）www.griffoanniversary.com
（3）雪朱里、清水金之助（2011）『活字地金彫刻師・清水金之助―かつて活字は人の手によって彫られていた―』清水金之助の本をつくる会
（4）本書奥付参照。

（『埼玉県医師会誌』八一三号　二〇一七年十二月）

心躍るもの見し人は

諸星大二郎というＳＦ・伝奇漫画家の単行本『夢の木の下で』（一九九八年マガジンハウス）に収録されている「遠い国から　追伸　カオカオ様が通る」という作品を読んで「トリスタン」という詩を連想した。

「遠い国から――」は、ある星を訪問した旅行者がその星のツォリ地方に行くためにガイドとして顔を布のスクリーンで覆ったタパリ人の少年を雇うところから始まる。

タパリ人は感動的な光景を目にすると、そのまま自らの命を断ってしまう――そんな奇習があると聞いた旅行者は少年にその理由を尋ねる。

「感動している時が人が一番幸せだから……　幸せなまま死にたいから……」

少年はそう答えた。少年の父もまたそのようにして亡くなったのである。

そして自分はまだ若いので外の景色がはっきりと見えないように布で顔を覆っているのだと説明する。

少年に導かれてその星の風景と人々の風習を色々見聞きした旅行者は、その後しばし顧みて、物事に死ぬほど感動できるタパリ人をわずかに羨むのである。

「トリスタン」（Tristan）は中世ヨーロッパで広く語られたトリスタンとイゾルデの恋愛悲話を元に書かれた詩である。十九世紀のドイツの詩人、アウグスト・フォン・プラーテン（August von Platen）の作品で、我が国では生田春月の訳詩が有名である。

「トリスタン」　プラーテン作・生田春月訳

美《うる》はしきもの見し人は
はや死の手にぞわたされつ、
世のいそしみにかなわねば。
されど死を見てふるうべし
美はしきものを見し人は。

愛の痛みは果てもなし
この世のおもひをかなへんと
望むはひとり痴者ぞかし、
美の矢にあたりしその人に
愛の痛みは果てもなし。

げに泉のごとも涸れはてん、
ひと息ごとに毒を吸ひ
ひと花ごとに死を嗅がむ、
美はしきもの見し人は
げに泉のごとも涸れはてん。

僕が春月の訳を初めて目にしたのは名著として知られる堀田善衛の美術エッセイ『美《うるわ》しきもの見し人は』の中である。
書籍の題名そのものが訳詩に由来しているのだが、そうだと分かるように本の扉に「トリスタン」の最初の段落が掲載されていたのだ。

たしか大学の一、二年の頃だったかと思うが、最初の二行が心に響いたことをおぼえている。

――美しいものを見た人はもはや死んだも同然だ――

漫画の中の旅行者ではないが、そう言えるような出会いに憧れたのである。

しかしあらためて、息をのむほど美しいモノを目にした人はどんな反応をするのだろうか。つい考えてみたくなるテーマである。

プラーテンと諸星大二郎。トリスタンとタパリ人。プラーテンの詩にある「美はしきもの」とはすなわち美しい女性のことなので単純に比較するわけにはいかないが、いずれも美しいものを見てそれを「独り占めしたい」という感情が根底に存在するのではないかと思う。春月の訳詩の第二段落に「この世のおもひをかなへんと　望むはひとり痴者ぞかし」とある。思いを叶えようと望むのはおこがましい。トリスタンは早い段階でそう諦めながらも悶々と思い焦がれ、「世のいそしみにかなわぬ」――やるべきことが何も手につかなくなってしまう――のである。

タパリ人の場合、感動した対象（景色）を独り占めにすることは物理的に不可能である。

それゆえ、タパリ人はその瞬間を自分の世界の全てにしてそれを抱擁（embrace）したまま自己を終結してしまうのだ。

それでは「独り占めしたい」という感情以外にもとづく反応はどのようなものがあるだろうか。先日、ゴッホの書簡集を読んでいてその答えの片鱗が見えた気がする。

昨年の七月にみすず書房から新装版『ファン・ゴッホの手紙』が出版された。これは一九九〇年にオランダで発行されたゴッホの書簡全集『De brieven van Vincent van Gogh』（フィンセント・ファン・ゴッホの手紙）に近年開示された内容と修正・注記を加えた訳書である。

フィンセントが書いた手紙は現在、約九〇〇通保存されているそうだ。そしてそのうち約六五〇通は弟のテオに宛てたものである。書簡集に掲載されたそれらを読み通すと、フィンセントは自分が見たもの、感動したものをテオに伝えたいという気持ちを強く持っている様子がわかる。

下宿の窓から見た景色や外を歩いて遭遇した美しい風景のことを綴って「君がここにいたら良かったのに」と残念がった。そして便箋の余白に小さなスケッチを描くのである。

心を奪われる風景を目にした時、フィンセント・ファン・ゴッホはそれを大事な人と「共有したい」と思ったのだ。

――あぁ、美しい……君にも見せてあげたい――

二〇一四年の十一月にカナダで美術館のガイドや美術史オタクからなる「Today is art day」（本日アート日和）という小さな団体が発足した。[1]芸術は身近にあるもので、とっても面白いものだということを広め、多くの人々に興味を持ってもらうことがその活動目的である。メンバーはツイッター、インスタグラム、フェースブックなど、各種ＳＮＳを駆使して様々な芸術作品やその作家にまつわる歴史や雑学などを含めたオモシロ情報を数多く配信している。

昨年の一月下旬に彼らが新しいプロジェクトを立ち上げたという情報を入手した。確認するとフィンセント・ファン・ゴッホの塩ビ製アクション・フィギュアを製作販売するという内容である。すでにプロトタイプとパッケージングは完成しており、あとは量産するための資金をKickstarterというクラウドファンディング・サイト[2]を介して調達するだけであった。

――なぁんだ。くだらん……。

フィギュアには全く興味がないのだ。

でもせっかくだからどんなものかと数日してからリンク先のサイトを訪れてみた。するとそこには頭でっかちにデフォルメされた高さ約十三センチのフィギュアの写真とプロジェクトの趣旨が掲載されていた。

――ふ～ん。こんなものにねぇ。

なんの変哲もないフィギュアなのにすでに目標金額に達していたのが少し意外だった。

そしてそのままフィギュアの説明を読んでいると一つ変わった特徴が目に留まった。

どうやらフィギュアの左耳は取り外し可能となっていて、同梱されている包帯を巻いた部品と交換できるようだ。無駄に細かい仕様に思わずニヤニヤしてしまった。わずか一センチ程度の部品でゴーギャン前とゴーギャン後のゴッホを楽しめるのである。(3)

――あぁ、くだらない……君にも見せてあげたい――

おもわず妻の呆れ顔が浮かんだ。

そして奇貨拾うべしとばかりに僕は二十ドル少々出資したのである。

神は細部に宿るのだ。(4)

その後も「Today is art day」はメキシコの女性画家、フリーダ・カーロのフィギュアを販売開始し、ダビンチ、フェルメール、そしてレンブラントのフィギュアも近いうちに販売する予定だそうだ。いずれもゴッホの時ほどの面白さ（くだらなさ）がないので入手するつもりはない。ところがつい先日、ルネ・マグリットのフィギュアを製作するという発表があり、そのプロトタイプを見たらちょっと心が動いた。

左耳が取り外し可能なゴッホのフィギュア

Today is art day によるフィギュア
（下はルネ・マグリットのプロトタイプ）

心躍るもの見し人は、ふと思う。
——あぁ、面白い……君にも見せてあげたい——

My personal thanks to David Beaulieu for his permission to use his photos in this article.

（1）today-is-art-day.myshopify.com
（2）あるアイデアを実現するためにネット上で呼びかけ、不特定多数の賛同者から資金を調達するポータルサイト。プロジェクトが成功するとお礼として賛同者に完成品が送られることが多い。
（3）ゴッホはゴーギャンと別れて自分の左耳を切り落としてしまった。
（4）フランスの小説家ギュスターブ・フロベールの言葉。細かいディテールにこだわることが作品の完成度を高めることにつながるという意味。瑣末《さまつ》主義とも。

（『埼玉県医師会誌』八一四号　二〇一八年一月）

アントン・ボム氏にあこがれて

書物蒐集の趣味について語るとき、プライベート・プレス（private press）をどう説明するかでいつも悩んでしまう。

「私家版印刷工房」という訳はあるが、「私家版印刷工房が発行する書籍を蒐集するのが趣味です」と言ったところでキョトンとされるだけである。

そのため、尋ねられたときは少々不正確ではあるが「古本を集めています」とシンプルに答えるようにしている。

まぁ、それでも「ふ〜ん……」と決して興味がありそうな反応は得られないのだがキョトンよりはましだと思う。

プライベート・プレスは自分たちが理想とする書物を追求し、制作する印刷工房である。

個人で運営されていることが多く、制作者が自ら文を練り、活字を拾って、版を組み、印刷まで行うのが一般的である。中にはさらに製本と装丁まで手掛けてしまう工房もある。

理想の追求に採算を度外視しているため、商業出版ではなかなか実現できないこだわりが随所に見られるのが私家版の魅力だ。だが、もとより発行部数が少ないため私家版はすなわち、初版の初刷りのみの「私家限定版」となる場合がほとんどである。そのため評判の良い工房の私家版は入手に苦労する。

むかし、アメリカのコロラド州デンバー市にサン・スーチ・プレス（Sans Souci Press）というプライベート・プレスがあった。「sans souci」は英語の「care free」に相当するフランス語の表現で、「気苦労のない」もしくは「無頓着」という意味である。運営されていた一九五六年から一九六三年までの七年間に三冊しか書籍を発行していないところを見ると、その名の通り業績にはあまり頓着していなかったようだ。

サン・スーチ・プレスが面白いのは創業者のアントン・ボム（Anton Bohm）氏がただの愛書家でしかなく、編集や印刷など出版に関係する職についたことがない、全くの素人だったという点である。それが文字組みから装丁まで、すべての工程を手探りの見よう見まねでこなしてしまったのである。

ボム氏は十七歳の時に家族とともにドイツからアメリカに移住し、石屋として長年働き、会社も経営されていた方である。それが六十四歳の時に中古の小型手動式レター・プレスと活字を購入して突然、プライベート・プレスを立ち上げたのである。きっと老後の趣味にでも、と考えていたのであろう。

そういう背景もあり、彼が最初に発行した限定二五〇部の『The birth of a book』（本の誕生）は変わった方法で制作されている。

内容は書物や出版に関係する逸話を紹介しながらボム氏が試行錯誤をして一冊の本を生み出す過程を綴ったものである。いわゆる制作日記だ。そして数ページ読むと判るのだが、出来上がった本がまさにこの『The birth of a book』なのである。ミヒャエル・エンデの『はてしない物語』のように、物語の中に登場する本がすなわち読者が手にしている本なのだ。

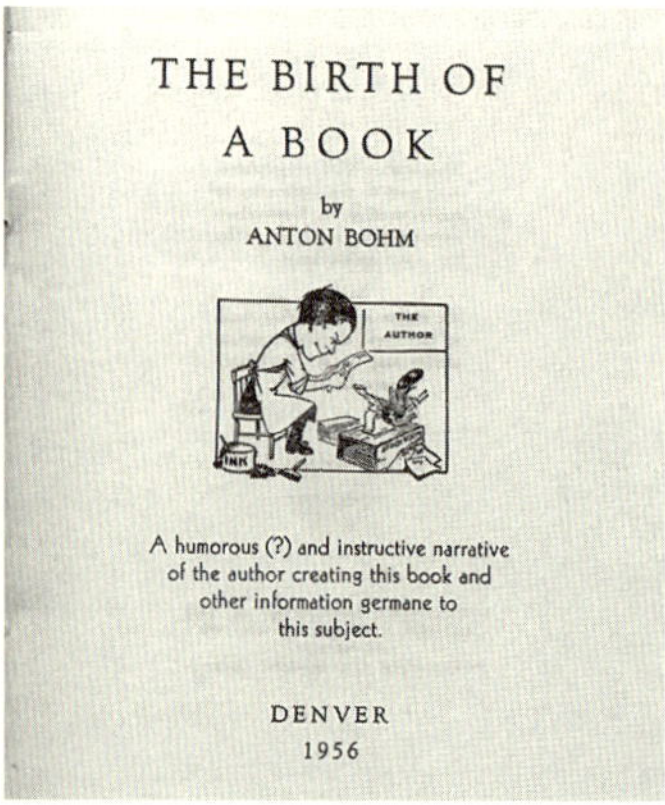

アントン・ボム氏の『本の誕生』

章を一つ書いては活字を拾い、一ページずつ版を組んで、印刷をする。そしてその章の終わりに「in retrospect」（回想）というセクションを設け、それまでの作業を振り返り、失敗したことや改善すべきことなど、反省と感想を述べているのである。

例えばこうだ。

―拾った活字を版に組む時にバラしてしまい幾度もやり直さなければいけなかった。やっとのことで最初のページを印刷したら一部がかすれていた。調べると版面の高さにばらつきがあり紙面にかかる圧力が均一でなかったことが判った。そこでティッシュを挟んで版面の高さを微調整したらうまくいった。

しかし今度は全体的に文字が薄い。どうやら紙質に合ったインキを使っていなかったようだ―

確認するとたしかに最初のページにかすれた部分があったが二ページ以降は改善していた。その後も本文の行数が途中で変わったり、マージン（余白）の幅が変更されたりと、on the fly――その場で修正を加えながら造本を進めている様子が分かる。

本の後半になればなるほど組版や印刷の問題点よりも内容の誤りや誤字について述べることが多くなっているのでこのような方法でも技能は確実に習得できるようだ。

祖母がむかし『婦人之友』に寄せた原稿の複写を七年前に十冊、和綴じで製本して祖母の十三回忌に集まった親戚に配ったことがあった。製本の出来映えと受け取った側の反応はまぁまぁだったが、造本作業は十分に楽しめた。そしてその頃からアントン・ボム氏のように、いつか一人で本をまるまる一冊、生み出してみたいと思うようになっていた。

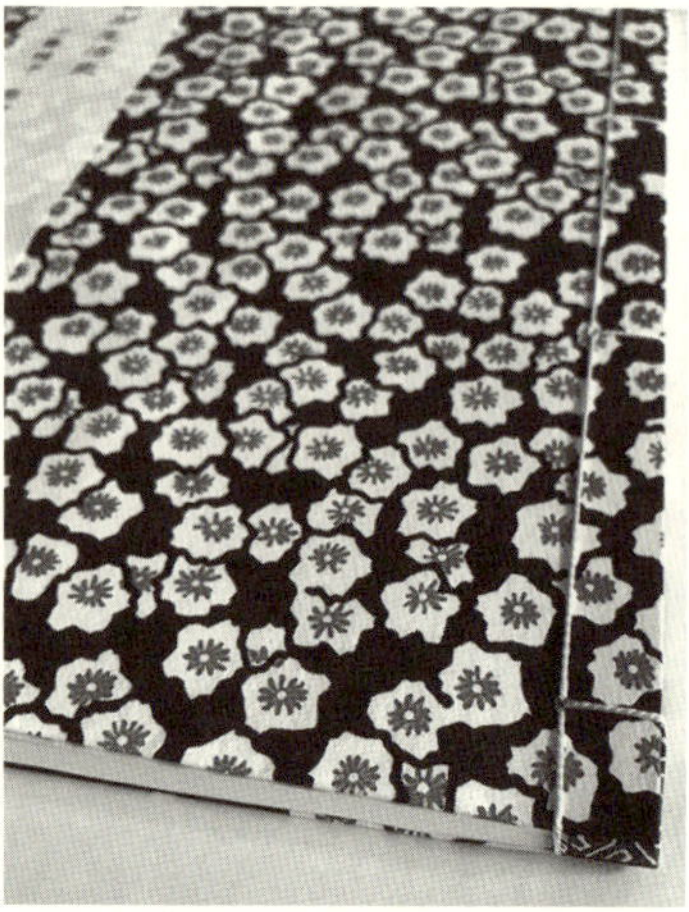

筆者による和綴じ製本

数年前からあれこれ思いついたことを書いて、地域の医師会報や県の医師会誌に寄稿していたら原稿がだいぶ貯まってきたので、これをどうにかできるか検討してみた。

まず活版印刷はあきらめた。日本語は平仮名、片仮名、漢字と文字種が多く、さらに英数字や約物（記号類）が加わると準備すべき活字の数が膨大になってしまう。個人で揃えるのは趣味の範疇を超えていて現実的ではない。また、文選と植字（組版）を一人でこなすのも大変そうだ。

ここはやはりＤＴＰ（デスクトップパブリッシング）である。コンピューター上で本文と図表の割付（レイアウト）をして組版を行い、ＰＤＦ化したデータをキンコーズやリスマチックなどの印刷サービス専門店で印刷してもらうのだ。

オフセット印刷でないので写真の解像度は落ちるが文字が主体なので気にすることはあるまい。これなら個人でできそうだ。製本や装丁も一〇〇部程度なら頑張れば一人でも何とかなるだろう――アントン・ボム氏でさえ一人で二五〇部完成させているのだから。

僕は普段、原稿を横書きで作成している。寄稿先の会報と会誌はいずれも左開きの横組だ。だがこれらをまとめて一冊の本にした場合、右開きの縦組にするのが一般的である。

――さて、どんなものか……。

不安がよぎった。

実は縁があって東京の中目黒にある保育園の情報紙にも四年ほど前から年に数回、ちょっとした文章を寄稿させていただいている。六〇〇文字程度のもので原稿はやはり横書きで作成しているが、掲載される時は縦組になるのである。

出来上がった情報紙を初めていただいて気付いたのは、横書きで作った文章を縦に組んで読むと違和感をおぼえるということだ。もちろん文意は変わらないし、伝えたいことはちゃんと伝わるのだから気にする必要はないのかもしれないが、読む時のリズムが横組と縦組でわずかに異なるのである。

試しに医師会に寄稿した原稿を数ページ、縦組にして確認してみた。

――あぁ、だめだ。

原稿を書く時に意識していたリズムが崩れてしまうのである。

――これは全部、組み直さなきゃダメだな……。

色々と考えてみたが、けっきょく原稿を縦組用に書き直すことにした。そしてついでに加筆修正を行って、以前見逃した間違いや言葉の足りない箇所も直していくことにした。

ワープロソフトでも設定を変えれば縦書きで文章を作成することは可能である。だがいくらWYSIWYG[1]（画面通りの印刷結果が得られる）といえども、レイアウトの段階で細かい調整ができないので組版には適さない。
そこでアドビ社のInDesignという組版ソフトを使うことにした。

まずはレイアウトだ。
通常は書籍のサイズと総ページ数を決めた上で一ページあたりの文字数や文字の大きさを定めるそうだが、今回は違うアプローチからこれらを決めることにした。本書の真ん中——一八八ページ——に掲載した「英知を欠くローマ字」の見出しと本文の出だしから二十六行が見開き二ページに収まるように組みたかったので、そこから決めることにした。

実は「英知を欠くローマ字」は二〇一六年の『埼玉県医師会誌』四月号に寄せたエッセイで、当時エイプリル・フールの戯れとして一つ変わった工夫を文章に加えていたのだ。アルファベットの二十六文字にちなんで本文の出だしから二十六行目まで、各行の頭文字を拾い読みするとメッセージが現れるように仕組んだのである。すなわち「折句」と呼ばれる言葉遊びだ。本書でもこれを再現しようと考えたのである。

書籍のサイズは四六判が妥当であろう。

文字の大きさは13Qが一般的だが、判読性を高めるため14Qにしようと考えていた。(2)

そしてこれらの条件で色々と試してみたところ、一ページ十六行で一行四十文字にするのが一番しっくりくると判断した。


行間は「二分四分《にぶしぶ》」といって文字の大きさの50％（二分）と25％（四分）で75％あけるのが読みやすいとされている。

14Qの二分四分は10・5Qである。これを四捨五入して行間を11Qに設定して試しに本文を組んでみたところ左右（のどと小口）の余白が不足することが判った。ならば、と行間は二分四分の切捨てで10Qに設定することにした。(3)


ただそうした場合、ページが黒く（重く）なりがちである。

文字サイズの大きいものを詰めて組むと圧迫感があり、印刷した時に単位面積あたりに使用するインキの量も多くなるため全体的に黒く感じるのだ。

自分なりに考えた対策として判読性が損なわれない、ウェイトの軽い――すなわち線の細いフォントを使用することにした。

条件に合いそうなフォントをいくつか試してみたが、結果的にモリサワが提供しているリュウミンＬ－ＫＬと呼ばれるフォントを選んだ。

リュウミンのＫＬシリーズは仮名が大きく（ＫＬはKana Largeの意味）判読性が高い。しかも線が細いＬ（ライト）は良く使われる同ファミリーのＲ（レギュラー）と違って無料なのでますます好都合である。

そして欧文フォントや約物も混植にせず、基本的に従属フォント（使用する和文フォントに標準で組み込まれたもの）を拡大率も変えずに使うことにした。[4]

本文に明朝体を使って、題や柱、ノンブル、キャプション（図表の説明）にゴシック体を使う例を良く見かけるが、今回は敢えて書体を変えなかった。[5]

こうやってレイアウトの基本設定を確認しながら自分なりに決めていき、横書きの原稿を縦に組み直す作業に取り組んだ。そしてこの時、試みたことがひとつある。

だいぶ前のことだが、作家の京極夏彦は文章の途中でページが変わるのを嫌って、そうならないように原稿を自ら用意しているという話を耳にした。そこで実際、手元にある彼の作品を数冊取り出して確かめてみたら本当に全部そうなっていて感心したことがある。

今回それを真似てみたのだ。

直しの作業は最初のうち手間取ったが、慣れてくると効率は上がってきた。でもやはり文章だけで構成された原稿にくらべ、写真や図表など、図版のあるものは少し苦労した。図版の大きさとその配置、そしてそれに対して本文を回り込ませるか追い出すか、読みやすさを考えて割付をしなければいけないからだ。

書物によってはあらかじめ決めておいたルールに基づいて図版の大きさや配置を決めて全体的に統一感を持たせる場合もあるが、ここは原稿ごとに自分がベストだと思う割付をしてみることにした。

——自分のセンスを信じてみよう。

もう一つ苦労したのが文末注である。

知人にも指摘されたことがあるのだが、僕が書くものは文末注が多い。それは分かっている。説明が不足せぬよう、かつ読むリズムが崩れぬように書こうとするとどうしてもそれに頼ってしまうからである。ところが困ったことにInDesignは文末注を作成、編集する機能がないのだ。

そこでルビを代用して注番号を振り、本文の後に数行あけ、文字のサイズを変えて文末注を記載する方法を取ることにした。

——これで何とかなりそうだ……。

そう思ってずっとやっていたら何と、昨年の十月中旬のアップデートでInDesignに文末脚注を作成する機能が加わったことを知った。

——でぇっ。ここまで来て、やり直しかぁ……。

ちょっとショックであった。

ところが、実際にこの新しい機能を試してみると別に使わなくても良さそうな気がした。まだ使いこなしていないのでその良さがわからないだけかもしれないが、決してこのアップデートで文末注を作成するのがすごく簡単になったわけではないのである。そう考えて文末注は今まで通りの方法で作成することにした。

そうこうしているうちに、原稿の直しがほぼ全部終わった。

これから掲載する原稿を選んでその順番を決め、ノンブル（ページ番号）を振り直し、目次を作らなければいけない。そして奥付と扉だ。

それが済むと今度は製本用の「刷本《すりほん》」を印刷してもらうための面付《めんつけ》の作業がある。

刷本は大きな紙の裏表に数ページ印刷したもので、これを折り畳むことによって「折丁《おりちょう》」と呼ばれる数ページ分の束ができる。これが本の基本単位となる。折丁を構成するページが正しい順番で、上下がきちんと並ぶように刷本を準備する作業が面付である。これをしっかりやらないと、折丁を束ねて製本した時にページの並びがめちゃくちゃになってしまうのである。すなわち乱丁である。

半年前には一〇〇部くらいなら一人で造本できるであろうと根拠なく考えていたが、直したばかりの原稿を全て自宅のプリンターで印刷してみると当初の自信を失ってしまった。

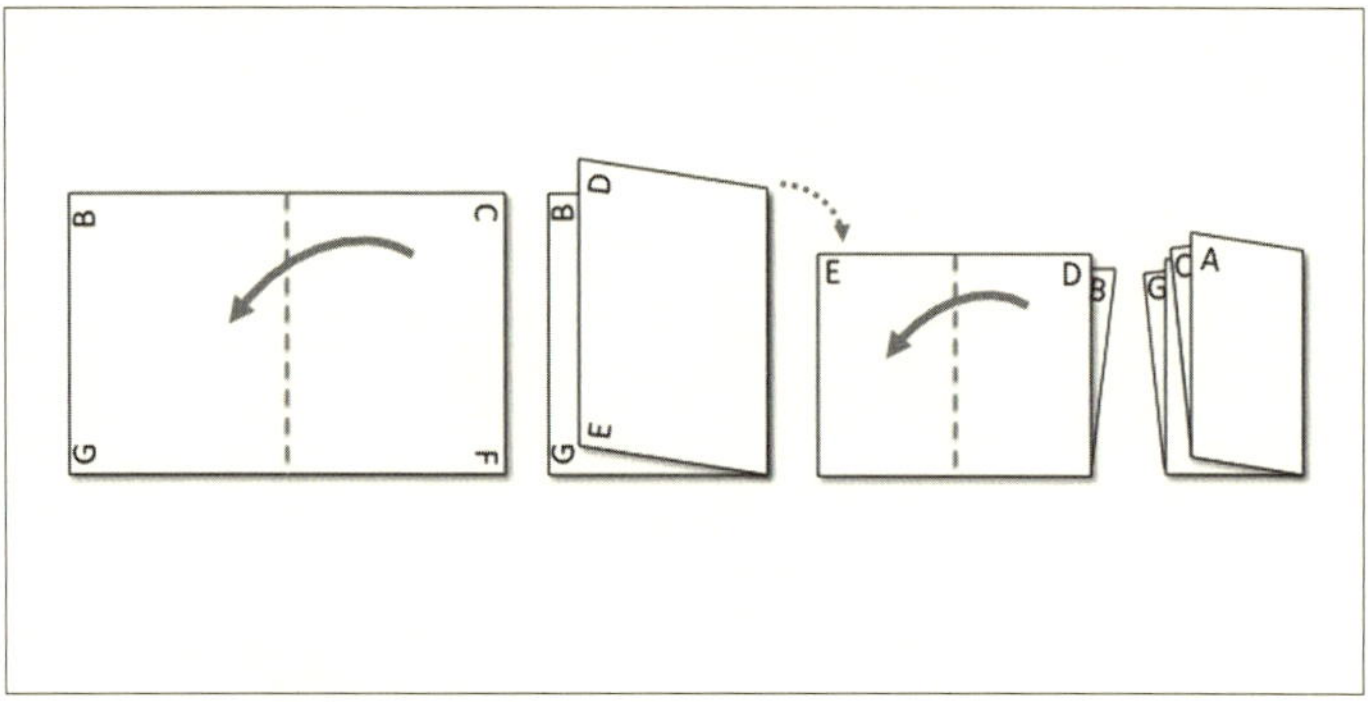

面付された刷本を二回折り畳んで折丁を作る。
面付がしっかりされていないと乱丁となってしまう。

自分がやろうと思っているのは折丁をそれぞれ糸で縫い合わせる「かがり綴じ」とよばれる製本方法である。伝統的なやり方だ。だが印刷した原稿の束とその厚みを目の当たりにすると、一〇〇部どころか十数部、いやもしかしたら数冊製本するのが精一杯かもしれない。

——ま、それでも良いかな……。

当初から造本をすることが目的だったので部数が少なくても構わないのである。

でも、せっかくここまで手掛けたのだから他の人にも読んでもらいたいという欲がでてきた。

印刷サービス専門店でもオンデマンド印刷[6]から製本まで依頼することができる。だがその場合、先にも述べたように画像の解像度はオフセット印刷よりは劣ってしまう。

やはり人に見てもらうのなら掲載する図版の描写はキレイな方が良い。

——ここはやはりオフセット印刷だ。……でも、どうしよう。

数年分の原稿の束

印刷、製本、そしてさらに配本のことまでひっくるめて考えると、餅は餅屋である。出版社に相談するのが一番だ。

自費出版の会社にお願いすることも考えた。しかし、せっかく数ヶ月かけて横書きの原稿を縦に組みに直したのに、そこで再び手を加えられて組み直されるというのも今までの努力が無駄になるようで複雑である。

——むぅ、これは悩む……。

アントン・ボム氏にあこがれて始めてみたが、思いのほか一人で造本するのは大変だ。ハードルが決して高いわけではない。ただ、手間と時間が思った以上に掛かるのだ。おそらく少部数になると思われるが、いずれはかがり綴じの上製本を一人で仕上げるつもりではある。だけど他の方々に読んでいただく分に関してはまだ未定である。

これから色々な人と相談し、アドバイスを受けながらオンデマンド印刷、オフセット印刷、様々なオプションを検討してみたいと思う。

（1）WYSIWYGは「what you see is what you get」の頭字語。「ウィジウィグ」と発音し、「見た通りのものが得られる」という意味。

（2）文字サイズはワープロだと「ポイント（pt）」で表すが組版の時は「級（Q）」で表す。1Qは0・25ミリメートル（1ptは約0・35ミリメートル）。13Qと14Qはそれぞれ9ptと10ptの大きさに相当。

（3）実際に設定するのは「歯送り（H）」でこれは「文字の級数＋行間」にあたる。文字サイズ14Qで行間11Qなら歯送りは25H、行間10Qなら24Hである。

（4）和文フォントに付属する欧文フォントをより相性の良さそうなデザインのフォントと入れ替えることを和欧混植と呼ぶ。その際、拡大率を変えて文字の高さや線の太さを調整することがある。本書では従属フォントを使っているがバランスを考えてところどころで欧文フォントのベースラインシフト（基線の高さ調整）を行っている。

（5）本文中のゴシック体は字游工房が提供している「游ゴシック体」を使用。

（6）高細密トナーを使ったレーザー・プリンターで印刷する方法。コンピューターから直接印刷できるので作業は速いが、版を作らないので写真など図版の解像度は落ちてしまう。

（『深谷寄居医師会報』一八二号　二〇一八年一月）

In Retrospect：回想 ── 本書の制作を終えて ──

数年前に興味本位で自費出版について、ある出版社の方に説明をして頂いたことがあった。そこでは原稿さえ準備すれば、後は出版社の裁量で予め用意してあるレイアウトにテキストデータを流し込んで体裁を整え、図版の配置や表紙とカバーのデザインも全部やってくれるという話であった。

書き溜めたものを一冊にまとめて上梓することが目的であれば、余計なことは気にせずに細かいことを全てプロに任せられるというのは大変便利である。しかし今回のプロジェクトはまさにその制作にまつわる細かいところを自ら手掛けたいと思って始めたことなので、出版社まかせとなる自費出版は僕の目的にかなわないとハナから考えていた。

オンデマンド印刷を利用するつもりで準備を進めているうちに図版がより綺麗に表現できるオフセット印刷も検討してみたくなった。ところがいざそうしようと思った時、個人がそれをどこにどう相談したら良いのかわからないことに気付き、悩んだ。

近所にパレードブックスという出版社があることを偶然知ったのはちょうどその頃である。そしてダメ元でそこに事情を説明して刷本の印刷だけでもお願いできないか、相談してみることを思いついたのだ。

さっそく連絡先を確認しようとそのホームページを開いたところ「完全データ入稿」という自費出版の手段があることをそこで初めて知ったのである。

担当の方にお会いして話をうかがうと、まさに僕のやりたいことがそこにあった。思いつくがままに構成を決め、本文を編集し、組版を行い、図版を配置し、表紙とカバー、さらにオビまで好きなようにデザインして良いのである。これを面倒だと感じる人もいるかもしれないが、僕にすれば願ってもない話である。説明を聞きながら、本書の出版はここにお願いしようと決心した。おかげで今回、存分に本造りを愉しむことができて大満足である。

——あこがれのアントン・ボム氏の域に少しは近づけたのではないだろうか。

最後に本文で指摘できなかった本書の制作で工夫した点を説明したい。

一、本書は野田書房の『随筆雑誌　三十日《みそか》』の構成（一日一随筆、ひと月分）を意識して一週間に一随筆として一年分、五十二編の随筆を収録している。

一、本書の総ページ数（三七六ページ）はいろは歌にちなんで四十七の倍数となっている。また、敢えて本文の後半が一八八ページから見開きで始まるように調整している。

一、装幀に使用した緑色のカバーと縦線の入った幅広の白いオビは白根の長い深谷ねぎを表現している。

一、表紙にあるのは深谷を流れる利根川である。そして僕が利根川（坂東太郎）と名前を共有していることを背の部分で表している。

（二〇一八年一月三十一日）

著者紹介

小暮太郎　（こぐれ・たろう）
一九六七年アメリカ、フロリダ州マイアミ生まれ。
東京慈恵会医科大学卒業。医師。東京在住。

晴耕雨医《せいこううどく》の村から

二〇一八年三月十四日　第一刷発行

著　者　小暮太郎《こぐれたろう》

発行者　太田宏司郎

発行所　株式会社パレード

大阪本社　〒五三〇-〇〇四三　大阪府大阪市北区天満二-七-一二

☎〇六-六三五一-〇七四〇　ＦＡＸ 〇六-六三五六-八一二九

東京支社　〒一五〇-〇〇二一　東京都渋谷区恵比寿西一-一九-六-六階

☎〇三-五四五六-九六七七　ＦＡＸ 〇三-五四五六-九六七八

http://books.parade.co.jp

発売所　株式会社星雲社

〒一一二-〇〇〇五　東京都文京区水道一-三-三〇

☎〇三-三八六八-三二七五　ＦＡＸ 〇三-三八六八-六五八八

装　幀　小暮太郎

印刷所　創栄図書印刷株式会社

ISBN 978-4-434-24376-9　C0095